웨스팅 게임
The Westing Game

한글판 출간 10년,
그동안 사랑해주신 독자 여러분 감사합니다!

피를 흘리는 사건이 아닌, 언어퍼즐을 맞추는 게임이라 좋았다.
— lmo****

청소년들뿐만 아니라 어른들도 좋아할 만한 매력적인 작품.
— imm****

지적인 유희를 하는 것뿐만 아니라 그 안에 담겨있는 따뜻함을 느낄 수 있었다.
— rj0****

결말이 의외의 부분이라 마음에 들었다.
— mel****

다양한 인물들이 등장하고, 그 등장인물들의 개성이 강하게 드러나는 소설.
— cur****

책을 여는 순간부터 한 명의 상속자인 양 즐길 수 있었다.
— skq****

결론에 이르러서야, 웨스팅 게임을 통해서 찾아내려고 한 것이 무엇인지, 독자가 마주하게 될 진실이 무엇인지가 밝혀지고, 그 진실이 놀라운 결말이라는 것만 밝혀두겠다.
— iah****

다양한 등장인물들의 면면을 만나는 재미가 쏠쏠.
— tow****

개성 강한 캐릭터들이 풀어가는 추리게임은 충분히 흥미롭다.
— ora****

범인의 정체가 드러나기까지 벌어지는 인물들 간의 의심과 갈등, 상상 이상의 퍼즐, 그리고 예상치 못한 반전은 최고의 볼거리다.
— pch****

간단한, 그러나 간단하지 않은 추리소설.
— ren****

암호와 퍼즐로 구성된 지적 추리게임의 묘미를 제대로 만끽하기 위해선 나름의 집중력이 필요하다.
— sun****

웨스팅 게임

The Westing Game

웨스팅 게임

2018년 12월 5일 개정2판 1쇄 인쇄 (한글판 출간 10주년 리커버 에디션)
2018년 12월 12일 개정2판 1쇄 발행 (한글판 출간 10주년 리커버 에디션)

지은이 | 엘렌 라스킨
옮긴이 | 이광찬
펴낸이 | 이준원
펴낸곳 | (주)황금부엉이

주소 | 서울시 마포구 양화로 127 (서교동) 첨단빌딩 5층
전화 | 02-338-9151
팩스 | 02-338-9155
인터넷 홈페이지 | www.goldenowl.co.kr
출판등록 | 2002년 10월 30일 제 10-2494호

전략마케팅 | 구본철, 차정욱, 나진호, 이동후, 강호묵
제작 | 김유석

ISBN 978-89-6030-515-1 03840

황금부엉이에서 출간하고 싶은 원고가 있으신가요? 생각해보신 책의 제목(가제), 내용에 대한
소개, 간단한 자기소개, 연락처를 book@goldenowl.co.kr 메일로 보내주세요. 집필하신 원고가
있다면 원고의 일부 또는 전체를 함께 보내주시면 더욱 좋습니다. 책의 집필이 아닌 기획안을
제안해 주셔도 좋습니다. 보내주신 분이 저 자신이라는 마음으로 정성을 다해 검토하겠습니다.

백만장자의 상속자 16명이 펼치는 지적인 추리 게임

웨스팅 게임

The Westing Game

엘렌 라스킨 지음 / 이광찬 옮김

BM 황금부엉이

목 차

1
선셋타워

누구나 알고 있듯이 태양은 서쪽으로 지는데 선셋타워('해가 지는 탑'이라는 뜻)는 동쪽을 바라보고 있다. 참 이상하지 않은가? 그뿐만 아니라 탑도 아니다. 선셋타워는 미시간 호숫가에 유리로 휘황찬란하게 지어진 5층 아파트이다.

어느 날 평범해 보이지 않는 한 소년 배달부가 집집마다 문틈으로 편지를 밀어 넣고 있었다. 우연히도 그날은 미국 독립기념일인 7월 4일이었다. 편지에는 '바니 노드럽'이라고 서명되어 있었다.

아니, '소년 배달부'라니? 후훗, 우습다. 그 사람은 소년이라고 하기에는 너무 나이가 많았다. 예순두 살! 그리고 편지에 서명이 된 '노드럽'이라는 사람은 이 세상에 존재하지 않았다.

편지는 딱 여섯 통만 배달되었다. 그래서 예약도 여섯 건만 이루어졌다! 한 사람씩, 한 집씩, 바니 노드럽은 사람들을 선셋타워로 유인했다.

"저 유리창 좀 보세요. 여러분은 밖을 내다볼 수 있지만 밖에서는 안을 들여다볼 수가 없답니다."

그날 처음으로 예약을 한 웩슬러 가족은 아파트 건물에서 반사되는 아침 햇빛에 눈이 부셔 눈을 제대로 뜰 수가 없었다.

당신에게 행운을 드립니다.
당신이 항상 꿈꾸어 오던 미시간 호반의 최신식 호화 아파트를 임대해 드립니다.

선셋타워

- 방마다 넓은 전망창
- 제복을 입은 수위, 청소 서비스
- 중앙 난방, 고속 엘리베이터 설치
- 쾌적한 주위 환경, 최고의 학군
- 기타 등등

직접 오셔서 살펴보세요. 단, 오실 땐 꼭 전화로 예약해 주세요. 서두르세요! 이제 얼마 남지 않았습니다. 평생에 한 번 올까 말까 한 기회를 놓치지 마시고 276-7474로 전화하세요!

– 바니 노드럽 올림

※ 기타 임대 가능한 부대시설
- 로비에 위치한 병원
- 주차장과 연결된 커피숍
- 꼭대기층 전부를 차지하는 고급 식당

"저 샹들리에가 보이죠? 크리스털입니다."

바니 노드럽은 로비의 벽을 다 차지하고 있는 거울을 들여다보며 검은 수염을 쓰다듬고 수제 넥타이를 고쳐 매며 말했다.

"이 카펫은 또 어떻고요? 두께가 7cm가 넘죠!"

"아, 너무 멋져요!"

웩슬러 부인은 카펫 속으로 푹푹 빠지는 뾰족 구두 뒤꿈치 때문에 남편의 팔을 꼭 잡으며 탄성을 질렀다. 웩슬러 부인이 거울로 남편의 만족스런 표정을 살펴보고 있을 때 엘리베이터 문이 열렸다.

"당신들은 정말 운이 좋은 겁니다. 이제 딱 한 채가 남았거든요. 정말 마음에 드실 겁니다. 바로 당신들을 위해서 지어진 아파트라니까요."

바니 노드럽이 3D호의 문을 활짝 열었다.

"자, 기가 막히지 않습니까?"

웩슬러 부인은 정말로 기가 막혀서 숨도 제대로 쉬지 못했다. 거실의 벽 두 개가 바닥에서부터 천장까지 전부 유리로 되어 있었다. 바니 노드럽의 뒤를 따라 아파트 안을 구경하면서 웩슬러 부인은 "와우!"하는 감탄사를 연발했다.

하지만 부인의 꽁무니를 따라다니던 제이크 웩슬러는 감명을 좀 덜 받은 것 같았다. 그가 마지막 방을 들여다보면서 중얼거렸다.

"이게 침실이야, 벽장이야?"

"물론 침실이죠!"

웩슬러 부인이 말했다.

"벽장처럼 보이는데?"

"제이크, 이 아파트는 우리한테 안성맞춤이에요."

그레이스 웩슬러 부인은 항변하듯 말했다. 세 번째 침실은 좀 작았지만 작은 딸 터틀이 쓰면 딱 좋을 것 같았다.

"그리고 1층에 병원을 낼 수도 있다고 생각해 봐요, 제이크. 차를 타고 출퇴근할 필요도 없고 잔디를 깎을 필요도 없고, 삽으로 눈을 치울 필요도 없다고요."

"한 가지 더 말씀드리죠. 이곳의 임대료는 당신들이 지금 살고 있는 집의 유지비보다도 더 싸답니다."

제이크는 바니 노드럽이 자기 집의 유지비를 어떻게 알았을까 궁금했다.

그레이스는 유리창 앞에 서서 길 건너편 숲 너머에 조용히 빛을 발하며 누워 있는 미시간 호수를 바라보았다. 호수가 내려다보이는 있는 집! 소위 고급 주택을 가지고 있다고 떠벌리는 친구들이 이곳을 본다면? 가구에 새로 광을 내야겠어. 아니, 새 가구를 들여놓지 뭐. 베이지색으로! 그리고 휘날리는 글씨로 내 이름이 새겨진 푸른색 편지지를 주문해야지. '미시간 호반 선셋타워, 그레이스 윈저 웩슬러'라고.

⚜

입주 희망자들이 모두 그레이스 윈저 웩슬러처럼 즐거워한 것은 아니었다. 오후 늦게 도착한 시델 펄래스키는 고개를 들고 선셋타워의 유리창에 희미하게 비친 나무와 구름의 모습을 올려다보았다.

"사모님은 정말 운이 좋으십니다. 이제 겨우 한 채가 남았거든요. 정말 마음에 드실 겁니다. 바로 사모님을 위해지어진 아파트라니까요."

바니 노드럽이 여섯 번째이자 마지막으로 같은 말을 되풀이했다.

그는 목욕탕 한 개짜리 아파트 문을 활짝 열고 말했다.

"자, 기가 막히지 않습니까?"

"별로인데요."

시델 펄래스키는 주차장 뒤로 지는 여름 햇살 속에서 눈을 깜박이며 대답했다.

그녀는 여러 해 동안 자기 집을 갖고 싶어 했었다. 그런데 막상 돈 많은 사람들이 사는 이런 우아한 아파트에 오기는 했지만 한 가지 아쉬운 게 있었다. 그곳은 아파트 뒤쪽이라 호수가 보이지 않았던 것이다.

"앞쪽 아파트는 벌써 다 나갔습니다. 게다가 비서의 월급으로는 임대료가 너무 비싸요. 제 말을 믿으세요. 3분의 1 가격으로 이런 호화 아파트에서 살 수 있는 기회는 그리 흔치 않은 일이니까요."

바니 노드럽이 말했다.

옆 유리창에서 내려다보이는 풍경은 멋있었다.

"밖에서는 안이 보이지 않는다는 게 정말인가요?"

시델 펄래스키가 물었다.

"예, 물론이지요."

바니 노드럽이 대답하면서 북쪽 절벽 위에 있는 저택을 의심스럽게 바라보는 그녀의 눈길을 따라갔다.

"저 위에 있는 낡은 집이 웨스팅 저택입니다. 15년 동안이나 비어 있었죠."

"그렇군요. 좀더 생각해 볼게요."

"이 아파트를 계약하고 싶어 기다리고 있는 사람들이 스무 명이 넘어요. 싫으시다면 지금 당장이라도 그만두시죠."

바니 노드럽은 보기 흉한 뻐드렁니를 내보이며 거짓말을 했다.

"그래요? 그렇담 지금 계약하겠어요."

바니 노드럽은 장사 수완이 대단했다. 하루 만에 그는 선셋타워 로비

구석에 설치되어 있는 우편함에 사람들의 이름을 모두 붙일 수 있게 되었다.

5층 : 신후 레스토랑

4C호 : 후

4D호 : J. J. 포드

3C호 : S. 펄래스키

3D호 : 웩슬러

2C호 : F. 봄배크

2D호 : 테오도라키스

1층 사무실 : 웩슬러 박사

1층 로비 : 테오도라키스 커피숍

　이 선택된 입주자들은 도대체 누구일까? 그들 가운데는 엄마도 있고 아빠도 있고 아이들도 있었다. 직업은 재단사, 발명가, 비서, 의사, 판사 등등이었다. 아, 참! 한 사람은 도박광이었고, 또 한 사람은 도둑이었으며, 그중에 폭탄 폭파범도 있었다. 그리고 실수로 그곳에 들어간 사람도 한 사람 있었다. 바니 노드럽은 딱 한 명의 엉뚱한 사람에게도 아파트를 임대해 준 것이다.

2
유령? 아니면
더 무서운 그 무엇?

9월 1일 선택된 사람들(그리고 실수로 낀 한 사람)이 아파트에 입주했다. 그리고 아파트 북쪽으로 가는 길에 철로 된 담장이 세워지고 이런 경고판이 붙었다.

무단출입금지 – 개인 소유

새로 포장된 자동차 진입로는 시와 군의 경계에서 갑자기 꺾였다. 선셋타워는 시의 변두리에 자리 잡고 있었다.

9월 2일 진짜 중국요리를 전문으로 하는 신 후 식당이 성대하게 개업식을 했다. 하지만 찾아온 사람은 겨우 세 명뿐이었다. 정말 사람 사귀기를 싫어하는 동네인가 보다! 하지만 가격이 저렴한 1층 커피숍은 줄곧 입주자들과 근처의 웨스팅 타운에서 일하는 사람들에게 아침, 점심, 저녁 주문을 받느라 엄청나게 바빴다.

선셋타워는 조용하고 모든 것이 잘 운영되는 아파트였다. 장사가 안 된다고 투덜거리는 후만 빼고 그곳에 사는 사람들은 만족스러운 듯 보였다. 이웃끼리 만날 때는 "안녕하세요?" "안녕히 가세요." 하고 인사를 하거나 온화한 미소를 주고받았으며, 집안 문제 같은 것들은 집 밖으로 새어나오지 않도록 조심했다.

그리고 아직까지 커다란 문제는 발생하지 않았다.

⚜

벌써 10월 말이다. 차갑고 매서운 바람이 낙엽들을 선셋타워 진입로에 서 있던 네 사람의 무릎께까지 날렸지만 아무도 몸을 떨지는 않았다. 아직까지는……

수위 제복을 입고 양쪽 발을 벌리고 서 있는 땅딸막하고 어깨가 딱 벌어진 남자는 샌디 맥서더스였다. 매서운 바람 때문에 눈을 가리고 있는 두 명의 날씬하고 말쑥한 고등학교 3학년 학생들은 테오 테오도라키스와 더그 후였다. 언덕 위의 집을 손가락으로 가리키고 있는 키가 작고 꼬챙이처럼 마른 사람은 예순두 살 된 배달원으로, 이름은 오티스 앰버였다.

북쪽을 바라보는 그들은 마치 뭔가를 발견한 순간의 사람들을 조각한 동상처럼 서 있었다. 그때 터틀 웩슬러가 자전거를 타고 땋은 꽁지머리를 뒤로 날리면서 진입로로 미끄러져 들어왔다.

"저기 좀 봐요! 연기예요. 웨스팅 저택 굴뚝에서 연기가 나오고 있어요."

다른 사람들은 이미 연기를 보았다. 터틀 웩슬러는 자전거 손잡이에 기대어 숨을 몰아쉬었다(바니 노드럽이 말했던 대로 선셋타워 근처에는 훌륭한 학교들이 있었지만, 중학교는 6km나 떨어져 있었다).

"웨스팅 씨가 저 위에 있을까요?"

"아니, 그 사람을 못 본 지 벌써 여러 해가 됐는걸. 그 사람은 아마 남태평양에 있는 개인 소유 섬에서 살고 있을 거야. 그런데 사람들은 그가 죽었을 거라고 해. 사람들 말로는 그의 시체가 아직도 저 낡은 집에 있다는구나. 그의 시체는 아름다운 동양 양탄자에 싸여 있는데 살은 뼈에서 다 떨어져 나가고 눈과 콧구멍에서는 구더기가 기어 나오고 있대."

늙은 배달원은 그토록 끔찍한 이야기를 한 후 낄낄낄 웃었다. 그 이야기에 드디어 떠는 사람이 한 사람 생겼다! 터틀이었다.

"그래도 싸지."

샌디가 말했다. 다른 때는 명랑하던 이 수위는 20년 전 웨스팅제지공장에서 해고당한 얘기만 나오면 몹시 투덜거렸다.

"분명 저 위에 누군가가 있을 거야. 누군가 살아 있는 사람이!"

그는 가장자리에 금테를 두른 모자를 쓰고 굴뚝에서 나오는 연기가 가을 하늘에 해답이라도 쓰기를 바라는 것처럼 철테 안경 너머로 웨스팅 저택을 곁눈질했다.

"또 그 녀석들일 거야. 아니, 그럴 리가 없는데……."

"그 녀석들이라뇨?"

세 아이가 동시에 물었다.

"웨스팅 타운에서 온 불행한 두 친구들 말이다."

"불행한 두 친구들이 누군데요?"

세 아이의 눈길이 수위와 배달원 사이를 왔다갔다했다. 더그 후는 씽씽

거리며 휘두르는 터틀의 땋은 머리를 용케 피했다. 터틀이 끔찍하게 아끼는 돼지 꼬리 같은 머리를 건드렸다가는 정강이를 호되게 걷어차이기 십상이기 때문이다. 터틀은 선머슴 같았다. 더그는 큰 시합을 앞두고 있어서 터틀에게 정강이를 걷어차였다가는 큰일이다.

"무서운 일이었지. 정말 무서운 일이었어."

오티스 앰버가 몸을 부르르 떠는 바람에 비쩍 마른 긴 얼굴에 쓴 조종사용 가죽 헬멧의 끈도 덩달아 흔들렸다.

"생각해 보니까 정확히 1년 전 오늘 밤이었어. 그날은 할로윈데이였지."

"무슨 일이 있었는데요?"

테오가 초조하게 물었다. 그는 집에서 경영하는 커피숍에서 아르바이트를 하고 있었는데 벌써 가야 할 시간이 넘었다.

"말해 줘, 오티스."

샌디가 재촉했다.

배달원은 뾰족한 턱에 난 짧은 회색 수염을 쓰다듬었다.

"모든 게 내기 때문에 시작된 거야. 누군가가 저 유령의 집에서 5분만 버티면 1달러를 주겠다고 그랬나 봐. 겨우 1달러 말야! 그런데 그 불쌍한 녀석들은 웨스팅 저택의 프랑스풍 문 안으로 들어가자마자 유령에게 쫓기기라도 하는 것처럼 뛰쳐나왔어. 어쩌면 유령보다 더 무서운 것이 있었는지도 모르지……."

유령보다 더 무서운 것? 터틀은 이가 아프다는 것도 잊어버렸다. 터틀보다 나이가 많고 약삭빠르게 머리가 잘 돌아가는 테오와 더그는 서로 눈짓을 교환하고, 나머지 이야기를 마저 듣기로 했다.

"한 친구는 찢어져라 비명을 지르면서 미친 듯이 달려 나왔지. 그 아이는 절벽 밑으로 떨어질 때까지 비명을 멈추지 않았어. 다른 친구는 그때 이후로 단 두 마디 말밖에 하지 못했단다. 자주색……, 뭐라던데?"

샌디가 옆에서 거들었다.

"자주색 물결."

오티스 앰버가 고개를 끄덕였다.

"맞아. 그 불쌍한 친구는 주립 정신병원에 앉아서 '자주색 물결, 자주색 물결'만 되풀이했지. 겁에 질린 눈으로 자기 손을 들여다보면서 말이야. 그 아이가 웨스팅 저택에서 뛰쳐나올 때 양손에는 뜨끈뜨끈한 빨간 피를 뚝뚝 흐르고 있었지 뭐냐."

이젠 세 아이 모두 벌벌 떨었다.

"불쌍한 녀석. 겨우 1달러 내기 때문에……."

수위가 말했다.

"제가 저 안에 들어가면 1분에 2달러씩 주실래요?"

터틀이 말했다.

누군가가 진입로에 있는 그들을 엿보고 있었다.

아파트 2D호의 앞 유리창에서 열다섯 살 된 크리스 테오도라키스가 머리를 땋은 깡마른 여자아이와 악수를 하고(크리스는 보나마나 내기를 하는 거라고 생각했다) 로비로 뛰어 들어오는 자기 형을 보고 있었다. 아버지가 운영하는 커피숍은 지금이 가장 바쁜 시간이었다. 그의 형은 벌써 30분 전부터 커피숍에서 일을 하고 있어야 했다. 크리스는 벽시계를 올려다보았다. 테오가 저녁밥을 가지고 오려면 아직도 두 시간이나 남았다. 그때 형 테오에게 다리를 저는 사람에 관한 이야기를 해주어야 지…….

그날 오후 일찍 크리스는 자주색 흰털발제비(학명 : 프로그네 수비스)를 쫓아 가시나무 들판과 떡갈나무 숲을 지나 언덕 위의 빨간 단풍나무 숲까지 갔었다. 새는 어디론가 날아가 버렸지만 다른 것이 크리스의 눈길을 끌었다. 남자인지 여자인지 분간이 안 가는 누군가가 잔디밭 그늘에서 나와서 웨스팅 저택의 프랑스풍 문의 자물쇠를 따더니 그 안으로 사라졌다. 그 사람은 다리를 절고 있었다. 그러더니 몇 분 뒤 굴뚝에서 연기가 솟아오르기 시작했던 것이다.

다시 한 번 크리스는 유리창으로 절벽 위의 집을 살펴보았다. 프랑스풍의 문은 굳게 닫혀 있었다. 그리고 크리스가 수도 없이 세어 보았던 열일곱 개의 창문에는 무거운 커튼이 드리워져 있었다.

이곳 선셋타워의 유리창은 특수 제작된 것이라 커튼이 따로 필요 없다. 안에서는 밖을 내다볼 수 있지만 밖에서는 안을 들여다볼 수 없으니까 말이다. 그럼 가끔씩 누군가가 그를 감시하는 듯한 느낌은 어떻게 된 것일까? 하느님? 하느님이 내려다보고 계시다면 왜 그가 아직도 그 모양일까?

쌍안경이 무릎 위로 떨어졌다. 크리스의 머리가 뒤로 젖혀지고 몸이 비비 꼬이더니 심한 경련이 일어났다. 진정해, 곧 테오가 올 테니, 진정해. 곧 기러기들이 한 무리의 캐나다 기러기(학명 : 브란타 카나덴시스) 속에서 남쪽으로 날아갈 거야. 진정해. 진정하고 바람이 연기를 웨스팅 타운으로 날려 보내는 것을 지켜보자.

3
입주자들의 이사

위층 3D호에서 안젤라 웩슬러는 옷 가게의 마네킹처럼 예쁘지만 멍한 표정으로 방석 위에 가만히 서 있었다. 안젤라는 옅은 푸른색 눈을 깜빡이지도 않고 호수를 내려다보았다.

"이쪽으로 돌아 봐요."

재단사 봄배크가 말했다. 그녀는 2층 아파트에 살고 있는데, 그 집은 웩슬러의 집보다 작다.

안젤라가 4분의 1쯤 아파트를 돌아보았을 때였다.

"어머나!"

플로라 봄배크는 안젤라의 낮은 지명 소리에 놀라서 통통한 손가락에 들고 있던 바늘을 떨어뜨렸다. 그리고 입에 물고 있던 바늘 세 개를 하마터면 삼킬 뻔했다.

"조심해 주세요, 봄배크 부인. 우리 안젤라는 피부가 약해요."

그레이스 윈저 웩슬러는 베이지색 벨벳 소파에 앉아서 딸의 웨딩드레스 치수 재는 것을 지켜보고 있었다. 그녀의 머리 위쪽 벽에는 그녀가 고르고 골라 정성스럽게 진열한 스물네 개의 꽃사진 액자가 걸려 있었다. 그녀는 인테리어 장식가가 되었다면 성공했을 것이다. 이런저런 사정이 있어서 못 했지만 말이다.

"봄배크 부인이 바늘로 찔러서 그러는 게 아니에요, 엄마. 웨스팅 저택 굴뚝에서 연기가 나오는 걸 보고 놀랐을 뿐이에요."

안젤라가 억양 없는 목소리로 말했다.

플로라 봄배크는 바닥을 기어다니면서, 늘어뜨려진 회색빛 앞머리 사이로, 떨어뜨린 바늘을 찾고 있었다.

웩슬러 부인은 탁자 위에 커피 잔을 내려놓고 더 잘 보려고 목을 길게 늘여 뺐다.

"새 이웃이 이사를 왔나 보구나. 선물을 가지고 다녀와야겠다. 집 안 장식에 대해서 내 충고가 필요할지도 몰라."

"엄청난 소식이에요! 웨스팅 저택에서 연기가 나오고 있어요."

터틀이 또 뒷북을 쳤다.

"이런, 터틀 너였구나!"

웩슬러 부인은 금발에 천사 같은 얼굴의 안젤라와는 너무나 닮지 않은 둘째 딸을 볼 때마다 깜짝깜짝 놀라곤 한다.

플로라는 막 바늘을 찾아 일어나려다가 아직도 욱신거리는 정강이를 보호하기 위해 거친 카펫 위로 재빨리 몸을 숙였다. 어제 터틀의 꽁지머리를 잡아당겼다가 혼쭐이 났기 때문이다.

"오티스 앰버 씨가 그러는데요. 웨스팅 씨의 냄새 나는 시체가 양탄자에 싸여 있대요."

"어머나, 세상에!"

플로라는 비명을 질렀고, 웩슬러 부인은 못마땅하다는 듯이 혀를 쯧쯧

찼다.

터틀은 그 무서운 이야기는 하지 않기로 했다. 터틀이 다치거나 미치광이가 되어도 터틀의 엄마는 눈 하나 깜짝하지 않을 것이다.

"봄배크 아줌마, 제게 마녀 옷 좀 만들어 주실 수 있어요? 오늘밤에 필요하거든요."

웩슬러 부인이 말했다.

"아줌마가 안젤라 웨딩드레스 만드느라고 바쁘신 거 안 보이니? 그리고 왜 하필이면 마녀 옷같이 우스꽝스러운 걸 입겠다는 거냐? 터틀, 난 네가 왜 더 못생겨 보이려고 애를 쓰는지 그 이유를 모르겠다."

"마녀 옷이 뭐 그리 우스꽝스럽다고 그러세요? 웨딩드레스보다 하나도 우습지 않아요. 게다가 요즘은 결혼하는 사람도 없고 결혼을 한다 해도 웨딩드레스 같은 건 안 입어요. 또, 누가 덴튼 박사 같은 사람이랑 결혼하고 싶대요? 그렇게 거만하고 잘난 척하고 얄미운 얼굴에다 거드름 피우고 교만하고……."

터틀이 발끈해서 말대꾸를 했다.

"그 똑똑한 입 좀 다물지 못하겠니?"

웩슬러 부인이 때릴 듯한 자세로 벌떡 일어섰다. 하지만 그녀는 치켜든 손으로 액자를 똑바로 걸고 최신 유행의 금발머리를 매만지고 나서 다시 앉았다. 그녀는 터틀을 때린 적이 아직까지 한 번도 없었지만, 요즘 같아서는……. 그리고 지금은 식구 말고 다른 사람이 있으니까…….

"디어 박사는 똑똑한 젊은이랍니다."

웩슬러 부인이 플로라의 귀에 대고 속삭였다. 플로라는 예의 바른 미소를 지었다.

"안젤라는 곧 '안젤라 디어'라고 불리게 될 거예요. 참 고상한 이름이라고 생각하지 않으세요?"

재단사가 고개를 끄덕였다.

"그럼 우리 집안에는 의사가 두 명 생기는 셈이에요. 어디 가는 거니, 터틀?"

터틀이 문 앞에 있었다.

"아래에 내려가서 아빠한테 웨스팅 저택에서 연기가 나온다는 얘기 해 드리려고요."

"당장 돌아오거라. 오후에는 아빠가 수술을 하신다는 거 알잖니? 네 방에 가서 주식 시장에 관한 숙제를 하든지 다른 일을 하든지 해라."

"그게 방이에요? 벽장으로 쓰기에도 좁은데."

"내가 네 마녀 옷을 만들어 주마, 터틀."

안젤라가 제안했다.

웩슬러 부인은 흰 옷을 입은 딸의 눈부신 모습에 감탄했다.

"꼭 천사 같구나!"

◌◌◌☙❦☙◌◌◌

청소부인 크로우 부인의 옷은 온통 새까맸다. 반대로 그녀의 얼굴은 죽은 사람같이 창백해서 그녀는 엄격하고 엄숙해 보였다. 그런 굳은 표정을 한 그녀가 웩슬러 박사가 티눈을 잘라내는 동안 속으로는 잔뜩 가슴을 졸이고 있다고는 아무도 생각하지 못할 것이다.

발 전문의인 웩슬러 박사의 벗겨져 가는 머리를 바라보아도 그녀의 불안감은 가시지 않았다. 그녀는 나지막하게 콧노래로 찬송가를 흥얼거리면서 북쪽으로 난 창문에 눈길을 고정시켰다.

"연기다!"

"조심해요!"

제이크 웩슬러 박사는 깜짝 놀라 하마터면 티눈과 함께 발가락까지 자를 뺀 것이다. 그런 줄도 모르고 크로우 부인은 웨스팅 저택만 정신없이 쳐다보고 있었다.

"제발 가만히 앉아 있어요."

웩슬러 박사가 잔소리를 했지만 환자는 듣고 있지 않았다. 그녀는 한때는 아름다운 여성이었을 법한데, 지금은 거친 세파에 많이 시달린 모습이다. 그녀의 빛바랜 머리카락은 머리 뒤로 단단히 묶여져 햇빛 속에서 금빛을 띤 빨간색으로 보였다. 앞으로 툭 튀어나온 턱만 빼면 그녀의 옆모습은 아주 훌륭했다. 이쯤 해 두자. 금요일은 웩슬러 박사가 전화 걸데도 많고 가장 바쁜 날이니까.

"뒤로 기대세요, 크로우 부인. 이제 거의 다 끝났어요."

"뭐라고요?"

제이크는 그녀의 발을 조심스럽게 의자 발걸이에 얹었다.

"정강이는 왜 다쳤죠?"

"네?"

잠시 동안 눈길이 마주쳤다가 크로우 부인이 먼저 고개를 돌렸다. 수줍어서인지(아니면 죄책감 때문인지 몰라도) 크로우 부인은 시선을 딴 데로 돌린 채 말했다.

"선생님의 딸 터틀이 걷어찼어요."

그녀는 이렇게 중얼거리고 다시 웨스팅 저택으로 눈길을 돌렸다.

"종교가 없어서 그런 일이 일어난 거예요. 샌디 말로는 저 위에 웨스팅의 시체가 동양 양탄자에 싸여서 썩고 있다지만 난 믿지 않아요. 만일 그가 진짜로 죽었다면 지옥에서 활활 타고 있을 거예요. 우린 모두 죄인들이에요."

"도대체 시체가 동양 양탄자인지 페르시아 양탄자인지, 중국 양탄자인지에 싸여 썩고 있다는 게 무슨 소리냐?"

후는 5층 식당의 유리창 근처에서 아들과 이야기하고 있었다.

"그리고 왜 공부하고 있어야 할 시간에 상상력만 발달한 늙어빠진 배달원과 노닥거리면서 귀중한 시간을 낭비하고 있는 거냐?"

그건 질문이 아니었다. 더그의 아버지는 질문 같은 것은 절대 하지 않았다.

"어깨만 으쓱거리지 말고 빨리 가서 공부해!"

"알았어요, 아빠."

더그는 주방을 가로질러 뛰어갔다. 내일은 수업이 없고 육상 연습만 있다고 아무리 말해도 소용이 없을 줄 뻔히 알았기 때문이다. 그가 무슨 변명을 하든 아버지는 "빨리 가서 공부해!"만 되풀이할 것이다. 그는 아파트 안으로 뛰어들어가 맨바닥에 벌렁 누워서 "빨리 가서 공부해!"를 되풀이하며 윗몸일으키기를 스무 번 했다.

저녁 시간에 예약이 되어 있는 손님은 겨우 두 명이었다(신 후 식당은 백 명이 앉을 수 있었다). 후는 예약 장부를 탁 덮고 속이 쓰려서 한 손으로 배를 눌렀다. 그는 위산이 궤양을 하나 더 만들기 전에 재빨리 초콜릿 하나를 까먹었다. 그가 되돌아왔다고? 웨스팅도 이번에는 그렇게 쉽게 빠져나가지 못할 거야. 적어도 내가 살아 있는 한은…….

키가 작고 섬세하게 생긴 여자가 기다란 흰 앞치마를 두르고 말없이 식당의 동쪽 창문 앞에 서 있었다. 그녀는 미시간 호수 저편에 중국이 보이기라도 하는 것처럼 하염없이 그쪽을 바라보고 있었다.

샌디 맥서더스는 밤색 메르세데스 한 대가 구부러진 진입로로 들어와서 입구에 멈춰서자 경례를 올려붙였다. 그는 J. J. 포드 판사를 위해서만 준비된 절차대로 차의 문을 정중하게 열어 주었다.

"저쪽을 보십시오, 판사님. 웨스팅 저택에서 연기가 올라오고 있습니다."

맞춘 옷을 입고 뽀글뽀글한 머리의 키가 큰 흑인 여자가 차 안에서 나오더니 차 열쇠를 수위에게 건네주고 관심 없는 눈길을 언덕 위의 저택으로 던졌다.

"사람들 말로는 저 위에는 아무도 없답니다. 단지 동양 양탄자에 싸여서 썩고 있는 웨스팅이라는 노인의 시체 말고는요."

샌디가 자동차 트렁크에서 커다란 서류 가방을 들어올리며 보고했다.

"판사님은 유령이 있다고 생각하세요?"

"그건 미신입니다."

"맞습니다, 판사님."

샌디는 육중한 유리문을 열고 판사의 뒤를 따라 로비로 들어갔다.

"오티스 앰버는 미련한 남자예요, 그가 미친 게 아니라면 말예요."

J. J. 포드는 서둘러 엘리베이터에 올라탔다. 그녀는 그 말을 하지 말았어야 했다. 전국에서 선출된 최초의 흑인 판사이자 최초의 여성 판사에

게는 어울리지 않는 말이었기 때문이다. 고된 하루 일과를 마친 다음이라 피곤했던 탓이었을까? 아니면 그것 때문인가? 샘 웨스팅이 마침내 집에 돌아온 것 말이다. 그렇다면 차를 팔고 은행에서 대출을 받아서 그에게 현금으로 되돌려주면 그만이다. 하지만 그가 받을까?

"내가 한 말을 오티스 앰버에게는 말씀하지 말아줘요, 맥서더스 씨."

"걱정 마세요, 판사님."

수위는 그녀를 4D호 문 앞까지 안내해 주었다.

"판사님이 제게 말씀하신 것은 극비에 속하니까요."

그건 사실이었다. J. J. 포드는 선셋타워에서 팁을 가장 많이 주는 사람이었다.

◆◆◆

"나 누군가를 보, 보, 보……."

크리스는 너무 흥분해서 말을 더듬었다. 한 팔이 쑥 내밀어져 머리 위로 꼬였다. 말을 듣지 않는 팔이었다. 테오는 휠체어 옆에 쭈그리고 앉았다.

"크리스, 내가 언덕 위에 있는 유령의 성 이야기를 해줄게."

그의 목소리는 무시무시한 이야기에 걸맞게 나직하면서도 쉰 목소리였다.

"저 위에 누군가 있어, 크리스. 하지만 아무도 없는 거나 마찬가지야. 이미 죽은 돈 많은 웨스팅 씨밖에 없으니까. 곰팡이가 핀 동양 양탄자에 싸여서 썩어가고 있지."

크리스는 자기 형의 이야기를 들을 때 늘 하는 것처럼 편안한 자세를 취했다. 테오는 이야기를 꾸며내는 데 명수였다.

"그리고 벌레들이 죽은 사람의 해골에서도, 귓구멍에서도, 콧구멍에서도, 입에서도, 구멍이란 구멍에서는 모두 들어갔다 나왔다 하는 거야."

크리스는 웃음을 터뜨리다가 재빨리 정색을 했다. 지금은 웃을 때가 아니라 겁에 질린 표정을 해야 할 때라는 것을 깨달았기 때문이었다.

테오가 더 가까이 다가왔다.

"그리고 냄새 나는 시체 위로는 크리스털 샹들리에가 깜빡거리고 있어. 그건 계속 깜빡거리지만 음산한 무덤 같은 방 안에 숨소리라고는 들리지 않지."

음산한 무덤 같은 방! '테오는 언젠가 훌륭한 작가가 될 거야.' 크리스는 생각했다. 크리스는 이 으스스하고 멋진 할로윈 이야기를 망치지 않기 위해서 저 위에서 본 다리를 저는 사람 이야기는 하지 않기로 했다.

크리스는 편안한 자세로 조용히 앉아서 유령과 귀신과 자주색 물결 이야기를 들으며 순진한 미소를 지었다.

"심장을 멈추게 하는 미소야."

3C호에 사는 시델 펄래스키는 언제나 그렇게 말했지만 그녀의 말에 주의를 기울이는 사람은 아무도 없었다.

시델 펄래스키는 택시에서 엄청나게 큰 엉덩이를 빼느라 끙끙대고 있었다. 그녀는 뚱뚱한 사람은 아니었다. 단지 비서 노릇을 하느라 여러 해 동안 앉아만 있다 보니 엉덩이가 엄청나게 넓어진 것뿐이다. 숙녀답게 택시에서 내릴 수만 있다면……. 높다란 삼각형 꾸러미와 뭔가가 가득 들어 있는 쇼핑백을 안아 드는데 안경이 그녀의 통통한 코 위로 흘러내렸다. 저 놈의 게으른 운전기사가 좀 도와주기만 해도…….

5센트짜리 동전 하나를 팁으로 받고는 어림도 없는 일이겠지? 운전기사는 택시 뒷문을 쾅 닫고 구부러진 진입로에서 속도를 높이다가 샌디가 주차장으로 몰고 가던 메르세데스를 가까스로 피했다.

그래도 필요할 때면 항상 안 보이던 수위가 오늘은 문을 열어 놓았다. 그러나 그가 그녀를 도와주거나 눈길을 준 것은 아니었다.

그녀에게는 아무도 눈길을 주지 않았다. 시델은 다리를 절며 로비로 들어갔다. 그녀가 가방 속에 고성능 라이플(소총)을 넣고 다닌다 해도 사람들은 관심조차 없을 것이다. 그녀가 선셋타워에 이사 온 것은 고상한 사람들을 만나고자 하는 마음에서였다. 하지만 하다못해 커피 한 잔 하자고 초청하는 사람도 없었다. 그녀에게 관심을 기울이는 사람은 아무도 없었다. 심장을 멈추게 하는 미소를 지닌 가련한 장애인 소년과 꽁지머리를 한 말괄량이 소녀만 빼고 말이다. 그 소녀는 그녀의 정강이를 걷어찬 것을 후회하게 될 것이다.

꾸러미를 덜렁거리면서, 귀고리를 짤랑거리면서, 멋진 팔찌를 찰그랑거리면서, 시델은 3C호의 여러 개의 자물쇠를 따고 들어가 빗장을 걸었다. 그녀가 그렇게 많은 자물쇠를 잠그는 소리를 누군가 들었다면 도둑이 얼씬도 하지 않을 것이다. 하지만 아무도 귀를 기울이거나 신경 쓰지 않았다.

그녀는 비닐보가 덮인 식탁 위에 쇼핑백에 담긴 물건들을 쏟았다. 에나멜 여섯 통, 신나, 솔 등등. 그녀는 기다란 꾸러미를 풀고 네 개의 나무 목발을 벽에 기대어 세워 놓았다. 햇살이 주차장 위로 내리쬐고 있었지만 시델은 뒤쪽 유리창을 내다보지 않았다. 옆 유리창에서는 웨스팅 저택에서 솟아오르는 연기를 볼 수 있었지만 시델은 그 쪽도 쳐다보지 않았다.

"시델 펄래스키에게 관심을 기울이는 사람은 아무도 없어. 하지만 이제 달라질 거야. 이젠 달라질 거라구."

그녀가 혼잣말을 했다.

4
시체가 발견되다

할로윈데이에는 보름달이 떴다. 터틀은 턱이 튀어나오지 않은 것만 빼면 완전히 마녀처럼 보였다. 땋지 않은 검은 머리카락은 뾰족한 모자 아래서 바람에 마구 휘날렸고, 작은 매부리코에는 찰흙으로 혹을 만들어 붙였다. 빗자루를 타고 웨스팅 저택으로 휙 날아갈 수만 있다면 얼마나 좋을까. 하지만 터틀은 만반의 준비를 갖추고 네 발로 바위틈을 기어 올라가는 수밖에 없었다. 기다란 검은 망토 아래 청바지 주머니에는 야간에 펼쳐질 위험한 모험에 필요한 물건들이 가득 들어 있었다.

더그 후는 벌써 절벽 꼭대기에 도착해서 잔디밭 위 단풍나무 뒤에 자리를 잡고 있었다(육상선수인 더그가 시간을 재는 사람으로 선택되었다. 위스콘신 주에서는 그보다 더 빨리 달릴 수 있는 사람이 없기 때문이다). 터틀이 온다. 이제 행동을 개시할 시간이다. 무릎까지 푹푹 빠지는 축축한 나뭇잎 속에 오래 있으면 무릎에 좋을 리가 없다. 그는 스톱워치 단추에 엄지손가락을 대고 준비를 했다.

터틀은 열려진 프랑스 풍 문 안에 깔린 어둠 속을 살폈다. 누군가, 아니면 무언가가 그녀를 기다리고 있기라도 한 듯 문은 활짝 열려 있었다. 하지만 유령 같은 것은 보이지 않았다. 그리고 할 일이 있다면 그들에게 친구처럼 이야기하기만 하면 되는 것이다(유령들은 개처럼 사람들이 언제 무서워하는지를 안다). 오티스 앰버는 '유령 아니면 유령보다 더 무서운 것'이라고 말했다. 그렇지만 '유령보다 더 무서운 것'이라 해도 터틀에게 해코지하지는 못할 것이다. 터틀의 마음과 행동은 깨끗했다. 사람들의 정강이를 걷어찬 일은 몇 번 있었지만 그건 자기 방어 차원에서 한 일이니 그것 때문에 꼬투리를 잡을 수는 없을 것이다. 터틀은 두렵지 않았다.

"서둘러!"

나무 뒤에 있는 더그가 다그쳤다.

1분에 2달러, 25분만 버티면 〈월 스트리트 저널〉을 구독할 수 있다. 자, 이제 만반의 준비가 되었어. 터틀은 주머니를 다시 한 번 점검했다. 샌드위치 두 개, 오렌지주스가 들어 있는 샌디의 유리병, 손전등, 흡혈귀를 쫓아 줄 엄마의 은 십자가. 터틀은 찰흙으로 코에 붙인 혹(시체 썩는 냄새를 막기 위해 안젤라의 향수에 담갔다 꺼낸)을 떼어 콧구멍에 틀어막았다. 터틀은 차가운 밤공기를 힘껏 들이마시다가 이가 아파서 움찔했다. 터틀이 두려워하는 것은 치과의사였지 유령이나…… 아니, 자주색 물결은 생각하지 말자. 1분에 2달러만 생각하자. 자, 하나, 둘, 셋, 셋 반, 출발!

더그는 스톱워치를 지켜보았다. 9분이 지났다.

10분…….

11분…….

갑자기 겁에 질린 여자아이의 비명이 밤공기를 뒤흔들었다. 들어가 봐야 할까? 아니면 그 말괄량이가 잔꾀를 부리는 걸까? 다시 비명소리가 가까운 곳에서 들려왔다.

"으아아아아아아아!"

터틀이 망토를 허리까지 들어올리고 웨스팅 저택에서 뛰쳐나왔다.

"으아아아아아아아!"

터틀은 웨스팅 저택에서 시체를 보았다. 하지만 시체는 썩어가고 있지도 않았고 동양 양탄자에 싸여 있지도 않았다. 죽은 사람은 네 개의 기둥이 달린 침대에 버젓이 누워 있었던 것이다.

"퍼플, 퍼플!"(아니면 "터틀, 터틀!"이었는지도 모르지만 어쨌든 소름이 끼치는 소리였다) 하는 숨이 넘어가는 속삭임 소리에 그녀는 2층에 있는 주인의 침실로 올라갔다. 어쩌면 꿈일지도 모른다. 아니, 그럴 리가 없다. 계단을 굴러 내려오는 동안 온몸이 욱신욱신 아팠기 때문이다.

이제 달도 기울어 창밖은 어둡다. 터틀은 자기의 좁은 방 좁은 침대에 누워 기다렸다. 마침내 더딘 아침이 산봉우리를 기어 올라와 웨스팅 저택을 밝게 비추었다. 속삭임과 죽음의 집 웨스팅 저택을……. 2달러 곱하기 12분은 24달러.

탁! 아침 신문이 날아와 앞문에 부딪쳤다. 터틀은 식구들을 깨우지 않으려고 발끝으로 걸어가 신문을 가져다 침대로 도로 올라갔다.

신문 1면에서 죽은 사람의 얼굴이 터틀을 보고 있었다! 그의 얼굴은 더 젊어 보이고 짧은 수염은 더 짙은 색이었다. 하지만 분명히 그 사람이었다.

"샘 웨스팅, 변사체로 발견되다!"

발견! 더그 말고는 침대에 누워 있는 시체에 대해 아무에게도 이야기하지 않았는데? 게다가 더그는 터틀의 말을 곧이들으려 하지도 않았고. 그렇다면 누가 시체를 발견한 거지? 속삭이던 사람인가?

13년 전 종적을 감추었던 수수께끼 사업가 새뮤얼 W. 웨스팅(64세) 씨가 지난밤 웨스팅 타운의 저택에서 시체로 발견되었다. 이민자의 외아들로 열두 살에 양친을 잃고 독학을 하면서 열심히 일한 새뮤얼 웨스팅은 노동자로 일하면서 돈을 저축해 작은 제지공장을 매입했다. 그로부터 그는 웨스팅제지주식회사를 설립하고 수천 명의 근로자와 가족들을 입주시킬 웨스팅 타운을 건설하기에 이르렀다. 그의 재산은 200만 달러가 넘는 것으로 추정된다.

터틀은 다시 한 번 읽어 보았다. 200만 달러. 우와!

성공 비결에 대한 질문을 받았을 때 그 사업가는 언제나 '깨끗한 생활, 근면한 노력, 정정당당한 승부'라고 대답했다. 웨스팅은 술을 마시거나 담배를 피우거나 도박을 하지도 않았다. 그럼으로써 다른 사람의 모범이 되었다. 그러나 그는 게임에 능하고 체스의 대가였던 것으로 알려져 있다.

터틀은 게임실에도 들어갔었다. 그곳에서 당구 큐대를 집어 들고 무기 삼아 계단을 올라갔다.

대단한 애국심의 소유자인 새뮤얼 웨스팅은 흥미만점인 자신의 7월 4일 독립기념일 행사로 유명하다. 그는 자신이 직접 각본을 쓰고 감독을 맡은 야외극에서 항상 벤저민 프랭클린 아니면 북치는 소년으로 분장해 연기를 했다. 그의 연기 중 가장 기억에 남을 만한 것으로는 베티 로스 역을 꼽을 수 있을 것이다.

야외극 다음에는 게임과 축제가 이어졌고 해질 무렵이면 웨스팅 씨는 미국의 상징인 엉클 샘 의상을 입고 자기 집 잔디밭에서 불꽃놀이를 벌였다. 불꽃놀이의 눈부신 장관은 50km 밖에서도 보일 정도였다고 한다.

불꽃놀이! 지하창고에 쌓여 있던 위험 폭발물이라는 도장이 찍혀 있던 상자들이 바로 그거였구나. 그 많은 화약을 동시에 터뜨린다면 그야말로 '눈부신 장관'이겠군.

종이 제왕의 말년은 비극으로 얼룩져 있다. 그의 외동딸인 바이올렛이 결혼식 하루 전날 익사한 데다, 2년 뒤에는 불화 끝에 부인마저 가정을 버린 것이다. 웨스팅 씨는 이혼한 다음에도 재혼하지 않았다.

그는 5년 후에는 일회용 종이 기저귀의 특허권 문제로 한 발명가에게 고소를 당했다. 법정으로 가는 길에 새뮤얼 웨스팅과 그의 친구 시드니 사익스 박사는 교통사고로 자칫하면 생명을 잃을 뻔했다. 두 사람은 모두 중상을 입고 병원에 입원했다. 사익스 박사는 의사와 군 검시관의 직위에 복귀했지만, 웨스팅 씨는 사람들의 시야에서 자취를 감추어 버렸다.

확인되지 않은 소문에 따르면, 그는 남태평양의 개인 소유 섬에서 거대한 웨스팅제지주식회사를 관리했다고 한다. 그의 이름은 아직도 그 회사의 회장으로 올라 있다.

웨스팅 씨의 시체가 호반의 자택에서 발견되었다는 소식이 전해지자 이 회사의 사장이자 대표이사인 줄리언 R. 이스트만의 대변인은 다음과 같이 말했다. "우리는 놀라움과 함께 심심한 애도를 표하는 바입니다." 사익스 박사의 반응은 다음과 같다. "비극적인 삶이 결국 비극으로 끝나는군요. 샘 웨스팅은 진정으로 위대하고 중요한 인물이었습니다."

장례식은 가족장으로 치러질 예정이다. 웨스팅 씨의 유언 집행자는 고인에게 화환을 보내는 대신 그 돈을 미국 맹인 볼링 협회에 기부해 달라는 유언을 남겼다고 전했다.

터틀은 신문의 다른 페이지를 더 살펴보았다. 하지만 그게 전부였다. 그게 전부라고?

시체가 어떻게 발견되었는지에 대한 기사가 없는 것이다. 그리고 침대 옆 탁자 위에 놓여 있었던 떨리는 글씨로, "내가 침대에서 시체로 발견된다면……."이라고 휘갈겨 쓴 봉투에 대한 기사도 전혀 없었다. 터틀은 전등 불빛 아래서 그 글씨를 보고 네 개의 기둥을 붙잡고 다가가다가 붉은색과 흰색과 푸른색이 뒤섞인 죽은 사람의 밀랍 같은 손을 느끼고는 비명을 질렀던 것이다. 흰 수염이 난 얼굴을 얼핏 본 것 말고 기억나는 것은 정신없이 뛰쳐나오다 당구 큐대에 걸려 계단을 데굴데굴 구른 것밖에는 없었다. 그래서 샌디의 유리병은 깨지고 다른 물건들도 죄다 빠져 달아났던 것이다.

그렇다면 누구 것인지 모르는 땅콩버터와 젤리를 바른 샌드위치 두 개,

손전등과 체인이 달린 은 십자가 이야기가 나왔어야 하는데 그런 기사도 없었다.

침입자에 대한 기사는 전혀 없었다. 누가 마녀를 보았다든지, 잔디밭 위에서 운동화의 발자국을 발견했다든가 하는 이야기도 없었다.

그럼 터틀이 겁에 질릴 필요는 없는 것이다(엄마의 십자가를 잃어버린 것만 빼면). 나이 많은 웨스팅 씨는 심장마비로 죽었을지도 모른다.

터틀은 신문지를 접어 책상 서랍에 감추고 거울을 보며 몇 군데나 멍이 들었는지 세어 보았다. 일곱 군데나 되었다. 터틀은 옷을 입고 지난밤 그녀가 웨스팅 저택에 갔었다는 사실을 아는 네 사람을 찾아 나섰다. 그들에게 24달러를 받아야 하니까 말이다.

⚜

열두 시에 예순두 살의 배달원이 편지 배달을 시작했다. 변호사 E. J. 플럼이 발송한 편지가 열여섯 통 있었다. 오티스는 그 편지의 내용이 무엇인지 알고 있었다. 한 통은 자기 앞으로 오는 것이기 때문이다.

> 귀하는
> 새뮤얼 W. 웨스팅의
> 유산 상속자 중 한 사람으로 지명되었으니
> 내일 오후 4시에
> 웨스팅 저택 남쪽 서재에서 있을
> 유언장 낭독에
> 입회하여 주시기 바랍니다.

"웨스팅 노인이 당신에게 약간의 돈을 남겨 놓았다는 뜻입니다. 이 수령증에 서명하세요. '직위'가 뭐냐고요? 그건 일자리 같은 걸 말하는 거죠. 수령증에는 편지가 제대로 전달되었는지를 확인하는 내용이 들어가야 하니까요."

그가 설명했다.

그레이스 윈저 웩슬러는 '주부'라고 썼다가 지우고 '실내장식가'라고 썼다가 다시 지우고 '유산 상속녀'라고 썼다.

"다른 사람 누가 또 있죠? 몇 명이나 돼요? 금액은요?"

"전 아무 말도 해서는 안 된다는 지시를 받았어요."

다른 유산 상속자들은 전혀 예상치 못했던 '유산'이라는 말에 어안이 벙벙해서 질문조차 하지 않았다. 후 부인이 가위 표를 하자 남편이 그녀의 이름과 직위를 기입했다. 테오는 동생을 대신해서 서명하려고 했지만 크리스가 굳이 직접 하겠다고 우겨서 수령증을 넘겨주었다. 그는 느릿느릿 아주 힘겹게 '크리스토스 테오도라키스, 새 관찰가'라고 썼다.

선셋타워 주차장 뒤로 해가 질 무렵 오티스 앰버는 편지 배달을 마쳤다.

5
열여섯 명의
유산 상속자

그레이스 윈저 웩슬러가 웨스팅 저택의 진입로에 차를 주차시키고 딸들 앞에 서서 발걸음을 옮길 때는 회색빛 호수 위로 대리석 빛깔의 하늘이 무겁게 드리워져 있었다. 그녀의 남편은 오기를 거절했지만 상관없다. 그레이스는 친척들끼리 부자 삼촌에 관한 잡담을 했던 일을 떠올리면서(아니, 재당숙쯤 되는지도 모른다. 어쨌든 그의 이름이 샘이었던 것 같다) 자신이야말로 합법적인 상속자라고 확신했다(남편 제이크는 유대인이었으므로 새뮤얼 W. 웨스팅과 아무런 관련이 없음이 분명했다).

"내 은 십자가가 도대체 어디 갔는지 모르겠구나."

그녀는 밍크 목도리 아래 금목걸이를 만지작거리면서 말했다.

"안젤라, 바로 이곳에서 결혼식을 올려도 되겠다. 터틀, 또 어딜 그렇게 싸돌아다니는 거니?"

"편지에는……, 아무것도 아니에요."

터틀은 잔디밭 위의 프랑스 풍의 문을 통해서 서재로 들어갈 수도 있다는 말은 하지 않는 편이 더 낫겠다고 생각했다.

정문을 열어 준 사람은 크로우 부인이었다. 선셋타워의 청소부인 그녀는 언제나 검은 옷을 입었지만 그레이스 웩슬러는 검은 옷을 보니 레이스 달린 손수건으로 눈물을 닦는 척해야 한다는 것이 생각났다. 이곳은 초상집이기 때문이다.

크로우 부인이 말없이 안젤라의 외투를 받아들고 흰 깃과 소매가 달린 그녀의 파란 벨벳 드레스가 잘 어울린다는 뜻으로 고개를 끄덕거렸다.

"나는 그냥 입고 있을게요. 이 안은 좀 추운 것 같네요."

그레이스 부인이 말했다. 모피 외투를 입고 있어야 웨스팅 씨의 가난한 먼 친척쯤으로 여겨지지 않을 것 같아서였다.

터틀도 춥다고 투덜거렸지만 터틀의 엄마는 사각거리는 주름진 분홍색 파티복이 보이게 하려고 외투를 억지로 벗겨냈다. 그건 안젤라로부터 물려받은 것으로 두 치수나 커서 길이가 10cm나 길었다.

"적당한 곳에 앉으세요."

변호사가 긴 서재 탁자 앞에서 봉투들을 분류하느라 고개도 들지 않고 말했다.

웩슬러 부인은 그의 오른쪽에 있던 의자에 앉아서 더 예뻐하는 안젤라에게 손짓했다. 안젤라는 엄마 옆에 앉아서 커다란 숄더백에서 혼숫감으로 쓸 수건을 꺼내 'D'라고 수놓기 시작했다. 터틀은 텅 빈 채 먼지만 쌓인 책장이 놓여 있는 이 서재에 난생 처음 와보는 체하면서 세 번째 의자에 앉았다. 방 저쪽 구석에 마련된 단에는 천으로 장식된 관이 열려진 채 놓여 있었다. 그 속에는 시체가 눕혀진 채로 있었다. 높다란 모자까지 쓴 엉클 샘의 의상을 입었다는 것만 빼면 터틀이 발견했을 때와 똑같은 모습이었다. 그의 가슴께에 교차된 밀랍 같은 손 사이에는 엄마의 은 십자가가 놓여 있었다.

하지만 그레이스는 다음 유산 상속자들을 맞느라 그런 것을 알아차릴 겨를이 없었다.

"덴튼 박사님이 오실 줄은 정말 몰랐어요. 하지만 당신도 곧 우리 가족이 될 테니까요. 이리 와서 예비 신부 옆에 앉아요. 터틀, 네가 옆으로 좀 가야겠다."

D. 덴튼 디어는 언제나 분주한 사람이었다. 그는 아직도 병원의 흰 가운을 입은 채 안젤라의 뺨에 스치듯 입을 맞추었다.

"오늘이 파자마 파티인 줄은 몰랐어요."

터틀은 의자에서 벌떡 일어나 탁자 맨 끝으로 가면서 비웃었다.

❧

다음 유산 상속자는 쭈뼛거리며 들어온 키가 작고 동글동글한 여자였다. 그녀는 입을 꼭 다물고 개구쟁이 같은 미소를 지었다. 직선으로 자른 그녀의 철사 같은 머리카락 아래에는 뾰족한 귀가 숨어 있을 것 같았다.

"안녕하세요, 봄배크 부인. 제 약혼자 덴튼 디어예요."

안젤라가 말했다.

"운이 좋은 분이군요, 디어 씨."

"디어 박사님이랍니다."

재단사 아주머니의 등장에 놀란 웩슬러 부인이 정정했다.

"아 참, 그렇죠? 미안해요."

플로라 봄배크는 자기가 환영받지 못한다는 것을 알고 터틀 쪽으로 다가갔다.

"네 옆에 좀 앉아도 되겠니? 네 꽁지머리를 잡아당기지 않겠다고 약속할게."

"좋아요."

터틀은 양 팔을 탁자 위에 얹고 그 위에 뺨을 대고 있었다. 그렇게 하고 있으면 웨스팅 씨의 관만 빼고 모든 것을 다 볼 수 있었다.

웩슬러 부인은 다 들릴 만큼 혀를 차면서 다음 유산 상속자를 맞이했다. 이 밥맛 떨어지는 난쟁이는 바보 같은 조종사 모자를 벗을 만한 예의도 없나? 그리고 도대체 이 사람이 여기 뭐하러 온 거야?

"쯧쯧쯧."

배달원이 외쳤다.

"오티스 앰버가 도착했습니다. 박수로 환영합시다!"

터틀은 큰소리로 웃고 플로라는 숨을 죽이고 웃었으며, 그레이스는 다시 한 번 혀를 찼다.

"쯧쯧쯧."

더그와 그의 아버지는 조용히 들어왔지만 샌디는 "안녕하세요?"를 외치면서 신나게 손을 흔들었다. 그는 수위 제복을 입고 있었지만 오티스 앰버와는 달리 모자를 벗어 손에 들고 있었다.

그레이스는 이 이상한 유산 상속자의 집합에 더 이상 놀라지도 않았다. 그녀는 그들 모두가 웨스팅 집안의 하인이거나 고용인이었을 거라고 생각했다. 부자들은 언제나 하인에게 유산을 분배하는 유언을 남기곤 하지 않는가? 그런데 그녀의 엉클 샘은 특히 관대한 사람이었나 보다.

"너희 부모님은 안 오시니?"

그녀는 동생의 휠체어를 밀고 서재로 들어오는 테오에게 물었다.

"부모님은 초청받지 않았어요."

테오가 대답했다.

"누, 누, 누니아……."

크리스가 말했다.

"뭐라고 하는 거지?"

"눈이 온대요."

테오와 플로라가 동시에 설명했다.

유산 상속자들은 환자 소년의 가느다란 팔다리가 갑자기 경련을 일으키며 비틀리는 것을 가련하게 바라보았다. 그의 곁으로 달려간 사람은 재단사 아주머니뿐이었다. 아주머니가 크리스를 달랬다.

"그래, 그래. 펄펄 눈이 내려옵니다. 그럴려고 그랬지?"

테오가 그녀를 옆으로 밀었다.

"내 동생은 아기가 아니에요. 저능아도 아니구요. 그러니까 아기 다루듯 하지 마세요."

플로라는 눈물 때문에 눈을 껌뻑이며 자기 자리로 돌아갔지만 창백한 얼굴에는 여전히 개구쟁이 같은 미소가 떠올랐다.

몇몇은 병자에 대한 연민이 담긴 눈초리로 소년을 바라보았지만, 대부분은 외면해 버렸다. 그런 모습을 보고 싶지 않았기 때문이다.

"척추골 주요부의 손상이야."

덴튼 디어가 자신의 의학 지식을 자랑하기 위해 안젤라에게 속삭였다. 하지만 소년에게 눈길을 못 박고 있던 안젤라는 숄더백을 움켜쥐고 허둥지둥 방을 나가 버렸다.

❧

"안녕하세요, 포드 판사님?"

그레이스는 자신이 대단히 진보적인 사람이라고 자부하면서 일어나 탁자 너머로 흑인 여판사와 악수를 했다. 그녀는 틀림없이 법률적인 문제 때문에 이곳에 왔을 것이다. 아니면 그녀의 어머니가 웨스팅 집안의 하녀였을 것이다. 그레이스가 확신할 수 있는 사실이 한 가지 있었다. 흑인 J. J. 포드가 새뮤얼 W. 웨스팅과 친인척일 가능성은 중국인인 후보다도 더 적다는 것이었다.

"시작하려면 아직 멀었습니까?"

TV 축구 중계 시간에 맞추어 돌아가고 싶어 몸이 달아오른 후가 물었다.

"식당에 돌아가 봐야 하거든요. 일요일은 우리 식당이 가장 바쁜 날이라서 말이죠. 하지만 아직도 예약을 받고 있습니다. 신 후 식당은 선셋타워 5층에 자리 잡고 있으며 특별 요리로……."

후가 한참 자랑스럽게 떠벌리고 있는데 더그가 아버지의 소매를 잡아당겼다.

"여기선 안 돼요, 아빠. 장례식이잖아요."

"누구 장례식?"

후는 그제서야 열린 관을 발견했다.

"으아아아!"

변호사가 몇 명의 유산 상속자가 아직 도착하지 않았다고 일러주었다.

"내 아내는 오지 않을 것입니다."

후가 말했다.

"웩슬러 박사님은 긴급한 수술 때문에 불려 가셨어요."

그레이스가 말했다.

"그린 베이 술집에서 벌어지는 긴급한 카드놀이 때문이에요."

터틀이 플로라에게 속삭이자 그녀는 통통한 손으로 입을 가리고 어깨를 들썩이며 키득거렸다.

"그래도 아직 한 분, 아니 두 분이 더 오셔야 합니다."

변호사가 서류를 넘기며 말했다. 판사의 엄격한 눈초리 앞에서 그의 손은 눈에 띄게 떨리고 있었다.

포드 판사는 E. J. 플럼을 알아보았다. 몇 달 전 그는 포드 판사의 법정에서 말도 안 되는 문제를 가지고 논쟁을 벌인 적이 있었다. 하필이면 이렇게 중요한 유산을 처리하는 일에 저런 경험 없는 풋내기 변호사가 선택되었을까? 가만히 생각해 보니 난 여기 왜 왔지? 호기심 때문인가? 어쩌면 그럴지도 모르지. 하지만 다른 사람들, 선셋타워의 다른 입주자들은 어떻게 된 거지? 선수 치면 안 돼. 샘 웨스팅이 행동을 개시할 때까지 기다려, 조시-조.

복도에서 가벼운 발걸음 소리가 들려왔다. 하지만 그건 가방을 가슴에 안은 상기된 표정의 안젤라였다. 그녀는 제자리에 도로 앉았다.

유산 상속자들은 기다렸다. 몇몇은 이웃과 이야기를 나누었고, 몇몇은 금박을 입힌 천장을 올려다보았으며, 몇몇은 동양 양탄자의 무늬를 들여다보고 있었다. 포드 판사는 탁자 위에 놓은 테오의 손을 바라보았다. 그의 짙은 구릿빛인 손은 못이 박여 있고 흉터도 보였으며 햇볕에 그을려 번들거렸다. 그녀는 자신의 손을 무릎 위에 얹었다. 그리스 사람인 그의 피부는 그녀의 검은 피부보다도 더 검었다.

※ ※ ※

쿵, 쿵, 쿵. 누군가 걸어오고 있다. 두 사람인 것 같기도 하다. 크로우 부인이었다. 그녀는 눈을 내리깐 채 한 마디도 하지 않고 오티스 앰버 옆에 앉았다. 그녀가 탁자 밑으로 꼭 끼는 신발 끈을 느슨하게 하는 동안 그녀의 얼굴에 어두운 기색이 스쳐갔다.

쿵, 쿵, 쿵. 마지막 유산 상속자가 드디어 도착했다.

"안녕하세요, 여러분. 늦어서 죄송합니다. 이런 일에 익숙하지 못해서요."

시델 펄래스키가 요란한 색깔로 칠한 목발을 허공에 대고 흔들다 비틀거리더니 재빨리 균형을 잡았다.

"이 목발 말이에요. 정말 귀찮은 물건이지만 곧 익숙해질 거예요."

그녀는 얇은 분홍색 입술을 꾹 다물고 의기양양한 미소를 억누르려고 애썼다. 모든 사람이 지켜보고 있었다. 그녀는 그들이 자신을 주목할 줄 예상하고 있었다.

"어떻게 된 거예요, 펄래스키? 터틀의 꽁지머리를 또 잡아당겼나?"

오티스 앰버가 물었다.

"발을 망가뜨리는 전문의인 웩슬러 박사에게 갔었나 보지."

샌디가 말했다.

시델은 누군가 자신의 편을 들어 혀를 쯧쯧쯧 차는 소리를 듣고 기분이 좋아졌다. 그녀는 그들의 모욕적인 말에 속눈썹을 붙인 눈 하나 깜박하지 않았다.

"아무것도 아니에요. 소모성 질환의 일종일 뿐이에요. 하지만 날 동정할 필요는 없어요. 난 남은 인생을 하루하루 최대한 즐기며 살아갈 테니까."

쿵, 쿵, 쿵. 여비서 시델은 자주색 줄이 그려진 목발의 쿵쿵거리는 소리가 줄어들까 봐 동양 양탄자를 피해 탁자 끝으로 갔다. 그녀의 커다란 엉덩이는 자주색 옷의 흰 물결무늬 때문에 더욱 거대해 보였다.

자주색 물결, 터틀은 생각했다.

덴튼 디어는 고개를 뒤로 젖히고 이 묘한 환자를 관찰하느라 의자에서 떨어질 뻔했다. 그녀는 먼저 왼발을, 다음으로 오른발을 옮겼다.

"저건 뭐예요?"

웩슬러 부인이 속삭였다.

인턴 과정에 있던 풋내기 의사는 아무런 생각도 나지 않았지만 그래도 무슨 말이든 해야 했다.

"특발성 이동 동공축소증입니다."

그는 아무렇게나 지껄이고 나서 재빨리 안젤라의 눈치를 살폈다. 그녀의 눈길은 여전히 수놓는 일에 머물러 있었다.

변호사가 서류를 손에 들고 일어서더니 서너 차례 목을 가다듬었다. 그레이스 윈저 웩슬러는 고귀한 유산 상속녀답게 턱을 바짝 치켜들고 신경을 잔뜩 곤두세웠다.

"잠깐만요."

시델이 자주색과 흰색이 뒤섞인 목발로 탁자를 때리더니 핸드백에서 수첩과 연필을 꺼냈다.

"기다려 줘서 고마워요. 이제 시작하셔도 좋아요."

6
웨스팅의 유언

변호사는 시작했다.

"제 이름은 에드가 제닝스 플럼입니다. 저는 새뮤얼 W. 웨스팅 씨를 직접 만나볼 기회는 없었지만 아직은 설명드릴 수 없는 몇 가지 이유로 해서 고인의 시신 곁에서 발견된 이 유언장의 집행자로 지명되었습니다. 제가 주어진 짧은 시간 안에 가능한 한 철저히 서류를 검토했다는 사실부터 말씀드려야겠습니다. 저는 새뮤얼 W. 웨스팅과 그의 증인 두 명, 즉 웨스팅제지주식회사의 사장이자 대표이사인 줄리언 R. 이스트만과 의학 박사이며 웨스팅 씨의 검시관인 시드니 사익스 박사의 서명을 확인했습니다. 유언장의 내용이 다소 상식에서 벗어나는 것으로 들릴 수도 있지만 저는 제 이름과 명예를 걸고 그것이 합법적이라는 것을 맹세합니다."

긴장으로 숨죽이고 있던 유산 상속자들은 에드가 제닝스 플럼을 뚫어져라 쳐다보고 있었다. 그는 입에 주먹을 대고 헛기침을 한 번 하고 목청을 가다듬고 나서, 서류를 몇 번 뒤적이더니 드디어 큰소리로 웨스팅 유언장을 읽기 시작했다.

위대하고 영광스러운 미합중국의 아름다운 위스콘신 주 웨스팅 군에 사는 나 새뮤얼 W. 웨스팅은 내 마지막 유언이자 약속으로서 다음과 같은 사항을 선언한다.

하나 • 나는 나의 친구들과 적들 사이에서 살고자 돌아왔다. 내가 죽음을 무릅쓰고 돌아온 것은 나의 유산 상속자를 찾기 위해서이다.

오늘 나는 내가 가장 사랑하고 아끼는 나의 조카 열여섯 명을 한자리에 불러…….

"뭐라고!"
(앉아라, 그레이스 윈저 웩슬러!)

아직도 멍하니 서 있는 그레이스에게 변호사가 미안한 표정을 지었다.
"저는 웨스팅 씨가 쓴 글을 그대로 읽고 있을 뿐입니다."
"편하시다면 그대로 계세요, 웩슬러 부인. 백인과 친척이라니 나도 소름끼치도록 놀랍군요."
포드 판사가 위엄을 유지하려 애쓰며 말했다.
"아, 난 그런 뜻이 아니고…….'
"안젤라 언니!"
터틀이 탁자 끝에서 불렀다.
"언니는 저 의사 지망생과 결혼할 수 없어. 사촌과 결혼하는 건 법에 어긋나거든."
D. 덴튼 디어는 아주 신사답게 안젤라의 손을 토닥여 주다가 그만 안젤라가 수놓고 있던 바늘에 손가락을 찔리고 말았다.

"난 뭐가 뭔지 하나도 모르겠어요."

시델 펄래스키가 불평했다.

"그 부분을 다시 읽어 주실 수 있겠어요, 변호사님?"

오늘 나는 내가 가장 사랑하고 아끼는 나의 조카 열여섯 명을 한자리에 불러(앉아라, 그레이스 윈저 웩슬러!) 너희들의 엉클 샘의 시신을 마지막으로 보이고자 한다. 내일이면 그 몸은 사방에서 불어오는 바람에 날려 가 버릴 것이다.

둘 • 나 새뮤얼 W. 웨스팅은 나의 죽음이 자연사가 아니라는 것을 엄숙히 선언하는 바이다. 나의 목숨을 앗아간 사람은 바로 너희들 중 한 명이다!

"으어억."

크리스의 팔이 허공을 휘젓더니 그의 손가락이 이곳을, 아니 저곳을, 아니 사방을 가리켰다. 그의 과장된 몸짓은 딱 한 명만 빼고 모든 유산 상속자들이 공통으로 느끼고 있었던 혼란이 행동으로 나온 것이었다. 그들은 넋이 나간 표정으로 자기 귀를 의심하면서 옆 사람의 눈치를 살폈다. 시델은 받아 적던 노트를 다시 한 번 확인하더니 낮은 비명을 질렀다.

"어머나!"

"살인? 웨스팅이 살해당했단 말이오?"

샌디가 왼쪽에 앉아 있던 크로우에게 물었다. 그러나 크로우는 대답 대신 고개를 돌려 버렸다.

"웨스팅이 살해당했단 말이오?"샌디가 오른쪽에 앉아 있던 후에게 물었다.

"살인이냐고요? 물론 살인이죠. 샘 웨스팅이 살해당했어요. 아니면 그 숟가락도 제대로 씻지 않는 커피숍에서 식사를 너무 자주 했거나."

테오는 후가 자기 가족의 사업을 빈정거리는 것이 화가 났다.

"물론 살인이에요. 그리고 유언장에는 살인자가 우리들 가운데 있다고 했어요."

그는 식당 주인 후에게 눈을 부라렸다.

"경찰이 그 사건을 조사했나요?"

포드 판사가 변호사에게 물었다.

플럼이 어깨를 으쓱했다.

"부검이 있을 예정인 것으로 알고 있습니다."

판사는 실망스럽게 고개를 저었다. 부검이라고? 웨스팅의 시체는 벌써 방부제 처리를 했을 것이다. 게다가 내일이면 화장될 텐데 부검이라니……

경찰은 손을 쓸 수가 없다. 살인자는 이런 야비한 짓을 저지르고 걱정할 만큼 어리석지 않다.

"어머나 세상에!"

플로라가 손으로 입을 막았다.

살인자의 이름을 아는 사람은 나밖에 없다. 이제는 너희들 손에 달려 있다. 살인자를 찾아 자백을 받아내라.

"아멘." 크로우가 말했다.

셋 • 너희들 중 누가 웨스팅의 유산 상속자가 될 수 있겠는가? 나를 도와다오. 한 명의 유산 상속자가 정해질 때까지 내 영혼은 편안히 쉬지 못할 것이다.

유산이 갈림길에 놓여 있다. 막대한 재산을 상속받을 사람이 찾아내야 하는 것은······.

"푸들이!"

수위가 외쳤다. 몇 사람은 참을 수 없는 긴장을 누그러뜨리려고 키득거리고 몇 사람은 책망 어린 눈초리를 던졌으며, 그레이스는 혀를 차고 시델은 "쉬!" 하고 입에 손가락을 갖다 댔다.

"농담이었어요." 샌디가 변명했다.

"영화에서 봤는데 푸들이라는 아주 영리한 개가 있어요. 그러니까 푸들이에게 부탁하면······, 아니에요. 신경 쓰지 마세요."

넷 • 기회의 나라여 영원하라! 그대는 가난한 이민의 아들인 내게 부와 권력과 명예를 안겨 주었다.

그러니 나의 유산 상속자들이여, 이 나라를 신뢰하라. 그리고 이 인심 좋은 땅을 찬양하라. 용감히 웨스팅 게임에 뛰어드는 자는 큰 부자가 될 수 있다.

"게임? 무슨 게임?"

터틀은 그게 궁금했다.

"상관없어. 야비한 속임수든가 아니면 그 사람이 미쳤든가 둘 중 하나야."

포드 판사가 나가려고 일어서면서 말했다.

다섯 • 앉으시오, 판사님. 그리고 이 똑똑한 젊은 변호사가 건네주는 편지를 읽어 보시오.

으스스했다. 몇 사람이 관을 향해 눈길을 돌렸지만 웨스팅의 눈은 여전히 감겨 있었다.

똑똑한 젊은 변호사가 산더미같이 쌓인 서류를 들추고 주머니를 뒤지다 서류 가방에서 마침내 그 편지를 찾아냈다.

"안 열어 보실 거예요?"

판사가 자리에 도로 앉아 편지를 지갑에 넣자 테오가 물었다.

"그럴 필요도 없다. 샘 웨스팅은 자기가 정신 이상이 아니라는 것을 입증할 진단서를 수십 장은 살 돈이 있었을 테니까."

"가난한 사람들이 미치면 정신 이상이 되고, 부자들이 미치면 성격이 좀 괴팍한 사람이 되는 거죠."

후가 비꼬듯 말했다.

"의료계가 부패했다는 뜻으로 들리는군요."

덴튼 디어가 이의를 제기했다.

"쉬!"

여섯 • 게임실로 가기 전에 1분 동안만 너희의 엉클 샘을 위해 기도해다오.

유일하게 울음을 터뜨린 유산 상속자는 플로라 봄배크였다. 그리고 기도를 한 유일한 사람은 크로우였다. 시델 펄래스키가 경건한 자세가 어떤 걸까를 고민하는 동안 벌써 1분이 지나 버렸다.

7
웨스팅 게임

게임실에는 각각 두 개의 의자가 딸린 여덟 개의 카드 테이블이 배열되어 있고 벽에는 운동 장비들이 줄지어 있었다. 사냥용 엽총, 탁구채, 당구 큐대(터틀은 큐대가 모두 제자리에 세워져 있다는 것을 알아차렸다), 활과 화살, 다트, 야구방망이, 라켓 등이 신경을 바짝 곤두세운 상속자들에게는 살인 무기들처럼 보였다. 그들은 어디에 앉으라는 지시가 떨어질 때까지 기다렸다.

테오는 체스 테이블로 다가가 정교하게 깎은 말들을 감상했다. 누군가 흰 졸을 하나 움직여 놓았다. 좋아, 한판 붙어 보자구. 테오는 흑기사로부터 시작했다.

플럼의 목청 가다듬는 소리와 동시에 시델 펄래스키는 얼룩덜룩하게 칠을 한 목발을 왼쪽 팔꿈치 밑에 끼고 노트의 다음 장을 펼쳤다.

"쉬잇!"

일곱 • 자 이제 나의 사랑하는 친구들, 친척들, 적들이여, 웨스팅 게임이 드디어 시작되었다.

규칙은 간단하다.
- 참가자의 수 : 열여섯 명을 여덟 쌍으로 나눈다.
- 각 쌍에게는 1만 달러가 주어진다.
- 각 쌍에게는 단서가 제공된다.
- 벌칙 : 참가자 한 명이 탈락하면 그의 짝도 함께 게임을 포기하고 범칙금으로 1만 달러의 돈을 반납한다. 그들에게 제공되기로 했던 단서는 다음 게임 때까지 공개되지 않는다. 참가자들은 다음 게임이 진행되기 이틀 전에 통보를 받는다. 그러면 그때 해답을 이야기할 수 있다.
- 게임의 목적 : 이기는 것.

"들었어요, 크로우? 1만 달러래요! 내가 오자고 하길 잘했죠?"
흥분한 오티스 앰버가 말했다.
"쉬잇!"
터틀이었다. 게임의 목적이 이기는 것이라고 했는데, 터틀은 이기고 싶었다.

여덟 • 이제 유산 상속자들을 한 쌍씩 나눈다. 이름이 불리면 지정된 테이블로 갈 것. 이름과 직위는 수령증에 적힌 대로 읽는다.
너희들이 진짜로 누구인가를 알아내는 것은 다른 참가자들에게 달려 있다.

1. 선 린 후 부인 : 요리사

　　제이크 웩슬러 : 누워 있지 않을 때는 서 있거나 앉아 있음

　그레이스는 남편의 농담['직위'(position)는 '자세'라는 뜻도 있다]을 이해하지 못했다. 후는 농담은 이해했지만 웃을 기분이 아니었다. 1만 달러가 위태로운 판이니까 말이다.

　"긴급한 수술 때문에……."

　"내 아내는 영어를 한마디도 할 줄 몰라서……."

　두 사람은 각각 남편과 부인이 참가하지 못한 이유를 열심히 변명했지만 소용이 없었다. 결국 1번 테이블은 텅 빈 채 돈마저 빼앗기고 말았다.

2. 터틀 웩슬러 : 마녀

　　플로라 봄배크 : 재단사

　터틀의 짝이 결정되자 여기저기서 안도의 한숨이 새어 나왔지만, 정작 플로라는 걷어차기의 명수인 마녀와 짝이 된 게 즐거운 것 같았다. 적어도 터틀의 얼굴에는 아직 개구쟁이 같은 미소가 떠나지 않았기 때문이다. 하지만 터틀은 고등학교 3학년생들, 그중에도 특히 더그와 짝이 되기를 속으로 바라고 있었다.

3. 크리스 테오도라키스 : 새 관찰가

　　D. 덴튼 디어 : 성 요셉 병원 성형외과 인턴 과정

　테오가 자기 동생과 짝이 되어야 한다고 항의했다. 크리스를 자기가 책

임져야 한다는 이유였다. 웩슬러 부인도 덴튼은 그의 신부감과 짝이 되어야 한다고 항의했다. D. 덴튼도 항의했다. 속으로만. 만일 이게 저 몸이 불편한 아이에게 무료 시술을 받게 하기 위해 꾸민 일이라면, 그들은 (그들이 누구인지는 몰라도) 잘못 생각한 것이었다. 그는 바쁜 사람이기 때문이다. 게다가 그는 의사지, 간병인이 아니었다.

하지만 크리스는 바깥 세계의 일부가 된다는 게 기쁜가 보다. 그는 웨스팅 저택에 들어가던 다리를 저는 사람 이야기를 해줄 참이었다. 어쩌면 그 사람이 살인자인지도 모른다. 자기 짝이 살인자만 아니라면! 이건 TV보다도 훨씬 재미있는 일이었다.

4. 알렉산더 맥서더스 : 수위
J.J. 포드 : 대법원 항소심 판사

유산 상속자들은 수위가 뻐기면서 판사를 위해 의자를 뒤로 당겨 주는 모습을 지켜보았다. 그들은 '샌디'라는 이름이 알렉산더의 애칭이라고는 전혀 생각하지 못했다. "너희들이 진짜로 누구인가를 알아내는 것은 다른 참가자들에게 달려 있다"는 말이 그걸 두고 한 말이었을까?

판사는 깨진 이를 드러내며 웃는 그의 미소에 답하지 않았다. 샌디는 스스로를 수위라고 불렀는데, 다른 사람들의 서명도 요리사, 재단사 등 간단하기는 마찬가지였다. 심지어 발 고치는 의사는 자기 '직위'를 가지고 농담을 하기까지 했다. 판사는 인턴만큼이나 자신의 직함을 가지고 뻐기는 것 같았다. 하긴, 지금의 자리에 오르기 위해서 그렇게 열심히 노력했는데 자랑 못할 것도 없겠지? 그녀는 단지 백인 사회에서 백인과 동등한 대우를 받는 흑인만은 아니었다. 그녀의 경력은 흠잡을 데가 없었다. 조심해, 조시-조. 웨스팅은 벌써 그대에게 손길을 뻗고 있고 게임은 이제 막 시작되었으니까.

5. 그레이스 윈저 웩슬러 : 유산 상속녀
제임스 신 후 : 식당 경영

그레이스는 낄낄거리는 웃음소리를 못 들은 척했다. 지금은 '유산 상속 녀'가 아니더라도 곧 그렇게 될 수 있다는 확신이 들었다. 그녀의 단서와 안젤라의 단서, 터틀의 단서와 덴튼의 단서와 후의 말 잘 듣는 아들의 단 서를 합치면……. 아이고, 아까운 5천 달러! 하지만 제이크 같은 쓸모없 는 사람 없으면 어때? 그녀는 혼자 힘으로 이길 생각이었다. 그녀는 자기 짝에게 속삭였다.

"웨스팅 씨가 진짜로 나의 엉클 샘이라는 걸 알면 당신도 기뻐할 거예 요."

그래서 어쨌다는 거야, 후는 생각했다. 5천 달러를 놓쳤는데! 부인에게 이 모임 이야기를 해서 억지로라도 끌고 오지 않은 것이 후회되었다. 생 쥐 같은 샘 웨스팅은 다시 한 번 그를 속인 것이다. 누가 그를 죽였는지 는 몰라도 상을 줘야 한다.

6. 버드 에리카 크로우 : 수프구제사업
오티스 앰버 : 배달원

배달원은 흥겨운 3박자 춤을 추었다. 하지만 크로우는 아픈 발을 꼭 끼 는 신발 속에 밀어 넣고 얼굴을 찡그리며 6번 테이블로 기어갔다. 사람들이 왜 쳐다보지? 그녀가 윈디를 죽였다고 생각하는 건가? 살인자는 그녀의 죄를 알고 있을까? 회개할지어다!

크리스는 크로우가 다리를 저는 것을 알아차렸다.

7. 테오 테오도라키스 : 형
더그 후 : 전국 고등학교 육상 1.6km 기록 보유자

그들은 손뼉을 마주쳤다. 더그는 7번 테이블로 뛰어갔고 테오는 천천히 걸어갔다. 그는 체스판을 지나가다가 흰 말이 두 번째로 움직인 것을 보고 검은 졸로 응수했다. 괜히 '형'이라고 썼나 싶기도 했지만 생활 속에서 좋든 싫든 그게 그의 직위였다. 크리스가 그를 보며 천진한 미소를 짓자 테오는 괜히 썼나 싶었던 생각이 더욱 미안해졌다.

"그럼 난 당신 짝이 되겠군요, 펄래스키 양."

안젤라가 말했다.

"미안해요, 뭐라고 하셨죠?"

8. 시델 펄래스키 : 사장 비서
안젤라 웩슬러 : 무직

안젤라는 조심스럽게 시델의 뒤로 가서는 천치 같은 그녀를 무시해야 할지 아니면 악수를 해야 할지 고민했다. 적어도 장애인인 그녀가 살인자일 리는 없지만 하필이면 짝을 골라도 이런……. 안 돼. 안젤라는 그런 생각을 하지 않기로 했다. 정작 화가 난 것은 안젤라의 엄마였다(안젤라는 어머니의 얼굴을 보지 않아도 어머니가 화가 났다는 것을 알 수 있었다). 그녀의 흠잡을 데 없는 딸이 저런 이상한 여자와 짝이라니!

한편 시델 펄래스키는 정말 잘 됐다고 생각했다. 저런 아름다운 처녀와 짝이 되었으니 사람들이 주목해 주겠지? 어쩌면 저 처녀의 결혼식에 나를 초청해 줄지도 몰라. 그럼 목발을 흰색으로 칠하고 향기로운 꽃다발을 들어야지.

덴튼 디어는 심각한 고민에 빠져 있었다. 도대체 안젤라가 '무직'이라고 한 게 무슨 뜻이지?

～∽⧙⧙∽～

다시 한 번 플럼 변호사가 목청을 가다듬었다.

"비강(鼻腔) 적하(滴下)로군."

덴튼이 자기 짝에게 의학 지식을 과시하자 크리스는 키득거렸다. 덴튼은 '불구의 소년이 뭐가 그렇게 즐거울까.'하고 생각했다.

아홉 • 이제 참가한 각 쌍에게는 1만 달러가 수표로 지불된다. 그 수표는 짝 두 사람의 서명이 없이는 현금으로 바꿀 수 없다. 현명하게 사용하지 않으면 파산하게 될 것이다. 그대의 물질에 신이 축복하시기를.

그때 갑자기 날카로운 비명 소리가 들렸다. 유산 상속자들은 제2의 살인 사건인가 보다 하고 바짝 긴장했다. 그러나 그것은 변호사가 수표를 나누어 주다가 실수로 크로우의 아픈 발을 밟은 탓이었다.

"이거 합법적인 겁니까, 판사님?"

샌디가 물었다.

"합법적이다마다요, 맥서더스 씨. 모든 사람이 게임에 참가하도록 하다니 아주 빈틈이 없군요."

포드 판사가 수표에 서명을 하고 수위에게 넘겨주면서 대답했다.

열 • 각 쌍은 단서가 들어 있는 봉투를 하나씩 받는다. 똑같은 단서는 하나도 없다. 중요한 것은 여러분이 가지고 있는 단서가 아니라 여러분에게 없는 단서이다.

마지막 봉투를 8번 테이블에 놓으면서 변호사는 안젤라에게 미소를 지었다.

"하나도 말이 안 되는 걸."

덴튼이 불평을 터뜨렸다. 단서는 웨스팅 초강력 종이 타월 조각에 타자기로 친 것이었다.

말을 잘 듣지 않는 손가락으로 크리스가 낱말들을 논리적으로는 맞지 않지만 문법적으로는 맞도록 배열했다.

"어, 조심해!"

단서가 실린 조각 하나가 팔락거리며 바닥으로 떨어지자 덴튼이 외쳤다.

플로라가 의자에서 벌떡 일어서더니 종이를 주워 크리스 앞에 윗면이 아래로 향하도록 엎어놓고 나서 큰소리로 말했다.

"난 안 봤다."

그녀는 자신의 짝인 마녀 터틀의 의심스러운 눈초리를 느끼며 같은 말을 되풀이했다.

"난 안 봤어, 정말이야."

그녀가 본 낱말은 '플레인(plain)'이었다.

참가자들은 이제 자신들의 단서를 더 조심스럽게 지켰다. 그들은 테이블 위에 몸을 잔뜩 웅크리고 뭐라고 중얼거리면서 종잇조각들을 이리저리 옮겨 보았다. 살인자의 이름이 그중 어딘가에 있을 것이다. 그런데 아직도 자신들의 단서를 보지 않은 짝이 있었다. 8번 테이블에서 시넬 펄래스키가 한 손을 봉투 위에 얹더니 손가락을 입술에 갖다 대고는 다른 참가자들을 향해 고갯짓을 하고 있는 것이다. 가만히 지켜보면서 잘 들어보자, 이거다.

안젤라는 그녀가 '묘한 구석이 있기는 하지만 머리는 좋구나.'하고 생각했다. 각각의 짝들이 서로 다른 단서를 가지고 있기 때문에 그들의 단서에 대해 단서를 잡기 위해서는 지켜보면서 잘 들어볼 필요가 있었다.

"히히히."

배달원이 자기 짝의 등을 철썩 때렸다.

"우린 크로우 여왕과 앰버 왕이에요."

"이게 뭐야, 온(ON)이야, 노(NO)야?"

더그 후는 단서 조각을 거꾸로 보았다가 제대로 보았다가 했다.

테오가 그의 옆구리를 쿡 찌르며 다른 사람이 듣지 않는지 주위를 둘러보았다. 안젤라는 재빨리 눈을 내리깔았다.

J. J. 포드는 단서 조각을 주먹 속에 구겨 쥐고 화가 나서 몸을 일으켰다.

"미안해요, 맥서더스 씨. 이 말도 안 되는 게임에서 졸 노릇을 하는 것은 참을 수 있지만 흑인 영가를 가지고 날 모욕하는 것은……."

"제발, 판사님. 날 봐서 그만두지 마세요. 그럼 이 돈을 돌려줘야 하잖아요. 그럼 내 아내가 얼마나 상심하겠어요. 그리고 불쌍한 내 아이들도……."

샌디가 애원했다.

포드 판사는 필사적인 수위를 일말의 연민도 없는 눈빛으로 바라보았다. 그녀 앞에서 애원한 사람들은 셀 수도 없을 만큼 많았다.

"제발요, 판사님. 난 일자리를 잃었고 연금도 탈 형편이 못 됩니다. 더이상은 싸울 힘이 없어요. 말도 안 되는 낱말 몇 개 때문에 그만두지는 말아 주세요."

몽둥이와 돌멩이는 내 뼈를 부러뜨릴 수 있지만 말로는 절대로 나에게 상처를 줄 수 없다네, 그녀는 어린 시절 그런 노래를 부르곤 했다. 말로 인해 상처를 받았지만, 그녀는 더 이상 어린아이가 아니었다. 교수형을 내리기를 좋아하는 판사도 아니었다. 게다가 기회는 언제나 있으니까……

"좋아요, 맥서더스 씨. 가지 않겠어요. 그리고 샘 웨스팅이 썼을 방법 그대로 게임을 풀겠어요."

J. J. 포드는 단호한 눈빛을 번득이며 도로 앉았다.

플로라는 표정을 굳히고 눈을 부릅떴다. 정신을 집중하고 있는 것이다.

"아직도 다 못 외웠어요?"

터틀은 오티스 앰버가 비쩍 마른 목을 쑥 내밀고 넘겨다보는 게 영 불안했다. 아니, 안젤라는 어딜 보고 있는 거야?

"외우긴 했는데, 무슨 소리인지 하나도 모르겠다."

플로라가 대답했다.

"제가 보기엔 말이 되는걸요."

터틀은 이렇게 말하고 단서 조각들을 하나하나 입에 넣고 잘 씹어 삼켰다.

"감이 안 잡히는군."

후가 중얼거렸다.

그레이스 윈저 웩슬러도 동의했다.

"잠깐만요, 플럼 씨. 이 단서가 무엇의 단서가 되는 거죠? 아니 그러니까, 우리가 찾아내야 하는 게 뭐냐고요?"

"자주색 물결."

샌디가 터틀에게 윙크를 하며 농담을 했다.

웩슬러 부인은 뭔가를 깨닫고 단서 두 개의 순서를 바꾸었다.

"그래도 감이 안 잡히는데."

후가 투덜거렸다.

다른 참가자들도 변호사에게 정보를 좀더 알려달라고 졸랐지만, 그는 어깨만 으쓱할 따름이었다.

"그럼, 유언장을 복사해서 나누어 주시면 안 될까요?"

"복사본을 공개해서……."

포드 판사가 말을 막 시작하려는데 변호사가 가로막았다.

"죄송하지만 그렇게는 안 됩니다, 판사님. 유언장은 1년이 지날 때까지는 공개될 수 없습니다. 저는 게임이 끝날 때까지는 어떤 상속자도 서류를 볼 수 없게 하라는 지시를 받았습니다."

복사해 줄 수가 없다고? 이런 부당한 경우가 있나. 하지만 괜찮아. 복사본 대신 손으로 쓴 필사본이 있으니까!

시델 펄래스키는 이제 주목의 대상이 되었다. 그녀는 앞니에 묻은 립스틱 자국을 보이면서 사람들에게 씩 웃어 보였다.

"마지막으로 덧붙인 말은 없어요? 그러니까, 저 인턴 양반이 말한 것처럼 하나도 말이 안 된다 이겁니다."

샌디가 말했다.

열하나 • 하나도 말이 안 된다고? 죽음은 의미가 없지만 산 자들에게 다가온다. 삶 역시 당신이 누군지, 무엇을 원하는지, 그리고 바람이 어느 쪽으로 부는지를 알 때까지는 의미가 없는 것이다.

그러니까 게임에 이기는 일에만 전념하라. 여러분이 찾는 것이 누구인지를 알기만 하면 해답은 간단하다. 하지만 유산 상속자들이여, 깨어 있어라! 깨어 있어라!

여러분 중에는 겉으로 보이는 것과 실제 모습이 다른 사람들이 있다. 그들의 말을 그대로 믿어서는 안 된다. 여러분이 실제로 누구이든 간에, 이제는 집으로 돌아갈 시간이다.

여러분 모두에게 신의 축복이 임하기를. 그리고 웨스팅제지의 종이를 애용해 주시기를!

8
짝을 이룬
유산 상속자들

밤 동안 플로라 봄배크가 말한 '펄펄 내리는 눈'은 눈보라로 변했다. 선셋타워의 입주자들은 단서를 찾아 헤매는 꿈에서 깨어나, 시트를 몸에 둘둘 만 채 4.5m나 쌓인 눈 속에 갇혀 버린 자신들을 발견했다.

전화도, 전기도 끊겨 버렸다.

살인자와 함께 폭설 속에 갇히다니!

창문도 없는 계단을 헤매며 자기 짝을 찾아 색색의 줄이 쳐진 구불구불한 양초(여름캠프에서 터틀이 만든 작품)의 흔들리는 불빛 아래 살금살금 복도를 걷는 것이 마치 고대의 신비한 의식과도 같았다.

"손으로 만든 이 양초는 실용성과 멋을 두루 갖추고 있어요."

터틀은 아침 일곱 시에 집집마다 찾아다니며 자신의 작품을 나누어주면서 말했다. 겁에 질렸던 입주자들은 찾아온 사람이 '터틀'이라는 것을 알고 안심했다.

"그리고 전자시계가 멈추었을 때 이 색색의 초가 아주 편리하게 쓰일 수 있답니다. 초 하나가 다 타는 데는 정확히 삼십 분 걸려요. 그런데 열두 개가 있으니까 여섯 시간 걸리는 셈이죠."

"얼마나?"

"이런 긴급한 상황을 이용해서 돈을 벌 생각은 없으니까 한 개에 5달러씩으로 할인해 드릴게요."

초 한 개에 5달러! 분통 터지는 일이었다. 그리고 더욱 분통 터지는 일은 터틀이 할인 판매를 한 지 두 시간 만에 전기가 들어왔다는 것이다.

"죄송하지만, 환불은 안 됩니다."

터틀이 말했다.

그래도 상관없다. 유산 상속자들에게는 200만 달러나 되는 유산이 기다리고 있는데 그까짓 5달러쯤이야. 단서, 그들은 문을 꼭 걸어 잠그고 단서를 가지고 씨름해야 했다. 목소리 낮춰요. 누가 들을지도 모르니까!

모든 유산 상속자들이 자기 짝과 함께 수수께끼를 푸는 일에 몰두한 것은 아니었다. 제이크 웩슬러는 그레이스 웩슬러와 큰소리로 오랫동안 말다툼을 한 끝에 자기 사무실로 피신해 있었다. 그는 1만 달러의 절반을 벌 수 있었다는데도 그 사실을 곧이들으려 하지 않았다. 그레이스는, 샘 웨스팅이 자기 삼촌인지 아닌지는 모르지만 진짜 삼촌이라 해도 그의 죽음보다도 도로 빼앗긴 5천 달러가 더 아까웠다.

5층에서는 제이크의 짝이 식당 앞 유리창에 서서 화가 난 듯 거품을 일으키는 호수와 그 너머를 바라보고 있었다. 후 부인에게는 아무도 웨스팅 게임에 관해 말을 해 주지 않았다.

다른 참가자들도 눈 속에 갇혀 있기는 마찬가지였다. 덴튼 디어는 병원에 갇혔고, 샌디는 집에 갇혔다. 오티스 앰버와 크로우가 어디 있을지 신경 쓰는 사람은 아무도 없었다.

시넬 펄래스키는 아름다운 짝 안젤라의 팔에 의지해 목발을 짚고 카펫이 깔린 복도를 절뚝거리며 걷고 있었다. 한 사람이 아니라 일곱 명의 입주자들이 그녀를 아침 커피나 오후 차 시간에 초대했다(그녀가 살인자인지 아닌지는 몰라도 사람들은 그녀가 유언장을 속기로 받아 적는 것을 보았기 때문이다).

"설탕 셋이오. 안젤라는 블랙으로 마시겠답니다."

건강은요?

"아직도 내 힘으로 돌아다닐 수 있다는 데 대해 신께 감사드립니다."

직업은요?

"슐츠 소시지 회사 사장의 개인 비서였죠. 슐츠 씨가 불쌍해요. 나 없이 일을 잘 처리하고 있는지……."

받아 적은 유언장은요?

"즐거웠어요. 빨리 가서 약을 먹어야 해요. 가죠, 안젤라."

⌒⌔⌒

그녀를 초대하지 않은 상속자가 한 사람 있었지만 그렇다고 그의 아파트인 2D호에 찾아가지 않을 펄래스키가 아니었다.

"안녕, 크리스. 어떻게 지내는지 보려고 들렀어. 무서워할 것 없어. 난 살인자가 아니니까. 안젤라도 아니야. 그리고 너도 아니라고 생각해. 좀 앉아도 되겠니?"

펄래스키는 크리스가 미처 대답도 하기 전에 그의 옆에 있는 의자에 털썩 주저앉았다.

"너 주려고 과자를 하나 쓱싹 해 왔지. 하도 단단해서 종일 빨아 먹어야 할 거야. 난 종일 먹을 것을 입에 달고 산단다."

크리스는 과자를 받았다.

"저 미소 좀 봐. 심장이 멈출 정도라니까."

안젤라는 자기 짝이 그런 말을 하지 않기를 바랐다. 하지만 시델이 그에게 말을 걸고 있다는 것만 해도 자신은 할 수 없는 일을 하는 것이었다. 안젤라는 꿔다 놓은 보릿자루처럼 서 있었다.

"덴튼도 크리스 너와 함께 단서를 풀어나가기 원할거야. 하지만 그 사람도 눈 속에 갇혀 있단다."

"점, 정말 에뻐, 뻐요."

'친절하다'는 말을 하려고 했는데 왜 '예쁘다'라는 말이 나왔지? 크리스는 무릎 위의 지리도감 위로 곱슬곱슬한 머리를 숙였다. 안젤라는 그를 비웃고 있지 않았다. 그녀가 크리스의 짝과 결혼할 사이니까 질문을 해도 괜찮을 것이다.

"고씨, 씩이 머예요?"

안젤라는 무슨 말인지 못 알아들었다.

크리스가 책 속의 밀밭 사진을 가리켰다.

"고씩."

"아, 곡식. 곡식의 이름을 알고 싶다는 거구나. 어디 보자. 밀, 호밀, 보리, 옥수수, 귀리(oat : 오트)."

"오쓰!"

안젤라는 크리스가 발작을 일으키려는 줄 알았다. 하지만 그는 '귀리'라는 말을 따라했을 뿐이다. 시델은 창문의 성에가 낀 부분에 입김을 불었다가 소매로 쓱쓱 지웠다.

"자, 이제 새들을 다시 관찰할 수 있게 됐다. 또 우리가 해줄 일은 없니?"

크리스가 고개를 끄덕였다.

"바, 바다 저근 노트 일거 주, 주세요."

예쁜 여자와 이상한 여자는 재빨리 문 밖으로 나갔다. 한 사람은 다리를 절고 있었지만, 그건 저는 체할 뿐이라는 것을 크리스는 알 수 있었다. 웨스팅 저택의 잔디밭 위를 절뚝거리며 걸어가던 사람과는 전혀 달랐다.

귀리. 크리스는 눈을 감고 단서들을 앞에 그려 보았다.

FOR PLAIN GRAIN SHED

곡식 = 귀리 = 오티스 앰버. For+d(shed에서) = Ford(포드). 하지만 배달원 오티스 앰버나 포드 판사는 다리를 절지 않는 데다 she(쉬 : 여자)와 plain(플레인 : 곡식)이 무엇인지 알 길이 없었다. 덴튼 디어가 올 때까지 기다리는 수밖에. 덴튼은 의사니까 머리도 좋을 것이다.

크리스는 망원경을 들고 절벽 위를 관찰했다. 눈이 잔뜩 쌓인 저택 2층에 뭔가 움직이는 게 보인다. 누군가 커튼을 들추고 밖을 내다보다 서서히 커튼을 내리고 있었다. 웨스팅 저택에서도 누군가가 눈 속에 갇혀 있는 것이다.

◦⟋⟍⟍⟐⟍⟋⟐◦

참가자들 중 딱 한 사람만이 1만 달러짜리 수표를 어떻게 써야 하는지에 단서가 있다고 생각했다. 유언장에는 '미국을 신뢰하라'는 말과 '파산한다'는 말이 들어 있다.

"주식시장을 말하는 거예요. 그리고 가장 돈을 많이 버는 사람이 200만 달러를 다 차지하는 거예요."

그들이 가지고 있는 단서는 다음과 같았다.

SEA MOUNTAIN AM O

이들은 주식매매시장에 상장된 회사의 이름이 분명했다. SEA, MT(mountain : '산'의 약자), AMO.

"하지만 am(에이 엠) 과 o(오)는 따로 떨어져 있잖니."

플로라가 말했다.

"그건 우리를 혼동시키기 위해서예요."

"살인자는 어떻게 하고? 살인자의 이름을 알아내라고 했잖아?"

"우리를 탈락시키려는 술수예요."

경찰이 살인 사건을 조사했다면 터틀은 벌써 감옥에 들어가 있을 것이다. 웨스팅 저택에는 심지어 샘 웨스팅의 시체까지 포함해서 터틀의 지문이 묻어 있지 않은 곳이 없으니까.

"우리들 가운데 한 사람이 정말로 살아 숨 쉬는 인간을 죽일 수 있다고 생각하세요, 봄배크 부인? 네?"

터틀은 그럴 수 있다고 생각했지만 봄배크 부인은 겁이 많은 사람이었다.

"왜 날 그런 눈으로 보는 거니, 터틀 웩슬러! 난 그런 일을 생각조차 할 수 없다는 걸 네가 더 잘 알잖아. 내가 잘못 생각했었나 봐. 난 단지 펠레스키 양이 유언장 받아 적은 것을 보여주었으면 하고 바랐을 뿐이야."

터틀은 다시 계산을 시작했다. 주식 값에 배당금을 곱하고 중개수수료를 더해서 합계가 그들이 써야 할 1만 달러가 되도록 했다.

플로라는 살인에 관해서는 틀렸을지 모르지만 터틀의 계획이 미덥지 않았다.

"'웨스팅제지의 종이를 애용해 주시기를!'은 어때? 유언장에 그 말도 있었던 것 같은데."

"맞아요! 우리가 사야 할 주식 목록에 WPP(웨스팅제지주식회사)도 넣어요."

플로라는 TV광고를 많이 봐서 '웨스팅제지의 종이를 애용해 주시기를!'이라는 말이 가게에 가면 진열대에 있는 웨스팅 회사의 상품을 몽땅 사 달라는 뜻인 줄로만 알았다. 어린아이와 같이 있다는 것은 기분 좋은 일이었다. 그녀는 기꺼이 게임을 계속할 수 있었다.

"터틀, 우리 돈을 주식시장에 넣자는 생각이 옳을 것 같다. 유언장에 '그대의 물질에 신이 축복하시기를'이란 말도 있었던 게 기억나. 그건 분명히 성경에서 나온 말일 거야."

"셰익스피어예요."

터틀이 대답했다. 그럴듯한 구절은 모두 성경 아니면 셰익스피어의 작품에서 인용된 것이니까.

～～♧♧♧～～

후는 담배꽁초가 수북한 재떨이를 혐오스런 표정을 하면서 옆으로 치우고 나서 단서를 다시 배열해 보았다.

"자주색 열매가 맺히다(purple fruited), 조금 말이 되는군."

그레이스는 식당 저편 창가에 홀로 서 있는 사람의 모습을 바라보았다.

"당신 부인이 영어를 한마디도 못한다는 게 정말이에요? 이곳에서 그렇게 오래 살았는데도?"

"저 사람은 내 두 번째 아내예요. 홍콩에서 여기 온 지 겨우 2년밖에 안 됐죠."

"젊어 보이기는 한데 동양 사람의 얼굴은 나이를 짐작하기가 힘들어요."

그레이스가 말했다. 그런데 왜 후가 그토록 무섭게 노려보고 있는 것일까?

"당신 부인은 정말 아름다워요. 인형 같으면서도 신비한 면이 있거든요."

후는 초콜릿 바를 반으로 잘라 씹어 먹었다. 손님이 없는 식당과 게으른 아들과 위궤양 때문에 그렇잖아도 신경 쓸 일이 많은데 이 고집불통 아주머니와 마주보고 있어야 하다니…….

그레이스는 새 담배에 불을 붙이고 단서를 다시 배열했다. 자주색 물결.

"수위 아저씨가 '자주색 물결'이라고 말하는 걸 들으셨죠. 거기에 무슨 의미가 있을 거예요. 그리고 그 소름끼치는 여비서가 어젯밤에 입고 있던 옷과 목발에도 자주색 물결무늬가 있었어요."

"당신보다 못한 사람이라고 해서 그렇게 함부로 말해서는 안 됩니다."

"당신 말이 맞아요. 난 그 불쌍한 여자가 자신의 결점을 대단한 용기로 감싸고 있다고 생각했어요. 우리 집 사윗감은 그를 '걸어 다니는 미모사'라고 말했어요. 아시다시피 그 사람은 의사잖아요. 어쨌든, 절룩거리며 돌아다니는 펄래스키가 살인자일리는 없어요. 그건 그렇고, 나의 엉클 샘이 어떻게 해서 그녀가 장례식에 자주색물결 무늬 옷을 입고 올 거라는 걸 알았을까요?"

후는 담배 연기를 쫓으려고 손을 내저었다.

"살인자에게는 동기가 있어야 해요. 이건 어떨까요? 조카가 유산을 상속하기 위해 돈 많은 삼촌을 죽이다."

그레이스는 고개를 젖히고 깔깔거렸다.

"그 돈밖에 모르는 비열한 녀석은 그래도 싸요. 아니, 무슨 일이에요?"

"이것 좀 봐요!"

그레이스가 단서를 손가락으로 가리켰다.

FRUITED PURPLE WAVES FOR SEA

"포 시(For sea)! 살인자는 아파트 4C호에 살아요!"

"4C호에 사는 건 나예요. 샘 웨스팅이 4C를 말하고 싶었다면 숫자 4와 글자 C를 썼을 거예요. Sea는 바다예요. 거북(터틀)이 헤엄치는."

"후 씨, 우린 둘 다 어리석었어요. 당신의 아들이 가지고 있는 단서를 물어보셨어요?"

"아들도 아들 나름이죠. 그 녀석을 잡을 수 있다면 직접 물어보시구려."

후는 나머지 초콜릿 바를 입 속에 밀어 넣었다.

"그리고 난 여기서 할 일이 일이 있어요. 사람들은 모두 1층에서 주문을 하지 5층에서는 안 해요. 그 놈의 커피숍 때문에 난 파리만 날리고 있다고요. 당신의 안젤라와 펄래스키라고 하는 여자는 유언장도 보여 주지 않고, 단서도 가르쳐 주지 않고, 재스민 차 석 잔 값과 아몬드 쿠키 여섯 개의 값도 치르지 않았어요. 아니, 웬 담배를 그렇게 피워요?"

"그러는 당신은 웬 초콜릿을 그렇게 많이 먹어요?"

그레이스는 동전 지갑을 식탁 위에 던지고 식당을 '횡'하니 나가 버렸다. 나더러 동전 몇 개를 가지고 만족하라고? 1만 달러짜리 수표에 '그레이스 윈저 웩슬러'라는 서명을 받으려면 그 앞에 무릎을 꿇고 애걸복걸해야 할 판이었다. 자칭 유산 상속녀 윈드클로펠 웩슬러.

우선은 돈부터 처리해야 했다. 그들은 수표에 서명을 하고 나서 절반은 더그 후의 계좌에 입금하고 절반은 테오의 부모님께 드렸다. 다음으로 단서를 처리해야 했다.

FOR THEE HIS TO N ON

"어쩌면 숫자일지도 몰라. 원(one), 투(two), 쓰리(three), 포(four)."
테오가 말했다.

"난 아직도 온(ON)이 아니라 노(NO)야. 진짜 단서도 없지, 지침도 없지, 유언장도 없지."

시델 펄래스키는 커피 세 잔, 페이스트리 두 개, 크림을 얹은 라이스 푸딩 하나를 먹어치우고 나서도 보답으로 아무것도 가르쳐 주지 않았다.

"그날 밤 정말 웨스팅 저택에서 뭔가 이상한 걸 못 봤니?"

"난 웨스팅을 죽이지 않았어. 네 말 뜻이 그거라면. 그리고 내가 본 이상한 거라곤 터틀 웩슬러뿐이었어. 그 골칫덩어리가 아무래도 날 좋아하는 것 같아. 어떻게 생각하니?"

"농담하지마, 더그. 유산 상속자들 가운데 한 명은 살인자야. 우린 모두 살해당할지도 모른다고."

"누가 노인을 한 사람 죽였다고 해서 꼭 다시 살인을 저지른다는 법은 없잖아. 우리 아빠가 그러시는데…….”

더그는 입을 다물었다. 살인자에게 상을 주어야 한다는 그의 아버지의 말은 자칫 죄를 뒤집어쓰는 결과를 가져올 수도 있었다.

테오는 방법을 바꾸었다.

“난 지난밤 게임실에서 누군가와 체스를 두었어.”

“누구와?”

“그게 이상해. 나도 누군지를 몰라. 유산 상속자들 가운데 누가 체스를 두는지 알아볼 필요가 있어.”

“체스를 두는 게 살인을 했다는 증거라도 되니?”

“그래도 뭔가 관련이 있을 거야. 그리고 한 가지 더 있어. 유언장에는 똑같은 단서가 하나도 없다고 했어. 어쩌면 모든 단서들이 모여 하나의 메시지를 이루고, 그 메시지는 바로 살인자를 가리키는 것일지도 몰라. 그러니까 어떻게 해서든 유산 상속자들이 가지고 있는 단서들을 한데 모아야 해.”

“살인자가 자기를 교수형시킬 단서들을 곱게 넘겨줄 거 같니?”

더그가 일어섰다. 눈 속에 갇혀 있다 해도 그는 육상대회에 대비해서 체력 단련을 해야만 했다. 그가 날이 저물도록 복도와 계단을 뛰어다니는 소리 때문에 그렇잖아도 신경이 곤두서 있던 입주자들은 가슴이 철렁철렁 내려앉았다.

～⊱✿⊰～

J. J. 포드 판사는 수위와 자신에게 주어진 단서가 바로 자신을 의미한다는 사실을 확인했지만, 그렇게 심한 모욕은 아니었다.

샘 웨스팅이 사용할 수 있는 낱말은 선택의 폭이 제한되었음이 분명했다. 이 단서는 더 긴 문장의 한 부분이었고, 그 문장은 한 이름을 지칭하고 있으며, 그것은 바로 살인자의 이름이었다.

아니. 웨스팅은 살해당하지 않았을 수도 있다. 만일 그의 목숨이 위태로웠다면, 어떤 위험에든 빠져 있었다면, 그는 경찰의 보호를 호소했을 것이다. 경찰을 포함한 전 도시가 그의 손 안에 있었으니까. 샘 웨스팅은 얌전히 살해당할 사람이 아니었다. 그가 제정신인 한 말이다.

판사는 풋내기 변호사 플럼이 준 봉투를 열어 보았다. 지난주 날짜가 표시된 정신이 멀쩡하다는 진단서였다.

"철저한 검사 결과……, 예리한 지성과 기억력……, 뛰어난 신체조건……. (서명) 의학박사 시드니 사익스."

사익스. 낯설지 않은 이름이었다. 판사는 토요일 신문에서 오려낸 부고 기사를 살펴보았다.

…새뮤얼 웨스팅과 그의 친구 시드니 사익스 박사는 자칫하면 생명을 잃을 뻔한 교통사고를 겪었다. 두 사람은 모두 중상을 입고 병원에 입원했다. 사익스 박사는 의사와 군 검시관의 직위에 복귀했지만 웨스팅 씨는 사람들의 시야에서 자취를 감추었다.

사익스는 웨스팅의 친구이기도 했지만(그리고 판사는 그가 유언장의 증인이었다는 사실도 기억해 냈다), 명망 있는 의사이기도 했다. 그녀는 샘 웨스팅의 정신이 멀쩡하다는 사익스 박사의 의견을 적어도 당분간은 인정하기로 했다.

다시 단서로 돌아와서, 저 거물급 판사가 웨스팅 종이타월 조각들을 허공에 뿌리는 것 좀 보라.

"단서는 잊어버리자."

그녀는 큰소리로 말하고 책상에서 일어나 방 안을 이리저리 거닐었다.

그녀는 과자를 씹으면서 다 마신 커피 잔을 쟁반에 올려놓았다. 펄래스키가 받아 적은 노트를 한 번만 봤으면……. 베일에 가려진 위협과 허황된 약속들 가운데 진짜 단서가 숨겨져 있는 곳은 바로 바보 같은 구호가 잡탕밥처럼 뒤섞인 유언 속일 거야.

샘 웨스팅은 유언 속에서 다음과 같은 사실들을 암시했다. ⑴ 그는 살해당했다, ⑵ 살인자는 유산 상속자들 중 한 명이다, ⑶ 살인자의 이름을 알고 있는 사람은 샘 웨스팅밖에 없다, ⑷ 살인자의 이름이 게임의 해답이다.

웨스팅 게임은 사람들을 이간질시키는 속임수 투성이의 게임이었다. 그가 아무리 참가자들에게 두려움과 의심을 불어넣어도, 탐욕과 눈이 먼 참가자들이 게임을 계속하리라는 것을 샘 웨스팅은 알고 있었다. '살인자'가 잡혀서 벌을 받을 때까지.

샘 웨스팅은 살해당하지 않았지만 그의 유산 상속자 가운데 한 사람이 무슨 잘못을 저지른 거야. 이 무자비한 사람의 기분을 조금 상하게 했겠지. 그렇게 해서 그 상속자는 위험에 빠지게 된 거야. 샘 웨스팅은 무덤에 누워서 자기 유산 상속자들을 조종해 자기 대신 적을 쓰러뜨리고자 한 게 틀림없어.

웨스팅이 노린 게 유산 상속자 가운데 누구일까? 사법권의 이름 아래 그녀는 웨스팅이 노린 희생자를 다른 사람보다도 먼저 알아내야 했다. 그녀는 각각의 유산 상속자에 관한 모든 것을 알 필요가 있었다. 그들이 누구이며, 그들의 삶이 어쩌다가 웨스팅과 연관이 되었는지?

다행히 전화가 다시 연결되었다. 벨이 한 번 울리자마자 누군가 전화를 받았다.

"안녕하세요, 바니 노드럽입니다. 제가 지금 자리에 없으니 돌아오자마자 당신을 도와드리겠습니다. 삐 소리가 들리면 당신의 문제를 주저 말고 말씀해 주세요."

J. J. 포드는 주저 없이 전화를 끊었다. 그 사람 역시 웨스팅의 음모에 관련되어 있을지도 모르는 일이었다. 그녀는 신문을 조사해 보기로 했다. 신문사에도 누군가가 눈 때문에 갇혀 있을 것이다. 벨이 여덟 번 울리고 난 다음에 쾌활한 목소리가 전화를 받았다.

"대개는 전화상으로는 그런 정보를 제공하지 않습니다. 하지만 포드 판사님이시라면 기꺼이 도와드리죠. 이름만 말씀해 주십시오. 알아내는 대로 전화드리겠습니다."

"고마워요."

그게 시작이었다. 샘 웨스팅은 죽었지만 단 한 번이나마 그의 게임에서 그를 이길 수 있을지도 모르는 일이었다. 그의 마지막 게임에서.

⌘

안젤라는 터틀의 책상에서 원하던 것을 찾아낸 다음 시델 펄래스키가 기다리고 있는 아름답게 장식된 자기 방으로 돌아왔다. 펄래스키는 안경을 코끝에 걸치고 호화스런 탁자의 장식 달린 의자에 앉아 눈자위에 파란색 새도를 칠하고 있었다.

"우선 우리의 단서부터 해결해야겠어요."

펄래스키가 거울에 비친 자신의 얼굴을 보며 찡그리며 말했다. 그녀는 태어날 때부터 불행했지만 이젠 아름답고 주위의 사랑을 한 몸에 받는 여성과 짝이 되었다. 그들만 해답을 받았을 가능성도 있었다. 그녀는 봉투를 뜯어 안젤라에게 내밀었다.

"하나 꺼내요."

안젤라가 첫번째 단서를 꺼냈다. 'Good'이었다.

이제 시델의 차례이다.

"이런 놀라운 일이!"

살인자의 이름이 나온 줄 알고 그녀가 탄성을 질렀다. 그녀가 뽑은 단서는 hoo(후)였지만 알고 보니 d자 하나가 엄지손가락에 가려져 있었다. 따라서 'hood'.

안젤라의 차례. 세 번째 단서는 'from'.

시델의 차례. 네 번째 단서는 'spacious'.

다섯 번째이자 마지막 단서는……, 안젤라가 신음소리를 냈다. 시델에게 종잇조각을 넘겨주는 그녀의 손길은 떨리고 있었다. 다섯 번째이자 마지막 단서는 'grace(그레이스)'였다.

"그레이스? 이건 당신 어머니의 이름이잖아요? 하지만 신경 쓸 것 없어요. 당신의 어머니가 살인자라는 뜻은 아닐 거예요. 유언장에는, '중요한 것은 여러분이 가지고 있는 단서가 아니라 여러분에게 없는 단서'라고 그랬어요."

시델은 속기로 받아 적은 유언장을 또박또박 옮겨 적지는 않았지만, 노트를 안전한 장소에 숨겨 놓기 전에 수십 번도 더 읽어 봤었다.

"그건 그렇고. 당신은 웨스팅과 정말 친척이에요?"

안젤라는 어깨를 으쓱했다. 시델은 아니라는 뜻으로 받아들이고 단서들로 눈길을 돌렸다.

SPACIOUS HOOD GRACE GOOD FROM

"이 단서를 보고 생각나는 거라곤 한 가지밖에 없군요. '자동차 보닛 속에 좋은 일이 있다(Good gracious from hood space).' 주차장에 있는 눈을 치우는 대로 모든 차의 보닛 안을 들여다봐야겠어요. 어쩌면 지도 같은 게 그 속에 숨겨져 있을지도 몰라요. 아니면 살인자의 무기라든가! 자, 다른 단서들에 관해 들어 봅시다."

안젤라는 낮에 우연히 엿들은 단서들에 대해서 이야기했다.

"왕과 여왕. 오티스 앰버가 '오티스 왕과 크로우 여왕'이라고 그랬어요."

"자주색 물결. 샌디가 그 말을 했더니 우리 어머니가 두 낱말의 위치를 바꾸었거든요."

"온(아니면 노). 더그와 테오가 그걸 거꾸로 읽어야 하는지 제대로 읽어야 하는지 고민하고 있었죠."

"곡식. 크리스는 그 단서가 오티스 앰버를 가리킨다고 생각해요. 곡식 중의 '귀리(오트)' 말이에요."

"MT."

안젤라가 플로라 봄배크의 티 파티에 갔다가 주운 구겨진 종잇조각을 내밀었다.

$$6달러 \times MT \text{ 주식 } 500주 = 3000달러$$

$$중개수수료 = \underline{+90}$$

$$3090달러$$

"터틀의 일기장을 살펴봤는데, MT라고 불리는 회사의 주식을 보유하고 있는 것 같지는 않아요. 그러니까 그건 분명히 단서에 있던 거예요. MT는 산(mountain)을 뜻할 수도 있고 텅 비었다(empty)라는 뜻일 수도 있어요."

"정말 훌륭해요."

시델이 말했다. 그녀의 짝은 아름다우면서도 다른 아름다운 여자들과는 달리 머리도 좋았다.

"이 단서들을 한데 모아 봐요."

GOOD HOOD FROM SPACIOUS GRACE
KING QUEEN PURPLE WAVES
ON(NO) GRAINS MOUNTAIN(EMPTY)

시델은 실망했다.

" '중요한 것은 여러분이 가지고 있는 단서가 아니라 여러분에게 없는 단서이다.' 우리에게 없는 것은 동사예요. 동사가 없으면 아무것도 안 돼요. 판사는 어때요?"

"포드 판사는 단서가 자기를 모욕하는 내용이라고 생각했어요. 그리고 웨스팅 게임에서 앞잡이 노릇을 한다는 말을 했어요. 그녀의 책상 위에 이 신문기사가 있었어요."

안젤라는 터틀의 책상 서랍에서 꺼내온 신문을 시델에게 넘겨주었다. 문에서 노크 소리가 들리더니 거실에서 발소리가 났다.

"누구지?"

테오였다.

"체스 게임할 사람 없나요?"

"아니, 생각 없는데."

시델이 아주 바쁜 척하면서 대답했다.

테오는 안젤라를 행해 수줍은 미소를 짓고 나갔다.

시델은 터틀의 신문을 읽었다. '200만 달러'라는 말에 밑줄이 쳐져 있었다. 하지만 시델은 더 흥미 있는 기사를 발견했다.

"샘 웨스팅은 체스의 대가였어요. 테오가 체스에 관심을 갖는 것도 당연하죠. 체스 게임에 대해서 좀 알아요, 안젤라?"

"조금요."

안젤라는 체스 말들을 제자리에 놓으면서 천천히 대답했다.

"판사는 자기가 '졸'이라고 했고 오티스 앰버는 자기는 '왕', 크로우는 '여왕'이라고 했어요. 하지만 그건 우연의 일치일 거예요."

"우린 모든 가능성을 의심해 봐야 해요. 유언장에는 게임의 목적이 이기는 것이라고 나와 있었잖아요."

"뭐라고요?"

"게임의 목적이 이기는 것(to win : 투 윈)이라고요?"

"그 말을 이렇게 보면 어떨까요? 게임의 목적은 쌍둥이(twin : 트윈). 어쩌면 살인자는 쌍둥이일지도 몰라요."

"쌍둥이!"

시델은 그 생각이 그럴듯한 것 같았다. 단 하나 문제가 있다면 살인자로 하여금 그가(또는 그녀가) 쌍둥이라는 것을 인정하게 하는 것이었다.

"내 아파트로 돌아갑시다. 그 노트를 옮겨 적어야겠어요."

안젤라는 몸이 불편한 시델을 부축해 일으키고 조심스럽게 좌우 양편을 살핀 다음 복도로 나섰다.

시델은 그런 알젤라를 보고 키득거렸다.

"두려워할 건 없어요, 안젤라. 웨스팅은 돈 때문에 살해당했지만, 우린 아직 살인자가 목숨을 노릴 만큼 부자가 아니잖아요. 우린 그 이름을 찾아낼 때까지는 부자가 되지 못할 것이고, 우리가 유산을 상속할 때쯤이면 살인자는 감옥에 갇혀 있게 될 거예요."

아주 논리정연한 말이었지만, 안젤라는 3C호로 가는 동안 몇 번이나 어깨 너머로 뒤를 돌아보았다.

"이상하네."

시델은 열린 아파트 문 앞에 우뚝 섰다. 아까 집을 나올 때 문을 '쾅' 닫았는데 이중 자물쇠가 잠겨 있지 않았던 것이다. 도둑이 눈 속에 갇힌 건물에 침입할 수는 없었을 텐데. 다만…….

안젤라는 너무 겁에 질려서 시델이 목발을 번쩍 든 채 달려가는 것도 알아차리지 못했다. 시델은 미친 듯이 빨래 바구니에서 지저분한 물건들을 꺼내서 던지고 있었다.

시델은 텅 빈 빨래 바구니를 바라보다가 욕조 가장자리에 털썩 주저앉아 믿을 수 없다는 표정으로 고개를 저었다. 선셋타워에 있는 누군가가 유언을 받아 적은 노트를 훔쳐간 것이다.

9
잃은 것과 찾은 것

다음날 아침 일찍 엘리베이터 벽에는 타자기로 친 쪽지가 붙어 있었다.

중요한 사업 관계 서류를 잃어버렸습니다. 다른 사람에게는 아무 소용없는 것이니 3C호의 시델 펄 래스키에게 돌려주시면 감사하겠습니다. 문의는 사절합니다.

노트는 돌아오지 않았지만 대자보를 붙이는 생각은 즉각 큰 반응을 불러일으켰다. 오후가 되자 엘리베이터 내부 벽은 쪽지들로 도배가 되었고, 사람들은 오르내리면서 그것들을 읽었다.

잃어버렸음 : 은 십자가, 토파즈 핀, 귀고리, 금 커프스 링크 분실. 3D호 그레이스 윈저 웩슬러에게 돌려주시면 후사하겠음.

단서를 교환할 용의가 있는 참가자는 내일 아침 10시까지 커피숍으로 오시기 바랍니다.

진주목걸이를 분실했습니다. 추억이 담긴 물건이니 2C호로 돌려주시기 바랍니다. 감사합니다.
—플로라 봄배크 (옷 맞춤, 수선, 합리적인 가격)

5층에 자리 잡은 신 후 식당의 우아한 분위기 속에서 식사를 즐겨 주시기 바랍니다.
—신 후 레스토랑(뛰어난 중국 요리 전문점)

내 미키 마우스 시계를 훔쳐간 사람은 돌려주는 게 좋을 거요. 용서해 줄 테니까 아무도 안 볼 때 3D호 앞에 놓고 가시오.

-터틀 웩슬러

여섯 개의 단서 발견!

웨스팅 페이퍼 타월에 쓰여 있는 다음과 같은 단서를 복도에서 찾았습니다.

BRAIDED KICKING TORTOISE'SI A BRAT
(정강이를 걷어차는 데 명수인 머리 땋은 말괄량이 거북이)

오늘 저녁 8시에 비공식적인 파티를 엽니다. 여러분 모두를 초대합니다.

-4D호 J. J. 포드

터틀, 어디 있는지는 몰라도 7시 30분까지는 집에 와야 한다!!

-사랑하는 엄마

"엄마, 저 왔어요."

하지만 집에는 아무도 없었다. 엘리베이터 안에서 웩슬러 부인의 쪽지를 읽자마자 플로라는 강력하게 말했다.

"엄마 말씀을 들어야 해."

"그럼, 엄마 말씀이라면 우리의 단서도 보여주어야 하겠네요?"

"그럴 수도 있지. 어쨌든 너희 엄마니까."

플로라는 정이 많았다. 항상 사람들에게 바보 같은 미소를 짓고 공손하게 대했다. 그리고 소심하기도 했다. 그들이 마침내 주식 중개인과 전화 연결이 되었을 때 플로라는 너무 긴장해서 전화기를 떨어뜨리고 말았다. 터틀도 솔직히 약간 긴장하기는 했다. 난생 처음 해보는 주식 거래이니 당연하다. 직접 얼굴을 보며 상담을 했다면 심장이 콩당콩당 뛰어서 숨이 막혔겠지만, 터틀은 전문가처럼 거래를 성사시켰다. 이제 주식 값이 오르기만 하면 터틀은 웨스팅 씨에게 물질의 축복을 보여줄 수 있을 것이라고 생각했다. 유언장에는 이런 말이 쓰여 있었던 것이다.

"누구든 1만 달러로 가장 큰 돈을 버는 사람이 모든 유산을 상속받는다."

터틀은 그것을 확신했다.

"이 가시내야, 거기 있었구나."

그레이스는 마치 터틀이 지진아라도 되는 것처럼 행동했지만 뭔가를 생각하고 나서 곧 상냥해졌다.

"자자, 애야. 네 방으로 가서 머리를 빗겨 주마."

그레이스는 작은 침대 가장자리에 걸터앉아서 터틀의 짙은 갈색 머리를 윤이 나도록 빗겨 주었다. 그레이스가 그렇게 오랜 시간 동안 정성을 들여 터틀의 머리를 빗겨 주기는 난생 처음이었다.

"밥은 먹었니?"

"봄배크 부인이 저녁을 차려주었어요."

터틀은 머리카락을 세 갈래로 나누는 엄마의 손가락을 느꼈다. 가까이 있는 엄마의 따뜻한 체온이 느껴졌다.

"네 아빠는 약속을 바꾸는 전화를 거느라 몹시 시장하시겠구나."

"아빠는 커피숍에서 식사를 하고 계세요. 방금 보고 오는 길이에요."

터틀은 아까 커피숍에 뛰어들면서 외쳤다.

"머리 땋은 말괄량이 거북이가 왔다!"

그리고 어리둥절한 테오의 정강이를 걷어찼다(엘리베이터에 쪽지를 붙인 것은 테오가 아니라 더그였는데…….)

엄마가 세 갈래로 나눈 머리를 땋기 시작했다.

"오늘밤에는 파티복을 입거라. 분홍색을 입으니까 참 예쁘더구나."

예쁘다고? 엄마가 터틀에게 그런 단어를 사용한 적은 한 번도 없었다. 도대체 어떻게 된 거지?

"아가야, 네가 단서에 관해 엄마한테 말을 하지 않으면 엄마 마음이 얼마나 아프겠니?"

결국 그거였구나. 진작 눈치 챘어야 하는 건데.

"안 돼요. 내 입은 붙어 버렸다고요."

터틀은 강경하게 말했다.

"힌트라도 주면 안 되겠니?"

그레이스는 땋은 머리끝을 고무줄로 묶으면서 달콤하게 유혹했다.

"음……."

터틀은 붙어 버린 입으로 대답했다.

안젤라가 터틀의 작은 방으로 들어와 터틀의 꽁지머리를 잡아당겼다(그렇게 하고도 무사할 수 있는 사람은 안젤라밖에 없었다).

더 사랑하는 딸을 보자 그레이스는 그녀의 손을 잡다가 깜짝 놀랐다.

"안젤라, 약혼반지는 어디 있니?"

"손가락이 아파서요."

쿵, 쿵. 시델 펄래스키가 문간에 나타났다.

"안녕하세요? 모두들 벽장에서 뭐하고 계세요?"

"그것 봐요. 처음부터 내가 벽장이라고 그랬잖아요."

터틀이 말했다.

그레이스는 터틀의 불평을 못 들은 체했다. 저렇게 감사할 줄도 만족할 줄도 모르는 불평 투성이의 아이에겐 잘해 주어 봤자 아무 짝에도 쓸모없다니까.

"아, 어서 와요, 펄래스키 양."

"몸이 좀 안 좋긴 하지만 파티가 열린다는데 빠질 수 없죠."

시델의 목발은 검은색과 흰색의 체스판 무늬로, 검은색과 흰색의 체스판 무늬인 그녀의 옷과 잘 어울렸다. 그녀의 커다란 귀고리 역시 왼쪽은 흰색, 오른쪽은 검은색이었다.

"파티를 열기로 한 건 정말 좋은 생각이에요."

그레이스가 속기 노트를 가지고 있는 시델의 기분을 북돋았다.

"엘리베이터에서 초대장을 보았을 때 나는 후 씨에게, 판사한테 전화해서 오르 되브르(서양 요리에서 식전 또는 술안주로 먹는 가벼운 요리)가 필요한지 알아보라고 제안했죠. 70명분은 주문이 들어올 것이 틀림없어요."

그녀는 안젤라를 향해 말했다.

"이제 옷을 입고 준비하는 게 좋지 않겠니? 시간이 벌써 많이 지났구나. 덴튼 박사가 널 파티에 에스코트할 수 없는 것이 유감이긴 하지만 네 아버지와 내가 데려가 주마."

"안젤라는 저와 함께 갈 거예요. 아시다시피 저희들은 짝이니까요."

시델은 철저히 계획을 세워 놓았다. 그들은 똑같은 옷을 입고 등장하기로 했다. 오늘밤은 상속자들 중 누가 쌍둥이인지를 찾아내는 밤이 될 거야.

"전 봄배크 부인과 함께 파티에 가겠어요. 쪽지에는 모든 사람을 초청한다고 되어 있어요."

터틀이 말했다.

그레이스는 다시 한 번 터틀의 말을 못 들은 척 무시했다.

"그건 그렇고, 펄래스키 양. 마음을 바꿔서 당신의 노트를 보여 주실 수 없을까요?"

이번에는 시델의 입이 붙어 버릴 차례였다. 그녀는 거만한 그레이스 윈저 웩슬러가 몸이 불편한 자신으로부터 노트를 훔쳐가고 시치미를 떼는 것이라면 가만두지 않을 참이었다.

그레이스가 다정하기 그지없는 목소리로 다시 한 번 말했다.

"내가 상속을 받게 되면 모든 것은 안젤라의 것이 될 거예요."

터틀이 벌떡 일어났다.

"전 여기서 나갈래요. 이 벽장 안에서는 숨도 제대로 쉴 수 없어요."

터틀은 침대와 의자와 책상을 걷어차고 못마땅한 표정의 시델 앞을 지나며 팔꿈치로 꾹 찔렀다.

"도대체 쟤가 왜 저래?"

그레이스가 말했다.

전화벨이 울릴 때 포드 판사는 테오에게 바텐더가 해야 할 일을 가르쳐 주고 있었다. 신문사에 있는 사람이 몇 가지 정보를 알아낸 것이다.

"첫째는 안젤라 웩슬러가 D. 덴튼과 약혼을 한 것이고, 둘째는 한 발명 가가 샘 웨스팅을 상대로 건 소송인데 그 발명가 이름은……."

"잠깐만 기다려 줘요."

후가 입맛을 돋우는 음식을 쟁반에 담아서 뒤뚱거리며 들어왔다. 판사 는 놓을 자리를 손짓하고 나서 전화에 대고 말을 이었다.

"미안해요. 그 사람 이름이 뭐라고 했죠?"

"제임스 후예요. 그 사람은 웨스팅이 1회용 페이퍼 타월에 관한 자기 아이디어를 훔쳤다고 주장했어요."

"잠깐만요."

판사는 수화기를 손으로 가렸다.

"아직 가지 마세요, 후 씨. 난 당신도 손님으로 파티에 있어 주기를 바라요. 당신의 부인과 아드님도 역시."

후는 인상을 찌푸렸다. 그는 파티를 싫어했다. 그는 사람들이 먹고 마시고 광대처럼 행동하는 것을 수없이 보아 왔다. 수다를 떨다가… 맞다, 누군가 수다를 떨다가 단서를 흘릴지도 모르지…….

"곧 돌아올게요."

판사가 조급한 안도의 한숨을 내쉬자 전화기 저쪽에서 목소리가 이어 졌다.

"또 한 명의 후라는 성을 가진 사람인 더그 후의 운동기록이 산더미같 이 있어요. 고등학생치고는 상당히 빨리 달리는 것 같아요. 판사님이 제 게 주신 이름에 관해 제가 알아낼 수 있었던 건 그 정도입니다. 하지만 아직도 웨스팅에 관해서 알아볼 게 많아요."

"정말 고마워요."

초인종이 울렸다.

파티가 곧 시작될 것이다.

10
기나긴 파티

"우리가 너무 일찍 온 건 아닌가요?"

그레이스는 항상 파티에 늦는 버릇이 있었지만 오늘밤만은 그럴 수가 없었다. 그녀는 단 하나의 단서도 놓치고 싶지 않았고, 또 살인자가 들어올지도 모르는 아파트에 혼자 있고 싶지 않았다.

"제 남편 웩슬러 박사와는 초면이시죠?"

"'제이크'라고 불러 주십시오."

"안녕하세요, 제이크."

포드 판사가 말했다. 굳게 악수를 하면서 제이크 웩슬러의 눈가에 웃음이 스쳤다. 그는 출세욕이 큰 아내와 함께 지내다 보니까 유머 감각이 많이 필요했다.

"거실이 잘 꾸며져 있군요. 가구들도 아름답고. 이 아파트는 설계가 잘 돼 있지만 우리 집은 달라 보여요. 난 실내장식가랍니다. 침실 세 개짜리 집은 독신 여성에게는 다소 넓어 보이는군요."

그레이스가 말했다.

무슨 소리야, 침실이 세 개라니? 이곳은 침실 한 개짜리 아파트인데?

"입맛 돋우는 음식을 좀 드시겠어요, 웩슬러 부인? 당신이 웨스팅 가문과 정확히 어떻게 연결되는지 궁금하군요."

판사는 뜻밖의 질문으로 자칭 '상속녀'를 놀래 주려고 했지만 그레이스는 기침을 하는 척하면서 대답할 시간을 벌었다.

"세상에, 생강이 너무 맵네요. 사천식으로 조리했나 보죠? 아, 내가 어떻게 연결되냐고요? 어디 보자, 엉클 샘은 내 아버지의 큰 형님이 되세요. 아니, 할아버지의 막내 동생이던가?"

"잠깐 실례하겠어요. 다른 손님들을 맞이해야 하거든요."

판사는 말도 안 되는 소리를 하는 그레이스를 내버려두고 그 자리를 떠났다. 아버지의 형제이건 할아버지의 형제이건 친가 쪽으로 무슨 연관이 있다면 그레이스의 처녀 때 성이 웨스팅이 되어야 할 텐데 원저라니.

파티는 계속되었다. 아무도 감히 먼저 자리를 뜨려 하지 않았다(여럿이 같이 있으면 안전했고, 특히 판사와 함께 있으면 더욱 안전했다). 손님들은 먹고 마시고 수다를 떨었다. 하지만 아무도 웃지 않았다.

"살인은 별로 재미있는 일이 아니에요."

제이크 웩슬러가 말했다.

"돈도 역시 마찬가지예요."

후가 뚱하게 대답했다.

아내가 완벽한 짝을 만났다고 판단한 제이크는 앞쪽 창가에 말없이 서 있는 두 여자를 향해 걸어갔다.

"힘내라, 안젤라. 너의 덴튼을 곧 만나볼 수 있게 될 거야."

안젤라는 아버지의 포옹을 뿌리쳤다.

"왜 그러니?"

"아무것도 아니에요."

아무것도 아닌 게 아니었다. 도대체 왜 늘 덴튼 얘기만 하는 거지? 그 사람이 없으면 나는 별 볼일 없는 사람이라는 건가? 아니, 꼭 그것 때문만은 아니었다. 어머니가 '쌍둥이'의상을 가지고(모두들 보는 앞에서) 그녀를 나무란 다음 집으로 돌려보내 옷을 갈아입고 오게 한 일 때문만도 아니었다. 그것은 단순히 그것 자체의 문제가 아니었다. 그것은 전부였다.

제이크가 후 부인에게 말을 걸었다.

"안녕하세요, 우린 짝이죠?"

"부인은 영어를 못 해요, 아빠."

안젤라가 쌀쌀맞게 말했다.

"아무도 말을 시키지 않으면 영원히 못 하게 될 것 아니니?"

"눈."

후 부인이 말했다.

제이크는 그녀가 가리키는 곳을 보았다.

"맞아요, 눈이에요. 굉장히 많은 눈. 눈, 나무, 길, 미시간 호수."

"중국."

후 부인이 말했다.

"중국이오? 그거 좋지요, 중국."

안젤라는 자리를 피했다. 아빠에게 왜 좀더 상냥하게 대하지 못했을까? 뭔가 실수를 해서 어머니를 화나게 할 까봐 그랬을 거야. 순종형의 안젤라는 어머니가 하라는 일만 해왔다.

"안녕하세요, 안젤라. 이 과자를 먹어 보면 기분이 나아질 거예요."

포드 판사가 쟁반을 내밀었다.

"곧 결혼을 한다고 들었어요."

"어떤 사람들은 행운을 독차지한다니까요."

펄래스키가 난데없이 나타나서 포크를 들고 쟁반에 달려들었다.

"모든 여성들이 결혼을 선택하는 건 아니에요. 그렇죠, 판사님? 어떤 여성들은 자기 일을 더 소중히 여기죠. 하지만 저는 덴튼 디어 같은 젊고 잘생긴 의사가 청혼을 한다면 당장에라도 마음을 바꿀 거예요. 그가 쌍둥이가 아니라는 게 참 유감이에요."

"실례하겠어요."

판사는 자리를 떴다.

"내겐 행운이라는 게 도무지 찾아오지를 않아요, 안젤라. 당신의 어머니가 당신에게 옷을 갈아입으라고 하지만 않았어도 누군가가 '쌍둥이'에 대해 이야기를 했을지도 모르는데. 나 자신이 그 문제를 언급할 때는 사람들의 반응을 알아보기가 힘들거든요. 당신은 어머니 뜻대로만 움직여서는 안 돼요. 당신은 이제 곧 결혼할 정도로 어른이 되었다고요."

"실례하겠어요."

안젤라도 자리를 떴다.

"아, 고마워요. 난 좀더 먹어야겠어요."

시델은 혼잣말을 하고 바를 행해 걸어갔다.

"알코올이 들어 있지 않은 걸로 부탁해요. 의사의 지시 때문에. 버블, 아니 트윈(쌍둥이)으로 줘요."

쌍둥이? 무슨 소리를 하는 거야? 테오는 검은색과 흰색의 체스판 무늬 옷을 입은 시델을 보며 고개를 갸우뚱했다.

"걸어다니는 체스판에게 진저 에일 두 잔."

포드 판사는 손님들 틈에 숨어서 구석에 서 있는 두 사람을 관찰했다. 그들은 선셋타워의 입주자들이면서도 웨스팅의 유산 상속자 명단에서 이름이 빠진 유일한 사람들이었다.

조지 테오도라키스는 몸이 불편한 그의 아들의 어깨 위에 손을 얹고 있었다. 테오의 손처럼 고된 노동을 겪은 구릿빛의 큰 손이었다. 테오는 여러 가지 면에서 그를 닮아 있었다. 큰 키, 넓은 어깨, 가는 허리, 올이 굵고 곧은 검은 머리. 하지만 세월은 조지 테오도라키스의 얼굴에 더 깊은 골을 만들어 놓았다. 그는 시력이 떨어져 가는 눈으로 방 건너편의 안젤라를 바라보았다.

웩슬러 부인이 다리를 저는 것처럼 보이는 것은 스타킹을 신은 발을 반대편 종아리에 대고 비비고 있었기 때문이었다. 카펫 위에는 굽 높은 구두 하나가 덩그러니 서 있었다. 포드 판사는 다리를 절지 않았다. 게다가, 그의 단서가 있기는 하지만 그녀가 살인자일 리는 없었다. 그곳에 모인 사람들 가운데 살인자처럼 보이는 사람은 아무도 없었다. 그들은 모두 좋은 사람들이었다. 심지어 끊임없이 불평을 늘어놓는 저 뚱뚱한 중국인마저도.

조지 테오도라키스는 "사업은 어때요?"라는 말로 후를 맞이했다. 후는 휙 돌아서더니 화가 나서 쿵쾅거리며 자기 경쟁자로부터 멀어져 갔다.

발명가 제임스 후야말로 포드 판사가 이야기를 나누고 싶은 사람이었지만, 바에 길게 늘어선 줄은 움직일 줄을 몰랐다.

"체스에는 흰 말 열여섯 개와 검은 말 열여섯 개가 있어요."

테오가 시델에게 설명을 하고 있다.

"포드 판사님도 체스 둘 줄 아세요?"

"조금. 하지만 오랫동안 두지 않아서."

판사는 시델을 붐비는 바에서 데리고 나왔다. 테오는 웨스팅 게임이 체스와 틀림없이 무슨 연관이 있다고 생각했다. 그가 옳을지도 모른다. 웨스팅 게임은 체스 게임만큼이나 복잡한 것이 틀림없으니까.

"하지만 공부는 했단 말이에요."

더그가 우겼다.

판사가 끼어들었다.

"후 씨, 맛있는 음식에 감사드린다는 말씀도 못 드렸군요. 식당 사업을 시작하신 지는 얼마나 되셨죠?"

"계단을 뛰어다니는 게 공부냐?"

후가 말했다.

이번에는 시델이 참견을 했다.

"아버지와 아들? 둘이 꼭 쌍둥이 같군."

"넌 그 테오도라키스인가 뭔가 하는 아이와 짝이잖아." 후가 말을 이었다.

"그 지저분한 커피숍 대신에 우리 식당에서 회의를 열자고 왜 말하지 않았니?"

"그건 사람들이 아침으로 자장면을 먹고 싶어 하지 않기 때문이에요."

시델이 대답했다.

"너 여기 있었구나."

그레이스가 약간 삐져나온 안젤라의 머리카락을 매만져 주었다.

"네 머리모양을 어떻게 손봐야겠다. 눈이 치워지는 대로 미용사와 시간 약속을 하마. 결혼을 앞둔 여자가 너무 머리가 길면 어려 보여. 그 낡은 체크무늬 드레스를 입고 기괴한 장신구를 달고 파티에 오다니, 도대체 무슨 생각으로 그랬는지 이해할 수가 없구나. 네 짝이 정신병자처럼 꾸몄기 때문이라면……."

"펄래스키 양은 정신병자가 아니에요, 어머니."

"토요일에 있을 신부 파티의 음식 장만에 관해 후 씨와 이야기를 나누었다. 조그만 후 부인더러 하늘거리는 중국 의상을 입고 손님들을 대접해 달라고 부탁했지. 어디 가니, 안젤라?"

안젤라는 포드 판사의 부엌 안으로 뛰어 들어갔다. 그녀는 어디론가 혼자 있을 수 있는 곳으로 가야만 했다. 그렇지 않으면 울음이 터져 나올 것만 같았다.

그러나 그곳도 혼자 있을 만한 곳은 못 되었다. 크로우가 있었기 때문이었다. 두 여자는 깜짝 놀라서 서로를 쳐다보다가 고개를 돌렸다.

불쌍한 것. 크로우는 아름다운 안젤라에게 손을 내밀어 팔을 잡고 이렇게 말하고 싶었다. "불쌍한 안젤라. 맘껏 울어요." 하지만 그럴 수가 없었다. 크로우가 내뱉은 말은 단 한 마디였다.

"자······."

안젤라는 크로우가 내미는 수건을 받아 얼굴을 가리고 흐느껴 울었다.

손님들은 날씨와 음식, 축구와 체스와 쌍둥이에 관해서 끝없이 수다를 떨었다. 터틀은 어른들의 파티가 따분해서 소파에 뾰로통하게 앉아 있었다. 저 사람들 중에 적어도 한 명은 주식 시장에 관해서 알 텐데. 터틀은 샌디가 보고 싶었다. 샌디는 이 따분한 아파트에서 터틀과 이야기를 나눌 만한 유일한 사람이었다.

"'그대의 물질에 신이 축복하시기를'이라는 내용 기억나요? 우리 내기 합시다. 난 그 말이 성경에 나온다는 쪽에 10센트 걸겠어요."

플로라가 말했다.

"셰익스피어예요. 10달러로 해요."

터틀이 주장했다.

"어머나! 그래, 좋아. 10달러."

그들은 한데 모여 투표를 했다. 성경이 4표, 셰익스피어가 3표, 기권이

1표였다(후 부인이 질문을 못 알아들었다).

시델은 쌍둥이에게 걸었다.

"그게 유언장에 있었다는 걸 어떻게 알았죠?"

시델의 물음에는 의심이 담겨 있었다.

그것으로 잃어버렸다는 '중요한 사업 관계 서류'가 무엇인지 밝혀졌다. 누군가가 노트를 훔쳐간 것이다. 터틀은 고소해서 미소를 지었다.

"머릿속으로 기억하고 있을 뿐이에요."

"그렇게 기억력이 좋다면, 그 앞에 무슨 내용이 나오는지 말해 봐."

시델이 도전했다.

"몰라요, 뭔데요?"

시델이 드디어 관중을 의식했다.

"말해 주는 건 어렵지 않지만, 그런 식으로 묻는다면 절대로 대답 안 할 거야."

터틀 대신 테오가 말했다.

"뭔지 말씀해 주실 수 있어요?"

시델은 그를 향해 자기 딴에는 우아한 맵시를 부린답시고 몸을 돌렸지만, 목발이 가슴을 쿡 찌르자 인상을 쓰고 말았다.

"유언장에는 정확히……."

그녀는 그것이 정확하기를 바라면서 큰소리로 말했다.

"'현명하게 사용하라. 그대의 물질에 신이 축복하시기를'이라고 쓰여 있었어요."

맞든 틀리든 손님들의 반응은 실망의 한숨 소리뿐이었다. 그들은 그것 이상의 무언가 힌트나 단서를 기대하고 있었던 것이다. 이젠 집으로 돌아갈 시간이었다.

11
회의

눈 속에 갇힌 지 사흘째 되는 날 아침, 창백한 태양이 떠올랐다. 고요히 누워 있는 미시간 호수는 보라색에서 파란색으로 변했지만 잠자리에서 일어난 선셋타워의 입주자들이 바라보고 있는 것은 미시간 호수가 아니었다. 그들은 창가에 선 채 웨스팅 저택에 매혹되어 꿈속에 사로잡혀 있었다.

단서를 공유해야 할까, 말아야 할까? 그들은 다른 사람들이 무엇을 의도하고 있는지 알아내기 위해 커피숍에서 회의를 갖기로 했다.

터틀은 벽장 같은 방에서 언덕 위에 있는, 눈이 쌓인 단풍나무 가지를 바라보며 기다렸다. 갑자기 잔가지가 흔들리더니 털이 난 동물 하나가 흰 눈 속에서 반점처럼 나타났다. 엄마가 너무 바쁠 때면 안젤라를 대신 보내 머리를 땋아 주었지만, 오늘은 아무도 오지 않았다. 그들은 터틀에 대해 까맣게 잊었나 보다.

터틀은 브러시와 빗을 무기처럼 쥐고 2C호 아파트로 들이닥쳤다.

"머리 땋을 줄 아세요?"

플로라의 짤막한 손가락은 바늘을 잡았을 때는 그렇게도 재빠르더니 빗을 잡고는 솜씨를 제대로 발휘하지 못했다. 하지만 몇 번을 되풀이한 끝에 그녀는 터틀의 머리를 세 갈래로 똑같이 나누어 땋는 데 성공했다.

"이렇게 뻣뻣한 머리카락은 난생 처음 보겠구나. 언젠가 내 딸의 머리를 땋아 준 적이 있는데, 그 앤 십대였어도 머리카락이 마치 아기처럼 가늘고 부드러웠단다."

터틀은 그런 이야기를 죽기보다 더 싫어했다.

"아주머니 딸은 예뻤어요?"

"모든 엄마들은 자기 아이들이 예쁘다고 여기지만, 내 딸 '로잘리'는 정말 사랑스러운 아이였단다."

"우린 엄만 제가 예쁘다고 여기지 않아요."

"천만에, 그렇지 않아."

"우리 엄만 제가 아기였을 때 담요 속에서 머리를 쏙 내밀고 있는 게 꼭 거북이(터틀) 같다고 했어요. 제가 봐도 전 아직도 거북이 같지만, 상관없어요. 아주머니 딸은 지금 어디 있어요?"

"가 버렸다."

플로라는 목이 메었다.

"하루 종일 머리카락이 흐트러지지 않을 거다. 그건 그렇고, 너 진짜 이름을 말해 주지 않을래?"

"앨리스예요."

터틀이 거울 앞에서 고개를 돌려 보면서 말했다. 머리카락이 하도 야무지게 묶여서 단 한 올도 삐져나오지 않았다. 자기 딸 이야기만 하지 않는다면 봄배크 아주머니는 훌륭한 머리 땋는 사람이 될 것 같았다. '로잘리'라니, 뭐 그런 바보 같은 이름이 다 있어?

"이제 회의에 갈 시간이에요. 아무 말씀도 하지 마시고 듣기만 하세요."

"알았다. 앨리스. 약속하마."

✦✦✦

테오는 동생이 탄 휠체어를 밀고 엘리베이터 안으로 들어가다가 벽에 붙은 메시지를 보았다.

'밀워키 철도를 위해 30년간 봉사한 에즈라 포드에게 감사를 전하며'라는 글귀가 새겨진 금시계를 돌려주시면 25달러를 드리겠습니다.

　　　　　　　　　　　　　　　　　-4D호 J. J. 포드

"포드, 포디."

크리스가 말했다.

"그래, 포드 판사야. 자기 아버지의 시계를 잃어버렸나봐. 지난밤 파티에 참석했던 사람들 중에 누군가가 훔쳐갔을 리는 없는데."

크리스는 미소를 지었다. 테오는 그것을 눈치 채지 못했다. 좋아. 이건 중요한 발견이야. 포드 판사의 이름은 아파트 호수와 발음이 똑같았다. 포드(Ford), 포디(4D).

테오는 테오도라키스 부부가 차와 커피를 나누어 주고 있는 주방으로 입주자들을 안내했다.

"죄송하지만 크림과 레몬이 다 떨어졌습니다. 손으로 만든 패스트리를 즐겨 주십시오."

커피숍으로 들어가는 것은 동굴로 들어가는 것과 같았다. 전에는 주차장을 향해 열리던 창문이 지금은 눈의 벽에 가로막혀 열리지 않았기 때문이었다.

"저 밖에 내 차가 파묻혀 있어요."

그레이스가 자기 짝 맞은편에 앉으면서 말했다.

"제설반보다 내가 먼저 차를 찾아야 하는데."

"그들이 여기 온다면야. 이 회의가 우리 식당에서 열리지 않은 게 다행이오. 공짜로 차를 나누어 주다간 난 파산하고 말 테니까. 이걸 차라고 부르는지는 모르지만."

후가 경멸스런 눈초리로 차 봉지를 들어 올리며 말했다. 그러다가 그는 입에 스위트 롤 빵을 물고 의자를 뛰어넘는 땀복 차림의 아들을 보고 인상을 찌푸렸다.

"터틀은 어디 갔습니까?"

그레이스는 주위를 둘러보았다.

"모르겠군요. 아마 제 아버지 장부 정리를 거들고 있을 거예요."

"장부 정리!"

후가 폭소를 터뜨렸다. 그레이스는 뭐가 그렇게 웃긴지도 모르면서 큰 소리로 따라 웃었다. 둘만의 웃음만큼 사람들의 질투심을 자극하는 것도 없었다.

시델은 자기를 비웃는 줄 알고 물방울무늬의 목발을 떨어뜨리고 안젤라의 가방에 커피를 쏟고 나서야 가까스로 의자에 앉았다.

쨍, 쨍. 테오가 주의를 집중시키기 위해 유리잔을 숟가락으로 톡톡 때렸다.

"이렇게 와 주셔서 감사합니다. 회의가 끝나면 여러분 모두를 체스 게임에 초대합니다. 그러는 동안 제 짝과 저는 왜 이 회의를 소집했는지 설명해 드리겠습니다. 여러분이 가지고 계신 단서는 어떤지 모르겠지만 저희들의 것은 전혀 의미가 통하지 않습니다."

상속자들은 그를 멍하니 바라보고만 있었다. 고개를 끄덕이거나 눈을 깜박이는 사람조차 없었다.

"그래서, 유언장의 내용대로 똑같은 단서가 하나도 없다면 각각의 단서들은 한 메시지의 일부분에 지나지 않는다는 것을 의미합니다. 우리가 단서를 한 데 모으면 모을수록 살인자를 밝혀내고 게임에서 이길 확률은 높아지는 것입니다. 물론, 상속한 유산은 똑같이 분배해야죠."

시델이 초등학생처럼 손을 번쩍 들었다.

"유언장에 들어 있는 단서는 어떻게 하죠?"

"그래요, 유언장 사본을 볼 수 있다면 고맙겠어요, 펄래스키 양."

테오가 대답했다.

"똑같이 분배한다는 것은 정당하지 않은 것 같아요. 여기 있는 사람들 가운데 유언장을 받아 적을 생각을 한 사람은 나밖에 없으니까요."

시델은 사람들을 향해 빨간 안경 위로 그린 눈썹 한쪽을 치켜 올렸다.

후는 그녀의 제멋에 겨워하는 모습을 더 이상은 봐줄 수가 없었다. 그는 "끙!" 하는 소리와 함께 자리에서 나와 카운터에 노트를 탁 내던졌다.

"이 도둑!"

시델은 소리를 지르며 노트를 낚아채려다가 의자에서 떨어질 뻔하였다.

"도둑!"

"난 당신의 노트를 훔치지 않았소. 오늘 아침 우리 식당 테이블 위에 있었어요. 당신이 내 말을 믿든 안 믿든 난 상관없소. 어차피 당신이 우리 코앞에서 그렇게 자랑하는 노트는 전혀 쓸모가 없는 것이니까. 내 짝은 속기에 대해서 아는데 당신의 속기는 아무런 뜻도 없는 낙서에 지나지 않는다고 했어요."

화가 난 후가 설명했다.

"맞아요. 노트에 쓰인 건 표준 속기 문자임에는 틀림없지만, 정상적인 말로 풀어지지가 않아요."

그레이스 웩슬러가 말했다.

"이 도둑! 사기꾼! 악당!"

시델이 이번에는 그레이스를 향해 퍼부었다.

"그만해요, 시델."

안젤라가 수놓고 있는 D 자에서 눈길을 떼지 않은 채 조용히 말했다.

"당신은 이해 못해요, 안젤라. 이런 기분이 어떤건지……."

그녀의 목소리가 갈라졌다. 시델은 적들, 즉 그들 모두를 향해 외쳤다.

"시델 펄래스키에게 신경을 쓰는 사람이 하나라도 있어요? 단 한 사람도 없다고요. 난 바보가 아니에요. 난 당신들 가운데 한 사람도 믿을 수가 없어. 당신들이 내 속기 노트를 읽을 수 없는 건 당연해요. 폴란드어로 썼으니까."

"폴란드어?!?!"

회의가 다시 속행되자 후는 펄래스키에게 영어로 쓴 유언장을 공개하는 대가로 더 많은 유산을 주겠다고 제안했다.

"다시 한 번 반복하지만 내 짝이나 나는 당신의 노트를 훔치지 않았어요. 그리고 여러분 가운데 우리를 살인자로 의심하는 분이 있을지 몰라도, 우린 둘 다 명백한 알리바이가 있으니 그런 일일랑 생각도 마세요."

더그는 스위트 롤이 목에 걸릴 뻔했다. 만일 알리바이 문제를 파고들면 살인사건이 일어나던 날 밤 그가 어디 있었는지는 곧 밝혀지고 말 것이다. 웨스팅 저택 잔디밭!

후가 계속했다.

"우리의 결백을 입증하기 위해서, 내 짝과 나는 기꺼이 우리의 단서를 제공하겠소."

"잠깐만요, 후 씨."

포드 판사가 일어섰다. 일이 걷잡을 수 없게 되기 전에 그녀가 나설 때였다.

"유죄가 입증되기 전까지는 누구나 결백하다는 사실을 여러분 모두에게 상기시켜 드릴 필요가 있겠군요. 죄가 있건 없건 단서를 제공하고 안 하고는 전적으로 개인의 선택의 자유예요. 차분히 생각해 보고 나서 어떤 결정이든 내릴 것을 제안합니다. 하지만 지금 이렇게 모두 모였을 때 여러분에게 묻고 싶은 것이 있습니다. 여러분도 마찬가지라고 생각합니다."

그들은 모두 묻고 싶은 것이 있었다. 각자의 계획이 새나가는 것을 막기 위해 묻고 싶은 것을 종이에 적되, 이름은 기록하지 않기로 했다. 더그가 종이를 모아 테오에게 건네주었다. 테오가 읽기 시작했다.

"이 중에 쌍둥이가 있습니까?"

아무도 대답하지 않았다.

"터틀의 진짜 이름이 뭐죠?"

"타비다루스."

웩슬러 부인이 '앨리스'라고 대답한 플로라 봄배크를 쏘아보며 말했다.

"어떤 게 맞는 거예요?"

"타비다루스 웩슬러예요. 난 그 애 엄마예요."

테오가 다음 질문서를 펼쳤다.

"이 가운데 샘 웨스팅을 실제로 만난 사람이 누가 있죠?"

그레이스는 손을 들었다가 내리고 다시 반쯤 들었다가 내렸다. 샘 웨스팅의 친척이 될 것인가 살인자가 될 것인가 갈등하면서. 거짓말을 못하는 후는 손을 들고 가만히 있었다. 포드 판사는 자기가 한 질문에 대답할 필요가 없다고 생각하고 손을 들지 않았다.

테오는 기어가는 글씨로 쓴 다음 질문을 한 사람이 누구인지를 알아보았다.

"지난주에는 누가 발로 차였죠?"

크리스는 대답을 듣지 못했다. 두려움 때문에 회의가 폐회되었기 때문이다.

12
첫 번째 폭탄

모든 게 너무도 갑작스럽게 일어난 일이었다. 귀청이 떨어질 것 같은 폭발소리, 비명소리에 대혼란이다. 테오와 더그는 주방으로 달려갔다. 테오도라키스 부인이 뛰쳐나왔다. 그녀의 머리와 얼굴과 앞치마에는 검붉은 무언가가 뿌려져 있었다.

"피다!"

시델 펄래스키가 가슴을 움켜쥐고 외쳤다.

"가만히 앉아 있지만 말고 소방서에 전화를 해요!"

캐더린 테오도라키스가 소리쳤다.

안젤라가 벽에 걸린 공중전화로 달려가서 전화를 해야 할지 말아야 할지 망설이며 떨고 서 있었다. 눈 속에 갇혀 있는데 소방차가 어떻게 선셋 타워에 온단 말인가?

테오가 주방에서 고개를 내밀었다.

"모두 괜찮아요. 불은 나지 않았어요."

"크리스, 괜찮아. 봐! 토마토소스야."

테오도라키스 부인이 휠체어 앞에 무릎을 꿇으며 말했다.

토마토소스! 테오도라키스 부인이 뒤집어쓴 건 피가 아니라 토마토소스였던 것이다. 호기심이 발동한 상속자들은 카운터에 눌러앉은 시델만 빼고 모두 주방 안으로 밀려들어갔다. 그녀가 심장마비를 일으킨다 해도 아무도 모를 것이다.

후는 기쁨을 감추려 애쓰며 주방 안의 광경을 둘러보았다.

"난장판이군. 통조림 깡통들이 스토브(난로)의 열기를 이기지 못해 폭발한 게 틀림없어."

주방 안은 온통 소화기 거품과 뒤범벅이 된 토마토소스가 사방에 흩뿌려져 있었다.

"정말 난장판이야."

조지 테오도라키스가 그를 의심스럽게 쳐다보았다.

"폭탄이었어요."

캐더린 테오도라키스도 역시 그렇게 생각했다.

"처음엔 쉿 하는 소리가 나더니 '쾅!' 하는 소리가 나서 빨간 불꽃이 사방으로 튀었어요."

"토마토소스 깡통이 폭발한 거예요."

더그가 자기 아버지 편을 들었다. 다른 사람들도 거기에 동조했다. 테오도라키스 부인은 신경과민인가봐. 폭탄이라니 말도 안 돼. 샘 웨스팅도 절대 폭탄에 의해 살해된 것 같지는 않았다.

포드 판사는 보험 혜택을 받으려면 지금 당장 경찰에 신고하는 게 좋겠다고 했다.

"주방 전체를 다시 장식하는 게 좋겠어요. 아름다우면서도 기능적이어야 해요. 천장에는 놋 주전자를 많이 매달아요."

실내장식가 그레이스가 말했다.

"심각한 피해는 아닌 것 같아요. 하지만 청소를 하려면 며칠 동안은 문을 닫아야 하겠어요."

캐더린 테오도라키스가 대꾸했다.

후가 미소를 지었다. 안젤라는 도와주겠다고 했다.

"오늘 오후에는 옷을 맞춰야 해. 그 외에도 토요일의 신부 파티를 위해 할 일이 많단다."

그레이스가 말했다.

시델이 쿵쿵거리며 들어왔다.

"전 이제 괜찮아요. 좀 어지러울 뿐이에요. 세상에, 깜짝 놀랐어요."

⚜

깜짝 놀란 것에서 회복한 시델 펄래스키는 앉아서 속기한 것을 폴란드어로, 폴란드어를 다시 영어로 옮기는 일을 했다. 그때 갑자기 문에서 '꽝' 하는 소리가 나는 바람에 그녀는 타자기의 글쇠 하나를 잘못 눌렀다.

"문 열어!"

목소리를 알아들은 안젤라가 문을 열자 씩씩거리는 터틀이 밖에 서 있었다.

"안젤라, 그거 어디 있어?"

"뭐?"

"내 책상에서 가져간 신문."

안젤라는 가방에서 자숫감과 자잘한 소지품들을 조심스럽게 뒤져서 웨스팅의 부고가 난 접힌 신문을 꺼냈다.

"미안해, 터틀. 너한테 먼저 물어봤어야 하는 건데, 네가 자리에 없길래."

"내 미키 마우스 시계도 여기 와 있는 건 아니겠지?"

터틀은 언니의 상처받은 표정을 보고 마음이 누그러졌다.

"농담이야. 언닌 약혼반지를 또 싱크대에 놔두었던 걸. 누가 그것까지 훔쳐가기 전에 가지러 가는 게 좋을 거야."

"안젤라의 반지를 도둑맞을 염려는 없어. 그렇게 저질적인 엄마는 세상에 없으니까."

시델이 한마디했다.

그레이스가 상습범이라는 뜻이었다. 터틀은 그 생각이 하도 우스워서 소파 위를 데굴데굴 굴렀다. 그렇게 웃으니 기분이 한결 나아졌다. 오늘 주식 시세는 5포인트나 떨어졌다.

"안젤라, 동생에게 내 소파를 지저분한 신발로 더럽히지 말아 달라고 말해 줘요. 똑바로 앉아서 숙녀처럼 행동하라고."

터틀은 엄마와 똑같이 혀를 차면서 일어났지만, 이대로 갈 수는 없었다. 터틀은 팔짱을 끼고 벽에 기대어 섰다.

"엄마는 안젤라가 속기 노트를 훔쳐갔다고 생각해요."

그들은 충격을 받았나 보다. 저 벌어진 입들을 보라!

"엄마가 그걸 보자고 했으니까요. 그리고 안젤라는 엄마 말이라면 뭐든지 다 하거든요."

"누구든 내 노트를 훔쳐갈 수 있었을 거야. 그날 난 문에 이중 자물쇠를 채우지 않았으니까."

시델이 자기 짝마저 믿지 못한다면, 그녀는 완전히 외톨이였다.

"엄마가 정말로 그렇게 말씀하셨니?"

안젤라가 물었다.

"아니, 하지만 난 엄마가 무슨 생각을 하는지 다 알아. 난 다른 사람들 생각도 알아맞힐 수 있어. 어른들 생각이란 게 뻔하거든."

"말도 안 돼."

시델이 코웃음을 쳤다.

"예를 들어서, 난 언니가 그 잘난 인턴하고 결혼하고 싶어하지 않는다는 걸 알아요."

"말도 안 돼. 넌 언니를 질투하고 있을 뿐이야."

"그럴지도 모르죠. 하지만 나는 꾸며대지는 않아요. 사람들의 주의를 끌기 위해 목발을 짚고 다니지도 않는단 말이죠."

저런, 저런, 터틀이 너무 심했다. 안젤라가 재빨리 말했다.

"터틀은 그런 뜻으로 한 말이 아니에요. '목발'이라는 말은 단지 하나의 상징일 거예요. 터틀의 말은, 사람들이 진정한 자아를 드러내기를 두려워해서 방패 같은 것 뒤에 숨는다는 뜻이에요."

"아, 그래요? 그럼 터틀의 목발은 그 수다스런 입이군요."

시델이 대답했다.

안젤라는 터틀을 내몰아 자기네 아파트로 되돌아가면서, '아뇨, 터틀의 목발은 땋은 머리예요.'라고 생각했다.

⚜

신문사 사람이 다시 전화를 해서 20년 전에 열린 웨스팅 타운의 파티 사진을 구했다고 알려 주었다.

"사진에 새겨진 이름 중에 바이올렛 웨스팅을 에스코트한 남자의 이름이 있어요. 조지 테오도라키스라고."

"계속해 봐요."

판사가 말했다.

"그것뿐이에요."

그는 길이 뚫리는 대로 웨스팅에 관한 자료를 보내 주겠다고 약속했다.

판사는 이제 웨스팅과 관련을 맺고 있는 네 명의 유산 상속자를 알게 되었다. 발명가 제임스 후, 테오의 아버지, 판사의 짝이자 웨스팅제지공장에서 해고된 샌디 맥서더스, 그리고 판사 자신. 그러나 샘 웨스팅의 복수로부터 희생자를 보호하기 위해서는 유산 상속자들에 관해 좀더 많은 것을 알아내야 했다.

그녀는 업무에서나 법정에서 그녀와 관련되지 않은 사립탐정을 고용해야겠다고 생각했다. J. J. 포드는 '사립탐정'이라고 적힌 노란 서류철을 뒤적였다.

"세상에!"

그녀의 손가락은 명단의 맨 위에서 두 번째 줄에서 멈추었다. 우연의 일치일까, 저절로 굴러들어온 행운일까? 아니면 샘 웨스팅이 그녀를 가지고 노는 것일까? 선택의 여지는 없지만, 한번 부딪쳐 보자. 판사는 전화번호를 누르고 벨이 울리는 동안 초조하게 발장단을 맞추었다.

"안녕하세요. 눈 속에 갇힌 사립탐정을 찾고 계시다면, 당신은 제대로 전화를 거셨습니다."

그렇다. 판사는 제대로 전화를 걸었다. 속임수인지는 몰라도 우연의 일치는 아니었다. 목소리는 한결같이 똑같았다.

13
두 번째 폭탄

폭파범이 신 후 식당의 주방에서 '글루타민산 소다 조미료'라는 딱지가 붙은 큰 깡통을 선반 위의 비슷한 깡통들 뒤에 놓을 때는 아무도 없었다. 울긋불긋한 줄이 쳐진 양초의 불꽃은 6시 30분에 퓨즈에 불을 붙일 것이다. 그곳에서 일하는 사람은 누구든 그 시간이면 주방 반대편에 있을 것이므로 아무도 다칠 염려는 없다.

커피숍의 불행한 손실로 인해

신 후 식당은

모든 분들을 만족시켜드릴

식사를 준비하고 있습니다.

배달을 시키시든지,

아니면 5층까지 직접 올라오십시오.

눈이 녹아 없어지기 전에
눈으로는 뛰어난 경치를 감상하시면서
입으로는 정성스런 음식을 즐기시기 바랍니다.
저렴한 가격으로 모시겠습니다.
— 신후 식당

그레이스 웩슬러는 엘리베이터를 타고 새 일자리를 향해 올라가면서 벽에 쪽지를 붙였다. 그녀는 손님에게 좌석을 안내하는 일을 하기로 되어 있었다.

"주방장은 어디 갔어?"

후가 자기 부인을 두고 외쳤다. 그는 4층의 뒤쪽 아파트에서 대나무 트렁크 앞에 무릎을 꿇고 중국에서 보낸 어린 시절부터 지니고 있었던 기념물을 매만지고 있는 후 부인을 찾아냈다. 그는 어떻게 된 영문인지 설명할 틈도 없이 그녀를 서둘러 식당 주방으로 올려 보냈다. 자, 이제 게으른 아들 녀석을 어디에서 찾는다지?

더그는 계단을 오르내리는 피곤한 훈련을 마치고 뛰어 들어오고 있었다. 아무도 말을 해 주지 않는데 식당이 문을 일찍 여는지 어떻게 알겠는가?

"공부하는 녀석이 그 정도 머리도 안 돌아가니? 개미핥기라도 그쯤은 이해하겠다. 사람들은 먹을 게 부족한데 커피숍은 내부 수리 때문에 문을 닫았으면, 어떻게 해야겠니? 잔소리 그만하고 가서 샤워하고 옷 갈아입어. 빨리 움직여!"

"아이에게 너무 엄하다고 생각하지 않으세요?"

그레이스가 한마디했다.

"누군가는 저 녀석에게 엄하게 굴어야 해요. 제멋대로 하게 내버려둔다면 저 녀석은 아무것도 하지 않고 뜀박질만 할 거예요. 그러는 당신도 안젤라를 편하게 해주지 않잖소?"

후는 초콜릿을 먹으면서 대답했다.

"안젤라요? 안젤라는 천성적으로 착하고 완벽한 아이예요. 둘째 아이는, 글쎄……."

"부모 노릇을 하기란 쉬운 일이 아니죠."

후가 애처롭게 말했다.

"맞는 말씀이에요."

그레이스는 입을 다물었다. 자기 남편 같으면 맞장구를 쳐주면 같은 얘기를 몇 번이고 반복하기 때문이다. 하지만 후는 공감한다는 뜻으로 고개만 끄덕일 따름이었다. 이런 신사가 다 있나?

음식을 배달시킨 사람은 테오도라키스 부부밖에 없었다. 선셋타워의 다른 입주자들은 예약 창구 앞에 길게 줄을 서서 그레이스 윈저 웩슬러가 안내해 주기를 기다리고 있었다. 그레이스는 커다란 차림표를 팔꿈치 밑에 끼고 곱슬곱슬한 머리끝에서 매니큐어를 칠한 발끝까지 자부심이 가득한 힘이 넘치는 것을 느꼈다. 엉클 샘이 사람들을 짝으로 나누어 주었듯이 자기도 사람들을 짝끼리 나누어 줄 권리가 있었던 것이다.

"크리스, 네 형은 매일 보니까 기분 전환 삼아 다른 사람하고 식사를 하면 어떻겠니?"

그녀는 대답도 듣지 않고 소년의 휠체어를 창가의 좌석으로 밀고 갔다. 대답은 들으나마나 "예"일 것이니까.

두 장애인이 한데 모였군, 시델 펄래스키는 생각했다. 그녀는 저 콧대

높고 거만한 안내인과 모든 사람에게 보여줄 생각이었다. 시델과 크리스가 둘만 아는 농담을 하면서 웃으면 모두들 그들과 같이 앉지 못한 것을 아쉬워할 것이다.

"무, 무구 기, 기픈이 머에요?"

크리스가 차림표에 적힌 이상한 단어를 가리키며 물었다.

"삶은 메뚜기 요리 아니면 초콜릿을 입힌 사슴고기거나."

시델이 인상을 찌푸리자 크리스는 웃었다.

"프렌치프라이하고 줘."

크리스가 말했다. 이번에는 시델이 웃었다. 그들은 마음껏 웃었다. 하지만 아무도 그들과 같이 앉지 못한 것을 아쉬워하지는 않았다.

"네 동생은 펄래스키 양과 같이 있는 게 즐거운가 보구나."

테오는 세 살이나 많은 아름다운 안젤라에게 반한 채 고개를 끄덕였다. 아름다운 피부와 금발머리가 도저히 가까이갈 수 없는 존재처럼 보였다. 이렇게 안젤라와 단 둘이 식탁에 앉아 있으니, 그는 어리석지 않은 말을 하고 싶은데 그런 말이 한마디도 나오지 않았다.

보통 때는 말이 없는 안젤라가 다시 말을 붙였다.

"내년에 대학에 갈 생각이니?"

테오는 고개를 끄덕이다가 다시 가로저었다. 입을 열어, 이 바보야.

"메디슨대학교에서 장학금을 준다는데 안 갈 거예요. 대신 일을 할 생각이에요."

푸른색 눈이 커졌다.

"크리스의 수술비용이 너무 비싸서."

엎친 데 덮친 격이었다. 이제 그녀는 그를 동정하기 시작했다.

"크리스가 아예 그런 모양으로 태어났다면 그렇게 나쁘지는 않을텐데, 어렸을 때는 정상이었어요. 한 4년 전부터 점점 이상해지기 시작했죠."

"어쩌면 내 약혼자가 도울 수 있을지도 모르겠구나."

안젤라는 입술을 깨물었다. 테오는 안젤라에게 자비를 요청하고 있는 게 아니었다. 그리고 내 약혼자라니, 누구 약 올리나?

"난 1년 동안 대학에 다녔었어. 의사가 되고 싶었지. 하지만 우리 집은 엄마가 있는 척하는 만큼 돈이 많지 않거든. 아빠는 내가 정말로 원한다면 어떻게든 보내 주겠다고 했지만 엄마는 여자가 의대에 들어가기는 너무 어렵다고 하셨어."

안젤라가 왜 하필이면 그런 얘기를 하지?

"난 작가가 되고 싶어요."

테오가 말했다. 말해 놓고 보니 그야말로 아이들이 하는 얘기처럼 들렸다.

"유산을 상속받으면 대학으로 돌아갈 거예요?"

안젤라는 시선을 떨구었다. 그것은 그녀가 대답하고 싶지 않은, 아니 대답할 수 없는 질문이었다.

<hr>

조시 - 조 포드는 이미 판사가 되기 오래 전에 웬만해서는 웃지 않기로 맹세했다. 타당한 까닭도 없이 웃는다는 것은 무의미한 일이라는 생각에서였다. 엄격한 표정을 지닌 사람이 아주 가끔씩 짓는 미소는 불안

에 떠는 증인들을 편안하게 하는 효과가 있었다. 그녀는 아주 가끔씩 짓는 미소를 재단사 봄배크 부인을 향해 지었다.

"이렇게 사귈 기회가 마련돼서 정말 기쁘군요, 봄배크 부인. 지난밤에는 손님들과 대화를 나눌 시간이 거의 없었어요."

"정말 멋진 파티였어요."

플로라는 바쁘게 놀리는 데 익숙해진 손으로 냅킨을 꼬면서 앉아 있으니 더 작고 더 둥글둥글해 보였다. 그녀의 표정은 오랫동안 고객들의 비위를 맞추다 보니 영원히 굳어 버린 것일까, 아니면 저 미소 뒤에 말 못할 슬픔을 감추고 있는 것일까?

"언제나 웨딩드레스만 전문으로 취급하셨나요?"

"봄배크 씨와 난 여러 해 동안 '봄배크 결혼예복 전문점'이라는 가게를 경영했어요. 한번쯤 들어 보신 적도 있을 걸요?"

"유감스럽게도 없군요."

판사는 어떠한 상황에서든 증인이 말을 계속하도록 하기 위해서 아니라고 대답했을 것이다.

"그럼 '플로라 신부예복'은요? 내 남편이 떠난 뒤에는 그렇게 불렀죠. 난 신랑 예복에 관해서는 잘 몰라요. 대부분 빌려서 입으니까."

플로라의 소심함은 어디론가 사라졌다. 판사는 그녀가 마음껏 수다를 떨도록 내버려두었다.

"난 안젤라의 예복에 집안 대대로 내려오는 레이스를 사용했어요. 그건 삼 대째 물려오던 거죠. 나는 내 결혼식에서 그걸 입고 언젠가는 내 딸도 역시 그것을 입으리라는 꿈을 꾸었는데 로잘리는 내 꿈을 이뤄 주지 못했어요. 그리고……"

봄배크는 입을 다물고 더 크게 미소를 지었다.

"안젤라는 정말 아름다운 신부가 될 거예요. 그녀를 보면 자꾸 그 아이가 생각나니, 이상하죠?"

"안젤라를 보면 부인의 따님이 생각난다고요?"

"어머, 아니에요. 내가 웨딩드레스를 만들어 주었던 아가씨가 있어요. 바이올렛 웨스팅이라고."

시델 펄래스키가 연습한 대로 음식을 가득 꽂은 포크를 우아한 곡선을 그리며 입으로 가져갈 때마다 그녀의 팔에 달린 무거운 팔찌들이 딜그렁거렸다. 크리스의 동작은 더욱 가관이었다.

좋은 사람이야, 크리스는 생각했다. 하지만 자기 자신에 대해서 너무 많이 생각하고 있어. 아마 누군가를 한 번도 사랑해 보지 못했나 봐.

"이 새콤달콤한 타조 고기 좀 먹어 보렴."

그들의 웃음소리에 파묻혀 옆 테이블에서 나는 신음소리는 거의 들리지 않았다. 거기에는 터틀이 귀에 라디오 이어폰을 꽂고 혼자 앉아 있었다. 주식 시세가 또 12포인트나 떨어진 것이다.

"배고파 죽겠어. 자리에 앉아서 밥이나 먹읍시다."

고개를 빳빳이 들고 그레이스는 남편을 식당 안으로 안내했다.

"내가 원하는 것은 옥수수를 곁들인 쇠고기 샌드위치지, 관광 안내가 아니야."

"혼자 앉으시겠어요, 아니면 저쪽에 있는 아가씨와 합석하시겠어요?"

"당신과 함께 앉겠소."

"앉으세요. 지미, 아니 후 씨가 곧 주문을 받으러 올 거예요."

제이크는 부인으로부터 차림표를 빼앗듯이 받아든 다음 그녀가 예약 데스크로 미끄러져 가(우아하다는 사실만은 그도 인정해야 했다) 후의 귀에다 대고 속삭이는 것을 지켜보았다. 그레이스는 그를 '지미'라고 부르고 있었다.

"북새통(fine kettle of flash)이군."

제이크는 큰소리로 말하고 나서 합석한 터틀에게 눈길을 주었다.

"북새통. 너무 배가 고프니까 그것도 맛있을 것 같다. 이 차림표를 보니 아무래도 북새통이 식사로 나올 것 같은데."

"전 괜찮아요."

터틀이 마지막 주가를 들으면서 대답했다.

후가 다가왔다.

"농어 요리를 추천합니다."

"거봐. 내가 뭐랬어. 북새통이랬지."

터틀은 라디오를 꺼 버렸다. 그 정도면 오늘 하루만 해도 나쁜 소식을 충분히 들은 셈이었다.

"바싹 익힌 돼지갈비는 어떠세요?"

후가 이렇게 제안하고 나서 목소리를 낮추었다.

"경마는 어떻게 됐어요?"

"나중에 얘기해요."

제이크가 얼버무렸다.

"괜찮아요, 말씀하세요. 아빠, 전 아빠가 도박광이라는 거 알아요."

터틀이 말했다.

"일어설 수 있니? 전혀 못 걸어?"

시넬 펄래스키가 물었다.

사람들은 크리스에게 그런 질문을 절대 하지 않았다. 그들은 크리스의 뒤에 그의 부모님이 계시기 때문에 목소리를 낮추어 얘기했다.

"아, 아뇨. 왜요?"

"도둑이나 살인자에게 휠체어보다 더 완벽한 알리바이는 없어."

크리스는 범죄자로 의심받는 게 즐거웠다. 이제 그들은 진정한 친구가 되었다.

"언제 노트를 일거 주 꺼에요?"

"뭐라고? 아, 언제 노트를 읽어 줄 거냐고? 곧 읽어줄게."

시넬은 냅킨으로 입가를 우아하게 닦고 나서 의자를 뒤로 밀어내고 물방울무늬의 목발을 집어 들었다.

"정말 멋진 식사였어. 요리사에게 감사의 말을 전해야지."

그녀는 일어서서 바닥에 소리를 내며 주방으로 다가갔다.

"어디 가는 거지?"

안젤라는 자기 짝을 도우려고 일어서다가 복도에서 누군가 외치는 소리를 들었다.

"안녕하세요, 안에 누가 있어요?"

식당 문을 통해 옷을 잔뜩 껴입고 장화를 신은 누군가가 들어왔다. 그는 아기 코끼리 걸음마 같은 춤을 추면서 양탄자 위에 눈을 떨어뜨리더니 목에서 기다란 털실 목도리를 풀어 젖히며 외쳤다.

"오티스 앰버가 왔습니다. 마침내 길이 뚫렸습니다!"

폭탄이 터진 것은 바로 그때였다.

"아무도 움직이지 말아요! 모두들 제자리에 가만히 계세요!"

후가 소리치면서 지글지글거리는 소리와 탁탁거리는 소리가 나는 주방으로 뛰어 들어갔다.

"별 일 아니에요. 걱정하실 건 아무것도 없어요. 음식이 식기 전에 식사를 마저 하세요."

그레이스가 사령관처럼 식당 한가운데에 서서 말했다.

주방문으로부터 빨간 불꽃이 날아와 천장에 부딪치더니 그레이스의 머리 위로 흩어졌다. 그녀의 금발머리 속으로 파고든 불꽃들은 재가 되어 발밑으로 떨어졌다. 그녀는 쉰 목소리로 같은 말만 되풀이했다.

"걱정하실 것 없어요."

"중국의 설날을 축하하는 것뿐이에요."

오티스 앰버가 소리치더니 '히히히' 하고 웃었다.

후가 주방문으로 고개를 내밀었다. 윤기가 흐르는 그의 검은 머리는 젖어(평소보다 더 윤기가 흘렀다) 이마에 늘어뜨려져 있었고, 달처럼 둥근 그의 얼굴에는 물방울이 뚝뚝 떨어지고 있었다.

"구급차를 불러요. 사고가 생겼어요."

안젤라는 후를 밀치고 주방 안으로 뛰어 들어갔다. 제이크는 전화를 걸어 구급차를 불렀고, 테오를 로비로 보내 구급차를 타고 온 사람들을 안내하도록 했다.

"왜 그렇게 멍청히 서 있는 거야!"

후가 자기 아들에게 소리를 질렀다.

"모두들 제자리에 가만히 있으라고 하셨잖아요."

더그가 말했다.

"너는 예외야!"

후 부인은 깨진 조각들이 흩어진 바닥 위에서 다친 여자를 편안하게 해 주려고 최대한 애를 쓰고 있었다. 안젤라는 빨간 안경을 찾아내 지저분하게 묻은 것을 닦아내고 자기 짝의 코에 씌워 주었다.

"그렇게 걱정스런 표정 짓지 말아요, 안젤라. 난 괜찮아요."

시델이 고통스럽게 말했지만, 그녀가 원한 것은 자신의 노력으로 관심을 끄는 것이었지 무기력한 운명의 희생자로서 관심을 끄는 것은 아니었다.

"부러진 것 같아요. 들어 올릴 때 조심해요."

구급 요원이 시델의 오른쪽 발목을 만져 보면서 말했다. 시델은 이를 악물고 신음소리를 내지 않으려고 참았다. 머리 위로 스프링클러의 물을 뒤집어쓰고 국수로 멱을 감은 것도 모자라서 이젠 들것에 실린 채 사람들 앞을 지나가야 하다니.

그레이스가 안젤라를 들것으로부터 떼어냈다.

"며칠 있다가 찾아가 보면 되잖니."

"안젤라, 안젤라."

시델이 끙끙거렸다. 자존심이고 뭐고, 그녀는 자기 짝을 곁에다 두고 싶었다.

안젤라는 완고한 어머니와 정신이 오락가락하는 짝 사이에서 선택의 갈림길에 놓여 있었다.

"네 친구를 따라가거라. 안젤라."

제이크가 말했다.

다른 목소리들도 한데 울렸다.

"펄래스키 양과 함께 가요."

그레이스는 자신이 졌다는 것을 깨달았다.

"아무래도 병원에 가보는 게 좋겠다, 안젤라. 덴튼 박사를 만난 지도 오래 됐으니까."

그녀가 윙크를 했지만 미소로 답례한 사람은 플로라 봄배크밖에 없었다.

⌒⌒⌒✦❀❀❀✦⌒⌒⌒

현장을 방문한 경찰관과 화재 조사관은 이구동성으로 가스 폭발에 지나지 않는다고 했다. 스프링클러가 제대로 작동했으니 망정이지 안 그랬으면 후는 볼 만한 화재를 겪을 뻔했다.

"볼 만한 화재가 어떤 화재죠?"

후가 따졌다.

"누가 침입했을 가능성은요?"

그레이스가 물었다.

"전 폭발물 처리반에 있습니다. 그 문제라면 강도 전담반에 연락해 보세요."

경찰관이 설명했다.

"커피숍의 사고는요?"

테오가 물었다.

"역시 가스 폭발이란다."

제이크는 어떻게 한 건물에서 같은 날 우연한 폭발 사고가 두 건이나 생기겠냐고 물었다.

"이상할 것 없습니다. 특히 이런 날씨에는 통풍관 위에 눈이 쌓여 환기가 안 되기 쉽거든요."

화재 조사관은 가스 불을 켜기 전에는 부엌을 반드시 환기시키라고 지시했다.

웩슬러 부인은 그 다음부터 사흘 동안 난방을 최대한으로 틀어놓고 줄곧 창문을 활짝 열고 살았다. 안젤라를 위한 파티가 진행되는 동안 뭔가가 폭발하기를 원치 않았기 때문이었다.

하지만 웩슬러 당신 아파트야말로 폭파범이 다음 폭탄을 장치할 곳으로 점찍어 놓은 곳이다!

14
다시 짝짓기

제설반의 눈 치우는 작업을 따뜻한 햇살이 마무리지어 주었다. 선셋타워 입주자들(그리고 웨스팅 저택 안에 있는 사람)은 겨울 감옥으로부터 해방되었다.

가장 먼저 밖으로 나온 사람은 어머니의 낡은 비버 외투와 모자, 터틀의 빨간 장화로 무장한 안젤라였다. 시델의 지시대로 그녀는 주차장에 있는 모든 자동차의 보닛 속을 조사했다. 거기엔 아무것도 없었다(안젤라가 보기에는 자동차 엔진의 부품이 아닌 것처럼 보이는 것은 아무것도 없었다는 말이다). '자동차 보닛 속에 좋은 일이 있다'는 말은 잊어버리자.

플로라 봄배크가 다음으로 나왔다. 그녀의 뒤에는 장화를 신지 않은 터틀이 물웅덩이 사이를 발끝으로 디디며 따라왔다. 기적 중의 기적이었다. 그녀의 녹슬고 찌그러진 셰비 자동차에 시동이 걸리는 거다. 하지만 봄배크의 운도 거기서부터 곤두박질치기 시작했다. 가장 먼저 차의 보닛이 달리는 길 한가운데서 날아가 버렸다. 다음으로는 주식 중개사무소

벽에 높이 걸린 전광판에 켜진 알 수 없는 표시를 두 시간 동안이나 바라본 끝에 그녀의 눈은 사팔뜨기가 되어 버렸다. 세 시간쯤 되자 그녀의 얼굴에서 미소가 사라졌다.

"어지러워. 게다가 엉덩이에 뭐가 들어간 것 같아."

봄배크가 나무 의자에 앉아 몸을 뒤척이며 말했다.

"저기 보세요. 우리 주식이 나왔어요."

터틀이 말했다.

SEA	GM	LVI	MGC	T	AMI	I
5$8½	5000$67	32¼	2$14	1000$65¼	3$19¼	8$22½

플로라 봄배크는 마술처럼 움직이는 전광판 왼쪽 끝으로 사라지는 SEA 5$8½이라는 글자를 얼핏 보았다.

"어머나, 저게 무슨 뜻인 줄 잊어버렸네."

터틀이 한숨을 내쉬었다.

"그건 SEA사 500주가 주식당 8달러 50센트로 거래되었다는 뜻이에요."

"우리는 얼마 주고 샀는데?"

"신경 쓰지 마세요. 전광판을 보면서 저처럼 우리 주식의 가격을 받아 적으세요."

터틀은 그들이 SEA의 주식 200주를 주식 당 15달러 25센트에 샀다는 말을 하지 않았다. 거기서만 해도 그들은 1,350달러의 손해를 보았다. 수수료는 계산하지 않고 말이다. 주식 투자를 하려면 강철 심장을 가져야 할 것 같았다.

"메르세데스를 새 차처럼 반짝거리게 닦아 놓았습니다."

수위가 자랑스럽게 말했다. 오래 된 흉터가 남아 있는 그의 얼굴은 접혀진 5달러짜리 지폐 앞에서 벌개졌다.

"팁은 받지 않겠습니다, 판사님. 제 아내와 제게 그렇게 잘 해 주셨는데."

판사는 그에게 1만 달러를 모두 주어 버린 참이었다.

J. J. 포드는 돈을 도로 주머니에 넣고 자신의 생각 없는 행동이 미안해서 그의 가족에 대해 물어보았다.

샌디는 의자에 앉아서 접착테이프로 다리를 칭칭 감은 둥근 철테 안경을 부러진 코 위로 고쳐 쓰고 자기 아이들에게 관해 이야기하기 시작했다.

"사내아이 둘은 아직 고등학생이고 딸 하나는 결혼해서 세 번째 아이를 갖고 있답니다. 그 아이 남편이 일자리를 잃어서 어쩔 수 없이 우리와 함께 살고 있죠. 또 다른 딸애는 아르바이트로 타자수 일을 하고 있습니다. 그 아이는 피아노를 정말 잘 친답니다. 아들 둘은 양조장에 다니고 있습죠."

"그렇게 대가족을 먹여 살리시느라 힘드시겠어요."

판사가 말했다.

"그렇게 힘들 것도 없습니다. 웨스팅제지 공장에서 노조를 구성하려 했다는 이유로 해고당한 뒤 여기저기서 별의별 일을 다 해 봤습니다만 대부분은 권투를 했습니다. 미들급 챔피언은 따지 못했지만 실력이 형편없는 것도 아니었죠. 하지만 하도 많이 두들겨 맞아서 아직도 머리가 욱신욱신 아프고 이따금씩 현기증이 납니다. 참 쓸모없는 녀석이 짝으로 걸렸죠. 안 그래요, 판사님?"

"우린 잘 해낼 거예요, 짝꿍 아저씨."

친숙해지려는 포드 판사의 시도는 실패로 끝났다.

"당신에게 전화를 하려고 했는데 전화번호부에 이름이 없더군요."

"전화를 없앴습니다. 아이들이 하도 전화질을 해대는 통에 비용을 감당할 수가 있어야죠. 우리 단서에서 흥미로운 걸 발견했습니다. 한번 보시렵니까?"

샌디는 모자 속에서 종이 한 장을 꺼내 책상 위에 놓았다. 포드 판사는 그의 제복 뒷주머니에서 삐죽이 내민 술병을 보았지만, 그의 숨결에서는 박하 냄새가 났다.

알렉산더 맥서더스가 풀어낸 단서

SKIES AM SHINING BROTHER

SKIES—Sikes(사익스 박사는 유언장을 목격했다)

AM BrothER — Amber(오티스 앰버)

SHINing—Shin(제임스 신 후의 가운데 이름 아니면 터틀이 걷어차기 좋아하는 정강이)

BROTHER—테오 테오도라키스와 크리스 테오도라키스 형제

"대단해요."

판사가 칭찬을 해주자 샌디는 좋아서 어쩔 줄을 몰랐다.

"하지만 우리가 찾고 있는 건 여섯 사람의 이름이 아니라 한 사람의 이름이에요."

"이런, 깜박했습니다. 판사님."

샌디가 실망스럽게 말했다.

포드 판사는 테오의 제안에 관해 이야기했지만 샌디는 안된다고 우겼다.

"단서를 모두 합치면 하나의 메시지가 나온다는 건 너무 쉬워요. 특히 웨스팅처럼 똑똑한 사람에게는. 우리 둘이서만 매달려 봅시다. 머리가 가장 좋은 사람이 내 짝이니까요."

돈을 주었더니 갖은 아부를 다 떠는군. 판사가 생각했다. 맥서더스는 둔한 사람이 아니었다. 그가 아부를 조금만 덜 떨어준다면, 그리고 조금만 조심스럽게 입을 놀려 준다면 좋겠는데.

샌디는 머리를 긁적거렸다.

"제가 이해할 수 없는 건, 제가 왜 유산 상속자 가운데 한 명이 되었는가예요. 샘 웨스팅이 병으로 죽었다면 살인자 같은 건 존재하지 않아요. 무덤 속에 누워 있는 샘 웨스팅이 누군가를 노리고 있지 않는 한."

"저도 전적으로 동감이에요, 맥서더스 씨. 우리가 알아내야 하는 것은 이 열여섯 명의 유산 상속자가 누구이며, 그들 가운데 누가 웨스팅이 노리는 사람인가 하는 거예요."

샌디의 얼굴이 밝아졌다. 그의 뜻대로 게임을 진행하게 되었으니까.

<hr />

"당신에게 필요한 건 광고 캠페인이에요."

"내게 필요한 건 1만 달러의 절반이에요."

"5천 달러면 내부를 다시 장식하고 신문 광고를 내는 데 충분해요."

"나가시오, 나가요!"

그레이스는 후의 부드럽고 넓은 얼굴과 번득이는 눈동자 위에 높이 그어진 못돼 보이는 눈썹을 빤히 바라보았다. 그러고 나서 그녀는 돌아서서 걸어 나왔다. 때로 그녀는 그에 대해 의심이 생겼다. 아니, 그는 살인자일 리가 없어. 오늘 아침에 싱크대에 있던 바퀴벌레도 죽이지 못하던걸. 그레이스는 카펫이 깔려서 발소리가 들리지 않는 3층 복도를 걸어가다가 누가 뒤를 밟고 있지는 않은지 휙 돌아서서 확인했다. 아무도 보이지 않았지만 누군가의 목소리가 들려왔다. 그 목소리는 그녀의 집 부엌에서 나오고 있었다. 오티스 앰버가 자기네 단서를 잃어버렸다고 크로우에게 소리를 지르고 있었다.

"머릿속으로 기억하고 있어요. 오티스."

크로우가 나지막한 목소리로 말했다. 그녀는 이상하게 마음이 평안해져 있었다. 바로 오늘 아침 그녀는 안젤라가 분신처럼 들고 다니는 가방속에 자신의 사랑을 담은 것을 숨길 수 있었던 것이다. 이제 그녀는 그소년이 돌아오기를 기도해야 했다.

"나도 기억은 하고 있단 말이에요. 중요한 건 그게 아니에요. 만약 다른 사람이 그걸 보기라도 하면 어떻게 할 거예요? 크로우? 내 말 듣고 있는 거요?"

오티스 앰버가 따졌다.

크로우는 듣고 있지 않았다. 대신 그레이스 웩슬러가 듣고 있었다.

"앰버 씨, 크로우 부인은 우리 집 청소를 해야 하니 나중에 이야기하시면 안 되겠어요? 어디 가는 거예요, 크로우?"

크로우는 좀이 슨 검은색 겨울 외투의 단추를 다 채우고 머리 위에는 검은 숄을 두르고 있었다.

"이 집에 있다간 얼어 죽겠구만."

오티스 앰버가 창문을 닫았다.

그레이스가 다시 창문을 열며 쌀쌀맞게 말했다.

"가스 폭발이 일어날까봐 그래요."

"쾅!"

오티스 앰버가 대답했다. 두 여자는 그 주 내내 그가 갑자기 나타나서 "쾅!"하고 외치는 일 말고도 선셋타워와 쇼핑센터를 오가며 식료품을 나르는 일도 하는 것을 보았다. 입주자들은 빈 찬장을 채우는 일 외에 웨스팅 종이제품을 주문서에 추가해야 했다.

"바보들, 유언장에 웨스팅 종이 제품을 애용해 달라고 쓰여 있다고 해서……."

그는 투덜거리면서 불룩한 꾸러미를 자전거에 실었다. 심지어 크로우도 은식기를 닦을 때와 바닥을 청소할 때 웨스팅 종이타월을 사용했다 (크로우가 자기네 단서가 쓰여 있는 종이 타월도 청소하면서 써 버린 게 아닐까?) 불쌍한 크로우. 그녀는 예상했던 것보다 어렵게 게임을 풀어나가고 있었다. 그녀는 다시 이상한 행동을 시작했던 것이다.

"쾅!"

서둘러 지나가는 인턴을 향해 오티스 앰버가 소리쳤다.

"바보."

덴튼 디어는 혼잣말을 했다.

⟨ ⟩

덴튼은 복도를 걸어갔다.

"나도 널 돕고 싶지만 난 성형수술 전문의 인턴에 지나지 않아. 코를 높이거나 주름을 없애는 일이라면 모르지."

그는 농담으로 한 말이었지만 크리스에게는 아주 잔인한 말이었다. 크리스는 자비를 바란 것이 아니었다. 그가 원한 것은 오직 인턴과 게임을 하자는 것뿐이었다. 그러나 인턴이 원한 것은 오직 1만 달러의 절반이었다.

"듣자 하니 네 형이 단서를 서로 공개하자고 했다며? 내가 보기엔 좋은 생각 같은데."

대답이 없었다. 저 아이가 날 살인자로 생각하는 걸까. 어깨 너머로 훔쳐보거나 배달원이 "쾅!" 소리를 내는 걸 보면 다른 입주자들은 그렇게 여기는 게 틀림없어. 왜 하필 나를? 난 의사인데. 난 사람들의 생명을 구하겠다고 선서했지, 생명을 빼앗겠다고 선서한 게 아니란 말이야.

"난 바쁜 사람이야, 크리스. 셀 수도 없이 많은 환자들이 나만 의지하고 있단다."

그는 눈을 찌르는 뻣뻣한 쥐색 머리카락을 손으로 쓸어 넘기고 나서(도대체 그는 언제 이발할 시간이 나려나?) 휠체어 옆에 앉았다.

"단서들은 내 사물함 속에 있어. 뭐였지? '간장 공장 공장장은 김 공장장이고, 된장 공장 공장장은 박 공장장'이었나?"

"F - for p - plain g - g - grain shed."

크리스가 천천히 말했다. 그는 그 말을 혼자서 몇 시간씩이나 연습했다.

"고, 곡식(grain) - 귀리(oat) - 오티스 앰버(Otis Amber), F - for, shed - she, F - ord는 f - four D에 살아요."

"포드와 아파트 4D라. 좋은 생각이야, 크리스."

인턴이 일어섰다.

"그게 전부니?"

크리스는 잔디밭 위에서 본 다리를 저는 사람 이야기는 아직 하지 않기로 했다. 크리스의 짝은 그가 수표에 서명을 하지 않는 한 몇 번이고 그를 다시 방문할 것이다.

"자, 이제 수표에 서명하는 게 어떠냐?"

덴튼이 말했다.

크리스는 고개를 저었다.

<hr />

로비의 벤치 위에서는 안젤라가 덴튼을 기다리며 혼숫감에 수를 놓고 있었다. 전에 아버지가 그녀에게 운전을 가르치려고 시도해 보았지만 그녀는 너무 겁이 많았고 아버지는 너무 성질이 급했다. 그녀의 어머니는, 너같이 예쁜 여성이라면 언제라도 잘생긴 젊은이가 차로 모실텐데 뭐하러 애써서 운전을 배우느냐고 말했다. 안젤라는 그때 운전을 배우겠다고 고집했어야 했다. 단 한 번이라도. 이제는 너무 늦어 버렸다.

테오가 책을 한아름 안고 들어왔다.

"안녕, 안젤라. 그 말을 찾았어요. 아니, 정확히 말해서 도서관 사서가 찾았죠. '그대의 물질에 신이 축복하시기를…….'"

"정말이니?"

안젤라는 그 인용문에 대해서 물어본 것은 자기가 아니라 플로라 봄배크와 터틀이라는 사실을 일깨워 주려다가 말았다.

저 도톰한 입술, 저 하얀 이, 저 윤기 흐르는 머리카락. 테오는 화학책을 뒤적여 카드 한 장을 찾아냈다. 카드 위에는 '아름다운 미국'이라는 노래의 3절 가사가 적혀 있었다.

미국이여! 미국이여!

그대의 물질에 신이 축복하시기를
모든 성공이 고귀하게 되고
모든 성취가 신성하게 될 때까지

처음에 가사를 읽어나가던 테오는 끝날 때는 노래를 부르고 있었다. 그는 얼빠진 자신의 행동에 수줍게 미소를 지었다.

"내가 보기엔 돈이나 유언장과는 아무 상관도 없는 것 같아요. 엉클 샘의 유치한 애국심이 다시 발동한 것뿐이지."

"고마워, 테오."

안젤라는 덴튼이 엘리베이터에서 달려 나오는 것을 보자마자 자수를 놓던 것을 가방에 챙겨 넣었다.

"안녕하세요, 디어 박사님. 체스 한 판 두실래요?"

"가지, 안젤라."

인턴은 테오를 무시하고 말했다.

샌디가 두 사람을 위해 문을 열며 '아름다운 미국'을 휘파람으로 불었다. 수위는 깨진 앞 이빨 덕분에 휘파람을 아주 잘 불었다.

⊱⊰

"오늘은 집까지 못 태워주겠어. 오늘밤 당직이거든."

"택시를 타겠어요."

"병원에는 왜 또 가려는 거지? 당신의 미치광이 짝꿍은 죽어가고 있다고."

"그녀는 미치광이가 아니에요."

"그 여자는 자기 입으로는 소모성 질환에 걸렸다고 말했지만 난 그걸 미치광이라고 불러. 중국 식당에서 폭발 사고가 있기 전까지 그녀의 다리는 멀쩡했다고."

"그렇지 않아요."

"처음에는 나더러 그녀를 검사해 달라고 하더니 이젠 내 의견을 무시하는군. 어쨌든, 정신과 의사에게 전화를 해두었어. 그 사람하고도 이야기를 해야 할 거야. 난 당신이 그렇게 고민하는 건 처음 봐. 도대체 뭐가 잘못된 거야? 웨딩드레스가 완성이 안 돼서? 아니면 파티에 올 손님의 명단이 너무 길어서? 결혼하고 나면 더 힘든 일들도 이겨내야 한다고! 당신이 나와 결혼을 하고 싶어 한다면."

안젤라는 손가락이 아픈데도 어머니가 억지로 끼게 한 약혼반지를 비틀었다. 그래요, 결혼하고 싶지 않아요. 지금 당장은. 하지만 그녀는 그 말을 할 수가 없었다. 덴튼은 너무도 큰 상처를 받을 것이고 그녀의 어머니는……. 신문에까지 발표된 약혼식과 웨딩드레스, 파티……. 하지만 그녀가 완벽한 안젤라가 아니라는 사실을 그들이 일단 알게 되면…….

병원 복도에 얼마나 앉아 있었을까? 정장을 입은 남자(정신과 의사인가?)가 시델의 병실에서 나왔다.

"당신이 안젤라 맞죠?"

그가 말했다. 시델이 안젤라를 어떻게 설명했을까, 예쁜 아가씨라고 했을까?

"우리 병원 인턴과 결혼하신다고 들었습니다."

아니요, 명예와 결혼하는 거예요.

"펄래스키 양은 어떤가요, 선생님?"

"그녀가 미치광이냐는 뜻이죠? 아니에요. 정상인과 하나도 다를 게 없어요."

"하지만 다리를 저는 척하는 건요?"

"그게 뭐 어때서요? 그분은 외로워서 사람들의 관심을 끌고 싶었던 거예요. 상당히 창조적인 행동이죠. 페인트칠을 한 목발은 천재의 작품이라고도 할 수 있어요."

"그럼 정상이란 말이죠? 그러니까 사람들에게 충격을 주어서 자기가 누구인지를 알리는 게 정신 나간 행동이 아니라는 거죠?"

의사는 마치 어린애 다루듯 안젤라의 뺨을 톡톡 두들겼다.

"그녀가 약간의 속임수를 썼다고 해서 해를 입은 사람은 없어요. 자, 어서 들어가서 친구를 만나 봐요."

"안녕, 시델."

화장도 하지 않고 장신구도 달지 않은 채 흰 한자복만 입고 있는 시델은 한층 나이 들어 보였고, 또 더 온화해 보였다. 그녀는 애처로우면서도 수수해 보였다.

"의사들하고 얘기해 봤어요?"

"단순한 골절이래요."

"그 밖에 또 뭐래요?"

시델이 고개를 벽으로 돌린 채 말했다.

"의사 선생님이 그러는데 당신의 병은 아무것도 아니니 무리하지 말고 몸조리나 잘 하라고 했어요."

"의사가 그랬단 말이에요?"

적어도 믿을 만한 사람이 몇 사람은 있구나.

"내 화장품 가져왔어요? 몰골이 엉망일 텐데……."

안젤라는 불룩한 가방을 뒤지다 시델의 화장품 밑에서 편지 한 장을 발견했다. 긴장되고 딱딱한 글씨체로 쓴 이상한 편지였다.

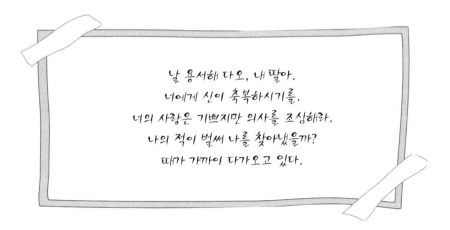

날 용서해 다오, 내 딸아.
너에게 신이 축복하시기를.
너의 사랑은 기쁘지만 의사를 조심해라.
나의 적이 벌써 나를 찾아냈을까?
때가 가까이 다가오고 있다.

그 밑에는 두 개의 단서가 적혀 있었다.

THY BEAUTIFUL

15
사실과 소문

금요일에는 모든 것이 정상으로 회복되었다. 200만 달러의 상금을 노리고 경쟁하는 의심 많은 자칭 유산 상속자들의 행동을 정상으로 볼 수 있다면 말이다.

학교에서 테오는 공부를 했고, 더그 후는 달리기를 하였으며, 터틀은 라디오 아이폰을 귀에 꽂고 있다가 두 번이나 교장실에 불려갔다.

커피숍에는 손님들이 넘쳐났다.

신 후 식당도 다시 문을 열었지만, 찾아오는 사람은 아무도 없었다.

J. J. 포드는 벤치에 앉아 있었고, 샌디 맥서더스는 정문 앞에 앉아서 휘파람을 불며 소문에다 자기 의견까지 덧붙여 수다를 떨었다.

플로라 봄배크는 사팔뜨기가 된 눈을 짙은 선글라스로 가리고 주식 중개 사무소로 가는 길에 터틀을 학교까지 태워다 주고, 오후에는 전광판의 주가를 적은 종이를 갖고 터틀을 다시 태워 집으로 왔다. 그들은 닷새 동안 3,000달러의 손해를 보았다.

"대단찮은 손실이에요. 거기다, 그 주식을 산 건 제가 아니라 웨스팅 씨예요."

정말 웨스팅 씨가 주식을 샀나? 플로라 봄배크는 크리스가 떨어뜨린 단서 plain을 생각했다. Plain과 비슷하게 생기기는커녕 다섯 글자나 되는 주식 이름은 하나도 없었다. 하지만 플로라 봄배크는 정정당당한 게임을 하기 위해 비밀을 혼자 간직하기로 했다.

해가 선셋타워 뒤로 사라지자 눈이 녹고 있는 진입로에 네 사람이 떨면서 서 있었다. 다섯 번째 사람이 뛰어와서 함께 섰다. 운명의 할로윈 이후로 웨스팅 저택의 굴뚝에서는 연기가 새어나오지 않았다. 그러나 그들은 살인자를 마음속에 그리면서 여전히 웨스팅 저택을 올려다보았다.

"살해당한 사람치고는 너무 평안해 보였어."

터틀이 말했다. 그녀가 재채기를 하자 샌디가 웨스팅 휴지를 내밀었다.

"네가 어떻게 알아? 살해당한 사람을 몇 명이나 봤는데?"

더그가 말했다.

"터틀 말이 옳아. 웨스팅이 그걸 예상했다면 그는 살인자가 다가오는 것도 보았을 거야. 그랬다면 그의 얼굴은 두려움으로 굳어 버렸어야 해."

터틀의 친구 샌디가 말했다.

"살인자가 다가오는 것을 못 봤는지도 모르죠. 웨스팅 자신도 살인자의 머리가 아주 좋다고 말했잖아요. 옛날에 읽은 추리소설에서는 희생자가 벌침 알레르기가 있는데 살인자가 열린 창문을 통해 벌을 날려 보냈어요."

"창문은 닫혀 있었어. 게다가 웨스팅은 벌이 윙윙거리는 소리를 듣고 침대에서 뛰어 내렸을 거야."

터틀이 콧물을 훔치며 말했다.

더그에게 좋은 생각이 떠올랐다.

"어쩌면 살인자가 그의 혈관에 벌의 독을 주사했을지도 몰라."

오티스 앰버가 팔을 내저었다.

"샘 웨스팅이 벌에 알레르기가 있다고 누가 그랬어?"

더그는 물러서지 않았다.

"뱀의 독이 아닐까? 아니면 독약? 의사들은 심장마비로 죽은 것처럼 보이게 할 수 있는 독약에 대해서 잘 알거 아니야."

터틀은 육상 경기를 앞두고 있건 말건 더그를 걷어찼다. 터틀의 아버지가 의사이기 때문이었다. 더그가 '인턴들'이라고만 했어도 터틀은 그냥 넘어갔을 것이다.

"전에 고드름을 가지고 희생자를 살해한 살인자에 대해 들은 적이 있어. 고드름은 녹아 없어지니까 살인 무기의 흔적은 찾을 길이 없는 거지."

수위가 말했다.

"그거 좋은 생각이에요."

터틀이 외쳤다.

샌디에게는 다른 생각도 있었다.

"어떤 로마인은 누군가 우유에 넣은 염소 털 한 가닥 때문에 숨이 막혀 죽었대. 그리고 어떤 그리스 시인은 독수리가 물고 가다 떨어뜨린 거북이에 대머리를 맞아서 죽었다는 거야."

"그럼 웨스팅도 자다가 거북이가 머리 위로 떨어져서 죽은 게 아닐까?"

더그가 말했다.

"하나도 재미없다. 더그 후."

어쩌다가 저런 밥맛 떨어지는 녀석을 만나게 됐지?

더그는 포기할 줄 몰랐다.

"며칠 전 아침에 빨간 장화를 신고 주차장에 있는 자동차의 보닛을 열어 보던 사람은 도대체 누구일까?"

그는 장화를 신은 터틀의 발을 의심스럽게 쳐다보았다.

"어떤 도둑이 내 장화를 훔쳐갔다가 제자리에 도로 갖다놨어. 물이 새거든."

"그럴 듯한 얘기다, 타비다루스."

더그가 터틀의 꽁지머리를 확 잡아당기고 전속력으로 로비 안으로 도망쳤다.

샌디가 쫓아가려는 터틀의 어깨 위에 큰 손을 얹고 막았다.

오티스 앰버는 자전거 위에 올라탔다.

"있지도 않은 살인을 가지고 이러쿵저러쿵 하니 우습군. 샘 웨스팅은 미치광이에다 정신병자야. 우리는 살인자가 아니야, 우리들 가운데 살인자는 없어."

테오는 그 말에 동의할 수 없었다. 살인자가 없다면 답이 없다는 얘긴데, 답이 없다면 아무도 이길 수 없다는 말이 아닌가?

"샌디, 할로윈 밤에 터틀과 더그보다 먼저 선셋타워를 나간 사람이 있어요?"

수위는 모자 밑으로 머리를 긁적거리며 곰곰이 생각했다.

"사람들이 하도 많이 들락거려서 그날이 그날 같으니 원. 도저히 기억하지 못하겠구나."

"기억을 되살려 보세요."

샌디는 더 세게 머리를 긁적거렸다.

"생각나는 건 오티스 앰버와 크로우뿐이야. 5시쯤에 함께 나갔지."

"고맙습니다."

테오는 단서를 확인하러 서둘러 안으로 들어갔다. 터틀은 오티스 앰버나 크로우나 아니면 다른 유산 상속자들도 의심할 아무런 이유가 없었다. 답은 바로 돈이었다. 터틀에게 문제가 있다면 그건 바로 주식 시세였다. 주식시장은 게임을 원하지 않았던 것이다.

"샌디, 또 이야기해 주세요."

"좋아, 어디 보자. 옛날에 자신의 죽음을 예견한 점쟁이가 있었단다. 죽음의 날이 다가오자 점쟁이는 가만히 앉아서 죽음을 기다렸건만 아무 일도 일어나지 않는 게야. 그는 너무 놀라고 살아 있는 것이 너무 기뻐 신나게 웃었지. 그러다가 12시 1분 전에 갑자기 죽어 버렸어. 너무 웃다가 죽은 거지."

"웃다가 죽었다고요?"

터틀이 곰곰이 생각하면서 되풀이했다.

"정말 심오한 얘기예요, 샌디. 정말 심오한 얘기예요."

⁌⸙⁍

"모두들 어디 갔죠?"

아파트는 평소처럼 텅 비어 있었다. 제이크는 신 후 식당의 단골이 되기로 결정했다.

"자리가 있다면 식사를 하고 싶군요."

"어떻게 자리를 마련할 수 있을 겁니다."

후는 이렇게 말하면서 제이크를 텅 빈 식당 안으로 안내했다.

"돼지갈비가 마음에 드셨나 보군요."

"아, 그럼요."

제이크는 자기 부인이 서류를 예약 데스크 위에 차곡차곡 쌓는 것을 보았다. 제이크는 불 붙이지 않은 담배를 도로 주머니에 넣었다(그레이스가 담배 냄새를 끔찍이도 싫어하기 때문이었다).

"난 벌써 식사했어요."

그레이스가 앉으면서 말했다.

"당신도 안녕하시오?"

제이크가 대꾸했다.

그는 그게 재미있다고 생각했나 보다. 하긴 부인한테 안녕하시냐고 말하는 사람이 누가 있겠는가?

"새로운 소식 없소, 그레이스? 아이들은 다 어딜 갔지? 그리고 탁자 위의 그 많은 선물은 다 뭐요? 당신 생일도 아니고 우리 결혼기념일도 아닌데."

왜 저렇게 화가 났지? 생일이 맞나?

"그 선물은 안젤라 거예요. 내일이 신부파티잖아요. 걱정 마세요. 당신은 거기 올 수 없으니까. 여자들끼리만 모이는 파티에요. 오전 내내 초인종이 울리는 바람에 잠시도 아파트를 떠날 수가 없었어요. 그 능글맞은 영감이 선물을 한꺼번에 배달할 것이지 한 번에 하나씩 들고 오면서 그때마다 '쾅!'하고 소리를 질러댔어요."

제이크는 부인이 오늘따라 매력적으로 보인다고 생각했다. 초인종 소리와 쾅 소리에 정신을 못 차리면서도 미용실에 갔다 올 시간은 있었나 보지?

후는 돼지 갈비를 탁자 위에 놓고 자기도 의자에 앉았다.

그레이스가 찡그린 얼굴을 폈다.

"제이크 당신이 여기 있으니까 말인데요, 내가 계획하고 있는 광고 캠페인에 대한 당신의 의견을 듣고 싶어요. 지미와 나는 사소한 의견 충돌이 있었어요. 나는 신 후 식당이라는 이름이 영어를 쓰는 사람에게는 다른 중국 식당과 똑같이 들린다고 생각해요."

영어를 쓰는 사람? 제이크는 조용히 있으려고 입술을 깨물었다.

"그래서 난 사람들이 잊어버리지 않을 만한 이름이 필요하다고 봐요. '후 1번 식당' 같은 걸로."

제이크는 더 이상 참을 수가 없었다. 그는 너털웃음을 감추려고 기침을 크게 했다. 후가 그의 등을 두드리면서 생강이 너무 매워서 그러냐고 미안해했다.

"바보 같은 이름이오. 내 식당이 1번가에 있다는 것처럼, 더 심하면 1층에 있다는 것처럼 들려요. 손님들은 모두 1층 커피숍에 들어가서 걸레 빤 물 같은 차를 마실 거요."

"내가 하자는 대로만 하면 절대 그런 일은 없을 거예요."

그레이스가 우겼다.

"당신 의견은 어때요, 제이크?"

제이크는 막 입에 넣으려던 갈비를 도로 내려놓았다.

"후 1번 식당, 멋진 이름이군."

그러자 그가 갈비를 다시 집기도 전에 후가 접시를 휙 채가 버렸다.

"누가 당신더러 심판관 노릇을 해달라고 했소?"

판사는 신문사 사람이 준 서류를 들고 선셋타워로 돌아왔다. 충실한 샌디가 기다리고 있었다.

그들은 조지 테오도라키스와 제임스 신 후에게 질문을 하기 위해서 식사 주문을 번갈아가며 하기로 했다. 어느 날은 5층에서 주문을 하고 어느날은 1층에서 주문을 하는 것이다. 하지만 유감스럽게도 음식을 배달 온 사람은 테오였다. 그들은 그에게는 할 말이 없었지만 테오는 샌디에게 할 말이 있었다.

"체스? 미안하지만 난 할 줄 모른다. 하지만 난 뭐든 타고난 전문가야. 사람들은 날 '숫돌이'라고 불렀지."

테오는 샌드위치를 남겨 놓고 돌아갔다.

판사가 고용한 사립탐정은 아직도 유산 상속자들을 조사하고 있었다. 오늘밤의 조사 대상은 웨스팅 가족이 될 것이다.

포드 판사는 웨스팅 부인에 관한 얇은 서류철을 펼쳤다. 웨스팅 부인. 이름도 처녀적 성도 없었다. 그녀의 얼굴이 나온 몇 안 되는 사진 속에서 그녀는 항상 남편과 함께였고, 밑에는 '새뮤얼 W. 웨스팅 부부'라는 말이 새겨져 있었다. 남편의 그림자처럼 보이는 그녀는 카메라 셔터를 누를 때면 남편의 그림자처럼 뒤로 숨든지 모자로 얼굴을 가리는 듯했다. 그녀는 당시에 유행하던 차림을 한 날씬한 여성이었다. 길고 헐렁한 겉옷에 굽이 높고 코가 뾰족한 구두, 신경과민인지 특히 후기의 사진에서는 검은 베일로 얼굴을 가리고 있다. 그녀는 뚱뚱한 남편의 몸에 불안정하게 기댄 채 묘지를 떠나고 있는 모습이었다.

샌디가 발견한 것을 보고했다.

"지미 후는 웨스팅 부인을 만난 적이 없답니다. 플로라 봄배크도 마찬가지예요. 그 여자 말로는 바이올렛이 약혼자와 함께 옷을 맞추려고 자기네 가게에 왔었대요. 신랑이 결혼식을 올리기 전에 웨딩드레스를 입은 신부의 모습을 보면 불행해진다나요? 플로라 봄배크의 말이 맞는 거 같아요. 그게 전부예요. 다른 사람은 아무도 웨스팅 부인을 본 적이 없다는군요. 저 말고는."

"당신이 웨스팅 부인을 안다고요, 맥서더스 씨?"

"정확히 안다고는 할 수 없지만 한두 번 본 적은 있습니다."

수위는 웨스팅 부인을 금발에다 입술이 도톰하고 약간 마르기는 했지만 아름다운 여성이었다고 묘사했다.

"특히 도톰한 입술 이쪽에 사마귀가 나 있어서 그게 기억에 남아요."

그가 자기 입 오른쪽 귀퉁이를 가리켰다.

포드 판사는 그 사마귀를 기억하지 못했다. 그녀가 기억하고 있는 것은 구릿빛의 머리와 얇은 입술이었지만, 아주 오래 전이니까. 어쨌든 웨스팅 부인은 눈이 부시게 흰 피부를 지니고 있었다.

다음은 웨스팅의 딸이다. 판사는 다음과 같은 머릿기사 아래의 사진을 자세히 관찰했다.

"바이올렛 웨스팅, 상원의원과 결혼"

상원의원은 연방 국회 의원이 아니라 주의원으로 판명되었다. 그는 부패한 정치인으로 뇌물수수 때문에 지금 5년째 감옥에 갇혀 있다. 하지만 얼굴이 닮았다는 플로라 봄배크의 말은 맞았다. 바이올렛 웨스팅은 실제로 안젤라 웩슬러와 많이 닮았던 것이다. 그리고 신문 사교란에서 바이올렛과 춤을 추고 있는 저 남자는, 맞다. 조지 테오도라키스였다.

"이게 어떻게 된 거죠, 판사님?"

샌디가 지저분한 안경 너머로 사진들을 살펴보며 물었다.

"안젤라는 웨스팅 딸과 닮았고 테오는 자기 아버지를 닮았으니. 바이올렛 웨스팅이 정말로 결혼하기를 원했던 남자는 바로 테오의 아버지였어요."

"어떻게 그걸 알았죠?"

샌디는 어깨를 으쓱했다.

"당시에는 흔히 떠도는 얘기였습죠. 웨스팅의 딸이 그 썩어빠진 정치가와 결혼하기 싫어서 자살을 했다는 둥……."

판사는 그때서야 생각이 났다. 그녀의 어머니가 그녀에게 그 비극에 대한 편지를 써 보낸 일이 있었던 것이다.

"말해 봐요, 맥서더스 씨. 당신은 이 아파트 안에서 돌아가고 있는 일을 아는 것 같군요. 안젤라 웩슬러가 테오와 무슨 관련이 있는 거죠?"

"아, 아니에요. 안젤라와 그 인턴은 서로 행복할 것 같던 걸요. 적어도 저는 그렇게 되길 바라요. 그러니까 샘 웨스팅이 그 끔찍한 드라마를 반복하고 싶어 했다면 안젤라 웩슬러도 죽어야 할 것 아닙니까?"

샌디는 확고하게 말했다.

16
세 번째 폭탄

"쾅!" 그레이스는 배달원의 보기 싫은 얼굴 앞에서 문을 쾅 닫았다. 그녀는 그가 가져온 분홍색 리본이 달린 선물을 가지고 파티가 열리고 있는 곳으로 되돌아갔다. 담소를 나누던 손님들은 웨스팅 파티용 접시에 얹은 과자를 집고, 웨스팅 파티용 종이컵에 재스민 차를 담아 홀짝거리고, 웨스팅 파티용 접시에 얹은 과자를 집고, 웨스팅 파티용 냅킨에 손가락을 닦았다. 후 부인은 허벅지까지 옆이 트이고 몸에 꼭 맞는, 발이 걸려 불편한 구식 비단 옷을 입고 손님들을 접대하고 있었다.

그레이스 웩슬러는 손뼉을 쳐서 사람들의 주의를 집중시켰다.
"여러분, 여러분! 이제 예비 신부가 선물을 열어 볼 시간입니다. 안젤라, 여기 앉거라. 모두 이리로 모여 주세요."
안젤라는 어머니가 시키는 대로 했다. 그녀는 선물상자와 잘 알지도 못하는 얼굴들에 둘러싸인 채 바닥에 놓인 쿠션 위에 앉았다. 그녀는 대학에 다닐 때 사귀었던 몇 안 되는 친구조차 초청하지 않았다. 그들은 자기

네 일에 바빠서 그녀의 결혼 따위는 안중에도 없을 테니까 말이다. 여기 모인 사람들은 모두 어머니의 친구들과 갓 결혼한 어머니의 친구 딸들이었다. 그리고 팔짱을 끼고 벽에 기대서 능글맞게 웃고 있는 터틀도 있었다. 무관심의 대상인 터틀은 얼마나 편할까.

"크게 읽어 봐라, 얘야."

안젤라가 노란 리본이 달린 상자에 끼워진 카드를 펴자 그레이스가 명령을 내렸다.

> 부엌일에 파묻혀 살 예비신부님께
> 아스파라거스 요리 기구와 행운을 담아 보냅니다.
> 쿠키만 먹으면 속이 뒤집히는 사람으로부터

"고마워요."

안젤라가 '쿠키만 먹으면 속이 뒤집히는 사람'이 누구인지 궁금해 하면서 대답했다.

다음 선물은 달걀 삶는 냄비였다.

분홍색 리본이 달린 상자 속에는 또 아스파라거스 요리 기구가 들어 있었다.

"디어 박사가 아스파라거스를 좋아해야 할 텐데."

누군가 말했다. 그 선물을 준 사람은, 두 개가 있으면 편리하기는 하겠지만 마음에 안 든다면 다른 것으로 바꿔오겠다고 했다.

"의사의 아내 노릇을 하려면 손님 접대할 일이 많을 거예요."

안젤라는 시계를 보고 금박지에 싸인 길고 좁은 상자에 손을 내밀었다.

"안젤라의 손이 떨리는 것 좀 봐요. 신랑만큼이나 초조해 하고 있나 봐요."

키득키득.

"예비 신부가 안절부절못하네."

키득키득키득.

안젤라는 천천히 금빛 리본을 풀었다. 그녀는 조심스럽게 금박지를 벗겼다.

완벽한 숙녀답게 얼마나 깔끔한지. 속에 뭐가 들었는지 안달이 나서 포장지를 마구 쥐어뜯는 터틀과는 전혀 다르다니까.

"빨리 좀 해, 안젤라. 굼벵이같이 느려 빠졌군."

터틀이 투덜거리며 다가와서 무릎을 꿇고 뚜껑 속을 들여다보았다.

"조심해!"

안젤라가 외치면서 선물 상자를 동생으로부터 낚아채자 뚜껑이 '펑' 하고 날아갔다.

"쾅! 쾅! 탕탕탕탕!"

로켓이 발사되고 불덩어리가 날아다니고 혜성이 꼬리를 늘어뜨리고 불똥이 튀었다. 벽에서 스물네 개나 되는 꽃 액자가 와장창 다 떨어졌다.

그리고 끝이었다. 탁자 밑과 벽장 속에 숨어 있던 사람들이 벌벌 떨며 기어 나왔다.

"다친 사람 없어요?"

그레이스가 애타게 물었다. 평생 그렇게 놀라기는 처음이었지만 다행히도 모두 무사했다.

"안젤라는 어디 있지?"

안젤라는 아직도 바닥 한가운데 쿠션 위에 그대로 앉아 있었다. 화상을 입은 그녀의 손에는 다 타고 남은 상자 조각이 들려 있었고 그녀의 뺨에 난 상처에서는 피가 나와 아름다운 얼굴을 타고 흘러내리고 있었다.

⚜

'유산 상속자들이여, 깨어 있으라.' 샘 웨스팅은 그렇게 경고했었다. 그들은 그 말에 귀를 기울여야 했다. 하지만 이젠 너무 늦었다.

유산 상속자들은 로비에서 포드 판사가 부른 경찰 반장 주위에 모여들었다. 그들 가운데 한 명은 살인자이고 한 명은 폭파범이고 한 명은 도둑이었다. 하지만 도대체 누가 누구라는 거지? 모두 동일 인물일까?

"대단한 게임이야."

후가 초콜릿 바의 포장지를 뜯으면서 중얼거렸다. 궤양 하나로도 모자라서 샘 웨스팅은 그에게 벌써 궤양을 세 개나 만들어 주었다.

"정말 대단한 게임이야. 끝까지 살아남는 사람이 이기는 게임."

(오티스 앰버는 후를 의심했다. 그는 발명가에다 화를 잘 내는 사람이니까.)

"끝까지 살아남는 사람이 이기는 게임이라니. 어떻게 그렇게 끔찍한 얘기를."

플로라 봄배크가 말했다.

(저 재단사를 믿을 수 있을까, 후는 생각했다. 어떻게 이런 상황에서도 미소를 지을 수가 있지?)

경찰 반장은 전혀 도움이 되지 않았다.

"폭탄이나 절도만으로는 아파트를 수색할 수 있는 증거가 되지 못합니다."

"그게 법의 힘이오?"

샌디가 물었다.

(사람 좋은 샌디가 그랬을 리는 없어. 처음 두 개의 폭탄이 터졌을 때나 판사의 시계가 도둑맞았을 때 그는 아파트 안에 없었으니까, 제이크는 생각했다. 하지만 그는 샘 웨스팅을 미워하는 게 틀림없어.)

"맞아요, 맥서더스 씨. 법으로는 이런 경우에는 어쩔 수 없어요."

(단서가 있기는 하지만 판사는 아니야, 크리스는 생각했다. 그녀가 변장한 '검은 표범단'의 일원이 아니라면.)

"가스 폭발이 아니라 폭탄 맞죠?"

테오가 반장을 다그쳤다.

(테오는 좋은 녀석이야. 더그도 만찬가지지, 플로라 봄배크는 생각했다. 하지만 TV에서 이런 인터뷰 내용을 수도 없이 봤잖아? 그 착한 옆집 아이가 사람을 열세 명이나 죽였다니, 믿을 수 없어요. 어머, 어머, 내가 지금 무슨 생각을 하고 있는 거야?)

반장은 여전히 그것을 폭탄이라고 부르기를 거절했다.

"아이들의 장난일 가능성이 더 큽니다."

(아이들의 장난! 맞아, 저 녀석들은 무슨 짓이든 할 수 있어.)

터틀은 비웃는 듯이 쳐다보고 있는 더그 후에게 혓바닥을 쏙 내밀었다.

"마귀의 사악한 장난이에요."

크로우가 중얼거렸다. 그녀가 사랑하는 안젤라가 죽을 뻔했으니까.

"크로우일지도 몰라. 지옥의 불을 가져다 우리를 벌 주려던 게 아닐까. 하지만 첫번째 폭탄 두 개가 터질 때 여기 없었는데."

테오가 크리스에게 귓속말을 했다.

"이, 이써써."

"아냐, 없었어."

경찰 반장은 사람들이 폭탄이라고 믿어 의심치 않는 것이 무엇인가를 설명해 주었다.

"큰 항아리 속에 장치된 줄쳐진 짧은 촛불이 폭죽에 옮겨 붙은 것이에요. 아마 상자에 공기구멍을 내고 리본으로 가려 두었을 것입니다. 그 아가씨가 상자를 자기 쪽으로 기울이지만 않았더라도 아무도 다치지 않았을 거예요."

"시한폭탄이야."

그레이스가 말하면서 그 선물을 배달한 사람에게 눈을 부라렸다.

(자칭 유산 상속녀. 기분 나쁜 여자야, 판사가 생각했다. 만족할 줄도 몰라. 정신적으로 문제가 있는지도 모르지. 도둑질을 했을 수도 있어. 하지만 폭탄은 아닐 거야. 자기 딸을 다치게 할리는 없으니까. 터틀이라면 몰라도 특히 안젤라는.)

"그런 식으로 쳐다보지 말아요. 나한테는 줄쳐진 촛불도 없고, 폭죽도 없어요."

오티스 앰버가 웩슬러 부인에게 말했다.

(저 멍청이가 가장 가능성이 커, 그레이스는 생각했다. 하지만 커피숍에서 폭탄이 터질 때는 이 근처에 없었단 말이야.)

"우–우–우 그–그–가."

크리스는 흥분을 이기지 못한 것 같다.

(저 아이와 안젤라만은 아무도 의심할 수 없어.)

하지만 오티스 앰버는 그것조차 확신하지 못했다.

"고요한 물이 깊이 흐르는 법이지. 히히히."

터틀은 그것이 사실이라 해도 그를 가만히 놔둘 수가 없었다. 그 결과 다음날 크리스는 다음과 같은 메모를 남겼다.

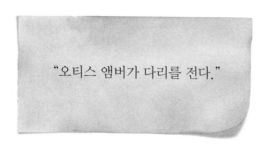

"오티스 앰버가 다리를 전다."

가족들은 계속 그녀를 안심시켰다.

"넌 괜찮을 거야, 안젤라. 괜찮아."

옆 침대에서 천지를 진동하는 코고는 소리가 들려서 보니 시델 펄래스키가 잠자는 척하고 있었다.

"아무것도 기억이 나지 않아요."

안젤라가 중얼거렸다. 뺨에 붕대가 감겨 있어서 말을 하기가 힘들었다. 얼굴도 손도 너무 아팠다.

"외상성 기억 상실증이야. 갑작스런 사고를 당하면 그런 경우가 있지. 하지만 걱정하지 마라, 안젤라. 곧 괜찮아질 테니까."

제이크가 말했다.

"넌 괜찮아질 거야, 안젤라. 내일 다시 오마. 가자, 터틀."

그레이스가 기운 없이 말했다.

"곧 갈게요."

터틀은 문이 닫히기를 기다렸다가 언니의 붕대 감은 손을 잡았다.

"고마워."

"뭐가?"

시델의 침대에서 코고는 소리가 한 번 더 들렸다.

"그냥. 언니가 상자를 언니 쪽으로 잡아당기지 않았다면 폭죽은 내 얼굴 앞에서 터졌을 거야. 자, 언니 가방 여기 있어. 언니의 노트나 단서는 보지 않았어. 맹세해."

하지만 터틀은 자기에게 불리할 만한 증거는 없앤 다음이었다.

"터틀, 사실대로 말해줘. 얼마나 심하니?"

"의사 선생님이 그러는데, 언니 손에서 유리 조각 몇 개를 빼냈지만 꿰맬 필요는 없다고 했어. 화상은 곧 치료될 거래."

"얼굴은?"

"흉터가 조금 남겠지만 심하지 않대. 게다가, 언닌 언제나 얼굴이 예쁜 건 중요한 게 아니라고 했잖아. 정말 중요한 건 그 사람 자신이지."

안젤라는 어쩌면 자신이 그때 틀린 말을 했을지도 모른다는 생각을 했다. 어쩌면 얼굴이 예쁜 게 중요한지도 몰라. 내가 정신이 나갔었나 봐.

"걱정 마, 언니. 언니는 아직도 예쁘니까. 하지만 그건 정말 미련한 짓이었어."

터틀이 말했다.

시델 펄래스키가 깜짝 놀라서 눈을 번쩍 떴다. 하지만 그녀는 곧 눈을 스르르 감고 더 크게 코고는 소리를 냈다. 어떻게 된 걸까? 아름다운 성자 같은 그녀의 짝이 폭파범이었다니. 세상에!

17
몇 개의 해답

월요일에는 음산하게 비가 내렸다. 모두들 울적했다. 주식 시세도 마찬 가지였다. 또 6포인트나 떨어졌다. 터틀은 신경과민이 되었다.

아니, 모든 유산 상속자들이 신경과민이었다. 의심스러운 꾸러미가 눈에 띌 때마다 폭탄 처리반이 불려 왔다. 그 가운데 하나는 크로우가 쓰레기 소각로 뒤에 보관해 둔 먼지가 가득 들어 있는 진공청소기로 판명되었고, 또 하나는 웩슬러 부인에게 배달된 소포였다. 안에는 그녀가 가장 좋아하는 봉봉 사탕과 '사랑과 입맞춤을 당신에게, 제이크'라고 적힌 쪽지가 들어 있었다.

"어쩐 일이냐니, 무슨 말을 그렇게 해? 사랑하는 아내에게 사탕 선물도 못하나? 당신이 너무 마른 것 같아서 그랬다, 됐어?"

그레이스는 그에게 먼저 먹어 보라고 시켰다. 다음날 그레이스는 더 큰 상자를 받았다. 폭탄 처리반은 그 안에서 열두 송이의 장미와 쪽지를 발견했다. '아무 이유도 없어. 그냥 사랑하니까. 제이크.'

터틀이 "봄배크 아주머니! 봄배크 아주머니!"라고 큰소리로 부르면서 로비로 뛰어든 직후 폭탄 처리반이 또 불려 왔다. 누군가가 "폭탄이다! 폭탄!(Bomb! Bomb! : 봄! 봄!)"그렇게 외친 것으로 잘못 알아들은 것이다.

축축한 목요일에는 사나운 바람이 불었다. 오전에 주식 시세가 3포인트 올랐다.

"주가 상승."

플로라가 말했다.

하지만 오후에는 다시 5포인트가 떨어졌다.

"주가 하락."

플로라가 말했다. 그게 그녀가 배운 단 두 마디의 주식 용어였다.

후 부인은 플로라보다는 학습 속도가 빨라서 훨씬 더 많은 영어 단어를 배웠다. 짝, 돈, 집, 나무, 길, 주전자, 프라이팬, OK, 축구, 좋아, 비, 돼지갈비. 그녀의 영어 선생 제이크는 매일 중국 식당에 점심을 먹으러 가면 자리에 앉기 전에 먼저 후 부인이 있는 주방부터 방문했다.

오늘은 그의 부인 그레이스와 지미 후도 자신들의 유일한 예약 손님인 그와 함께 식사를 하기로 했다. 그들이 단서를 푸는 것을 도와주되 그들이 이긴다 해도 상속받을 유산을 나누지는 않는다는 조건으로.

그레이스는 다섯 개의 낱말을 식탁 위에다 늘어놓았다.

"이게 단서야?"

제이크는 'purple waves for fruited sea' 라는 낱말들을 내려다보았다. 그는 두 개의 웨스팅 초강력 타월의 순서를 뒤바꾸었다.

"purple fruited(자두색 열매가 맺힌)이 더 말이 되겠어. 포도나 자두(plum : 플럼)가 아닐까?"

그레이스는 'purple waves(자두색 물결)'라고 우기려다가, 자두라는 말을 들으니 뭔가 짚히는 게 있었다.

"자두? 그 변호사의 이름이 플럼 아니었어요?"

"맞아요, 그레이스."

후가 흥분해서 말하며 단서 하나를 둘로 쪼갰다.

fruit / ed

"에드(ed) 자두색 열매. 에드 플럼!"

"맞아요, 맞아요."

그레이스가 외치면서 일어나 자기 짝을 껴안았다.

"어쩐지 난 그 변호사가 처음부터 마음에 들지 않더라고."

후가 신이 나서 소리쳤다.

"나머지 단서는 어떻게 하죠? 'for sea waves' 말이에요."

제이크는 자기 말은 들은 척도 하지 않고 춤을 추며 기뻐 날뛰는 두 남녀 때문에 기분이 나빠서 물었다.

"쾅!"

후 부인이 돼지갈비 접시를 식탁 위에 놓으면서 말했다. 그건 오티스 앰버에게서 배운 말이었다.

❧

샌디는 미국의 상징인 흰머리 독수리가 날고 있는 사진이 들어 있는 새로 산 노트가 마음에 들었다(그는 흰머리 독수리는 엉클 샘이라고도 부르니까 안성맞춤이라고 판사에게 설명했다). 그 안에다 그는 사립탐정이 보고해 온 정보들을 정성들여서 기록했다.

출생증명서의 사진, 사망 진단서, 결혼 증명서, 운전 면허증, 자동차 사고 보고서, 전과 기록, 병원 기록, 학교생활 기록부 등등. 그는 여기에 자기가 주워들은 것도 덧붙였다.

"웨스팅 타운 측이 기록을 공개하기를 꺼려해서 조사하는 데 어려움이 많대요. 웨스팅 가족은 이제 젖혀두고 유산 상속자들의 기록을 시작해야 겠어요."

판사가 말했다.

"후의 가족부터 시작하죠."

그는 큰 소리로 읽기 시작했다.

• 후

제임스 신 후. 제임스 후라는 이름으로 시카고에서 출생. 나이 : 50. 식당 사업에 뛰어들 때 더 중국적으로 들리도록 하기 위해 신이라는 이름을 덧붙임. 첫 부인은 5년 전 암으로 사망. 작년에 재혼. '더글러스'라는 아들이 있음.

선 린 후. 나이 : 28. 중국 태생. 2년 전 홍콩에서 미국으로 이민. 들리는 바에 의하면 제임스 후는 그녀가 가져온 100년 묵은 간장 때문에 결혼했다 함.

더글러스 후(일명 더그). 나이 : 18. 고등학교 육상 스타. 토요 육상 경기에서 대학 육상 선수들과 겨룰 예정.

웨스팅과의 관계 : 후는 일회용 종이 수건의 특허권 문제로 샘 웨스팅을 고소한 일이 있음. 웨스팅의 실종으로 소송은 법정까지 못 감. 작년에 회사를 25만 달러에 처분. 사기를 당한 것으로 보임.

최근의 발명품 : 종이 구두 깔창.

"그 종이 깔창의 품질은 제가 보증합니다. 종일 문 앞에서 있다 보면 발이 아파서 죽을 지경이었어요. 그래서 지미한테 '거품고무 깔창처럼 자리를 많이 차지하지 않는 좋은 깔창을 누가 발명해 준다면 얼마나 좋을까?' 하고 말했더니 그가 단번에 그걸 발명한 거예요. 정말 대단한 물건이에요. 지금도 신발에 깔아 놨는데, 한번 보시려우?"

"아뇨, 괜찮아요."

판사는 식사 중이었다.

❧

테오가 희미한 스탠드 불빛 아래서 숙제를 다 마친 것은 열두 시가 지나서였다. 바람이 아직도 사납게 불고 있는데 무언가가 생각이 날듯 말듯 하면서 약을 올리고 있었다. 그는 화학 숙제를 하는 중이었다. 맞아. 그거야. 해답! 해답은 간단하다. 유언장에는 그렇게 쓰여 있었다. 그는 그 말을 굳게 믿었다.

For와 thee를 four(4)와 three(3)라는 숫자로 바꾸자, 테오는 단서를 하나의 공식으로 배열할 수 있었다(그게 웨스팅 공식인지 아닌지를 떠나서 화학 공식인지 아닌지는 별개의 문제였다).

$$\text{N H(IS) FOR NO THEE (TO)} = NH_4NO_3$$

하지만 남은 네 개의 단서는 어떻게 하지? Isto? Osit? Itso? OTIS(오티스)! 그는 알아냈다. 공식은 폭발 물질의 이름이고 오티스는 살인자의 이름인 것이다!

그는 더그에게 그 말을 하기로 했다.

"어, 어디 그, 그, 가아?"

"쉿!"

테오는 옆 침대에서 자다가 깬 동생의 이불을 잘 덮어 주고, 가운을 덧입고 휠체어에 걸려 나동그라지면서 방을 나갔다.

엘리베이터는 너무 시끄러워. 계단으로 가자.

시멘트의 감촉이 너무 차가웠다. 아차, 슬리퍼를 신는 것을 잊었다. 명패가 붙어 있지 않은 두 개의 문이 있었다.

똑. 똑. 똑.

중얼거리는 목소리와 질질 끄는 발소리가 들렸다. 제발, 더그이기를. 후나 포드 판사가 아니길.

그 사람은 크로우였다. 묶지 않은 긴 머리를 축 늘어뜨리고 깡마른 몸에 잠옷을 여미면서 그녀는 졸린 눈으로 방문객의 놀란 얼굴에 초점을 맞추었다.

"테오! 테오! 바람 소리, 바람 소리를 들었어. 난 네가 올 줄 알고 있었단다."

"네?"

크로우는 그의 손을 잡고 4C호와 4D호 사이에 있는 청소부 아파트로 끌고 들어간 다음 문을 쾅 닫았다.

"우리는 모두 죄인이야. 하지만 우린 구원받을 수 있어. 구원을 위해서 기도하자. 그런 다음 넌 너의 천사를 먼 곳으로 데려가야 해."

테오는 기도하고 있는 크로우 옆에 자기도 모르게 무릎을 꿇었다. 꿈을 꾸고 있는 게 틀림없었다.

"아멘."

18
추적

이제 터틀의 머리를 땋아 주는 사람은 플로라가 되었다. 때로는 세 갈래로, 때로는 네 갈래로, 때로는 리본으로 묶는 동안 터틀은 〈월 스트리트 저널〉을 읽었다.

"이것 좀 들어 보세요. '새로 웨스팅제지주식회사의 회장으로 선출된 줄리언 이스트만은 유럽 지사 경영진과의 회의가 열리고 있는 런던에서 다음 분기의 총 수익이 두 배로 증가할 것이라고 발표했다.'"

"그거 잘 됐구나."

플로라가 무슨 뜻인지 한마디도 알아듣지 못하면서 말했다.

터틀은 그날 해야 할 일을 지시했다.

"잘 들으세요. 중개 사무소에 가자마자 AMO와 SEA와 MT의 주식을 팔아서 모두 WPP에 투자하세요. 아셨죠?"

세상에! 그렇다면 그들의 단서에 언급된 모든 회사의 주식을 팔아 몇천 달러의 손해를 보면서 웨스팅제지주식회사의 주식을 산다는 말인데.

"앨리스, 난 네가 무슨 말을 하든 믿는다. 넌 영리한 아이니까."

플로라의 손은 아주 섬세해서, 머리를 딸 때 절대로 서두르거나 머리카락 한 가닥도 아프게 잡아당기는 법이 없었다. 터틀은 플로라가 자기를 사랑한다는 것을 느낄 수 있었다.

"전 아주머니가 저를 앨리스라고 부를 때가 좋아요. 하지만 아주머니를 더 이상 봄배크 아주머니라고 부르지 말아야겠어요. 또 누가 폭탄이라고 겁을 먹을까봐."

그렇다고 플로라라고 부를 수도 없는 일이었다.

"바바 아주머니라고 불러도 돼요?"

"그냥 바바라고 부르지 그러니?"

그거야말로 터틀이 듣고 싶었던 말이었다.

"아주머니 딸 로잘리도 아주 영리했죠, 바바?"

"아니, 내가 만난 아이들 중에 가장 영리한 건 너야. 너는 타고난 사업가라고."

터틀은 〈월 스트리트 저널〉 뒤에서 희색이 만연했다.

"분명히 로잘리는 빵을 굽고 옷을 꿰매는 따분한 일을 했을 거예요."

네 갈래로 땋은 머리에 리본을 묶고 있던 플로라의 손가락이 빗나갔다.

"로잘리는 보통 아이가 아니었어. 너무도 상냥하고 너무도 사랑스럽고……"

터틀은 신문을 구겨 버렸다.

"빨리 가요. 학교에 늦겠어요. 아주머니는 큰 거래를 해야 하구요."

"하지만 네 머리에 리본을 다 못 달았는걸."

"괜찮아요. 전 이대로가 좋아요."

터틀은 아무나 호되게 걸어차 주고 싶었다.

그들이 나갈 때 샌디는 문 앞에 없었다. 그는 4D호에서 다음 유산 상속자에 대한 자료를 엉클 샘의 사진이 들어 있는 노트에 깔끔하게 적고 있었다.

• 봄배크

플로라 봄배크. 처녀 때 이름 : 플로라 밀러. 나이 : 60. 재단사. 여러 해 전에 남편과 헤어졌으나 남편은 생활비를 보내지 않음. 다운증후군인 딸 로잘리를 두었음. 작년에 열아홉 살이던 로잘리가 폐렴으로 사망하자 신부복 가게를 매각. 현재 대부분의 시간을 주식 중개 사무소에서 보내고 있음.

웨스팅과의 관계 : 바이올렛 웨스팅의 웨딩드레스를 만들었으나 바이올렛은 입어 보지 못했음.

샌디는 판사의 책상 위에 발을 올리고 새로운 페이지를 넘겨 사립탐정이 오티스 앰버에 관해 조사한 정보를 읽기 시작했다. 샌디는 너무 웃다가 의자에서 떨어질 뻔했다.

간밤의 악몽에 시달린 테오는 더그의 뒤를 쫓아 학교까지 뛰어가다가 숨을 몰아쉬며 "잠깐!"하고 외쳤다.

"너희 아파트 옆에 누가 살지?"

"크로우. 왜?"

"아무것도 아니야."

왜 그걸 여태 몰랐지? 왜는? 청소부 아주머니가 어디 사는지 아무도 신경 쓰지 않으니까 그렇지. 꿈속에서 크로우는 그에게 편지를 주었다. 그러나 오늘 아침 그의 목욕가운 주머니에서 나온 것은 웨스팅 페이퍼 타월이었다.

"잠깐만, 기다려!"

더그 후가 다시 달리기 시작한 것이다.

"우리 단서를 풀었어. NH₄NO₃는 질산암모늄이야. 비료, 폭발물, 로켓 추진 연료로 쓰이는 거야."

"비료? 맞는 말이야. 단서인지 뭔지는 전부 거름더미 같으니까."

더그가 대꾸하고 서서히 달렸다. 그에게 중요한 건 오직 하나, 토요 육상 경기뿐이었다. 만약 그가 1등이나 2등을 차지한다면 그는 체육 장학금을 탈 수 있다. 그에게는 유산 같은 것은 필요 없었다.

"가만히 서서 좀 들어 봐."

테오가 더그의 어깨를 붙잡고 꼼짝도 못하게 했다.

"좋든 싫든 우린 짝이야. 너도 네 몫은 해야 하지 않겠어?"

"물론이지."

아버지도 더그에게 화를 내고, 짝도 그에게 화를 내고, 폭파범은 선셋 타워를 한 층씩 폭탄으로 날려 버리고 있고, 정말 대단한 게임이군!

"내가 뭘 해야 하는데?"

"오티스 앰버를 추적해 봐."

플로라는 고개를 뒤로 젖히고 눈에 안약을 몇 방울 떨어뜨렸다. 그리고 눈을 깜빡거린 다음 다시 움직이는 전광판을 주시했다.

HR	WPP	BRY	TA	Z	WPP
1000$42½	5000$39¼	27	5$17¼	5000$27¼	5000$39½

"어머나 세상에!"

웨스팅제지주식회사의 주가가 4¼포인트, 아니 4½포인트나 뛰었네! 그녀는 자기 눈이 안약 때문에 흐려진 탓이라고 여겼다. 플로라는 의자 끝에 걸터앉아서 손가락을 깨물며 WPP가 다시 나타나기를 기다렸다. 저기 있다. WPP 40. 세상에나, 세상에나! 오늘 아침에 한 주당 35달러를 주고 샀는데. 저기 다시 지나간다. WPP $40¼. 세상에나, 세상에나!

학교가 끝난 뒤 더그 후는 체육관 실내 트랙을 뛰는 대신에 여섯 구역이나 떨어진 쇼핑센터로 달렸다. 그곳에서 오티스 앰버가 자전거에 케이크 상자 두 개를 싣고 있었다. 그는 정육점에서 고기 꾸러미 한 개를 더 싣고 페달을 밟았다. 그는 운동복을 입은 더그가 반구역 정도 뒤떨어진 곳에서 따라오고 있는 줄 눈치 채지 못하고 선셋타워로 들어가 배달을 시작했다.

"안녕, 더그. 토요일 1.6km를 4분 이내로 뛸 수 있겠니?"

"저도 그러고 싶어요. 부탁이 있어요, 샌디. 오티스 앰버가 나오면 저한테 큰 소리로 휘파람을 불어 주실래요?"

이가 깨진 샌디는 만약 오티스 앰버가 조종사 모자로 귀를 가리고 있지 않았다면 귀청이 떨어졌을 정도의 큰 소리로 휘파람을 불었다.

오티스 앰버는 자전거를 주차장에 두고 버스에 올라탔다. 더그는 버스를 따라서 언덕길을 8km나 뛰어가 'E. J. 플럼, 변호사'라는 명패가 붙은 집에 다다랐다. 다시 그는 오티스 앰버를 태운 버스가 병원 입구에 도착할 때까지 4.8km를 더 뛰었다.

더그는 대기실 의자에 털썩 주저앉아 운동복 앞자락으로 얼굴을 훔치고 잡지를 집어 들었다. 운동선수의 사진에 정신이 팔린 그는 하마터면 오티스 앰버를 놓칠 뻔했다. 그는 걸음아 나 살려라 하고 병원 밖으로 뛰쳐나가고 있었다.

더그는 주차된 자동차들 뒤에 숨어서 오티스 앰버가 다른 버스에 올라타는 것을 보았다. 그는 주식 중개 사무소까지 다시 언덕길을 6.4km나 달렸다(웬 놈의 길이 오르막길밖에 없지?). 그는 주식 중개 사무소에서 학교까지, 학교에서(드디어 내려막길이다) 선셋타워까지 줄곧 뛰어다녔다.

기진맥진한 육상 스타 더그는 선셋타워 벽에 기대고 앉아 자기가 장거리 육상 선수가 아닌 것을 천만다행으로 생각했다.

"잡았다!"

오티스 앰버가 앙상한 손가락으로 더그의 옆구리를 쿡 찔렀다.

"히히히."

그는 깜짝 놀란 더그에게 낄낄거리며 편지 한 통을 내밀었다.

"플럼이라는 변호사에게서 온 거야. 모든 유산 상속자들은 돌아오는 토요일 밤에 웨스팅 저택에 모여야 한다. 여기 서명해라."

그는 마지막 남은 힘을 쥐어 짜 수령증에 '더그 후, 1.6Km 경주 선수'라고 쓴 다음 축 늘어져 버렸다. 발에는 물집이 생기고 근육은 쑤시고 숨도 거의 쉴 수가 없었다. 어쩌면 평생 다시는 뛸 수 없을 것 같았다.

<hr />

웨스팅 저택에서 모이라는 통보를 받자마자 포드 판사는 남아 있는 약속을 모두 취소하고 서둘러 집으로 돌아왔다. 시간이 거의 다 되어가고 있었다.

샌디가 판사에게 노트를 읽어 주었다.

• 엠버

오티스 조세프 엠버. 나이 : 62. 배달원. 초등학교 4학년 중퇴, IQ : 50. 그린 식료품점 지하에서 생활. 미혼. 생존해 있는 친척 없음.

웨스팅과의 관계 : 변호사 E. J. 플럼으로부터 두 번의 편지를 받은 것 외에 없음.

<hr />

"오티스의 IQ가 두 자리 숫자인 줄은 몰랐어요."

샌디가 웃으면서 말했다.

"다음 상속자는 누구죠?"

판사가 말했다.

• 디어

D. 덴튼 디어. 나이 : 25. UW의과대학 졸업. 성형외과 인턴 1년차. 부모는 레이신에 거주(그들은 유산 상속자가 아님).

웨스팅과의 관계 : 안젤라 웩슬러와 약혼(웩슬러 참조). 안젤라는 인턴이 아니라 정치가와 약혼했던 샘 웨스팅의 딸 바이올렛과 닮았음.

"너무 복잡하죠. 하지만 전 최선을 다했습니다."
샌디가 멋쩍게 말했다.

• 펄래스키

시델 펄래스키. 나이 : 50. 교육 정도 : 고등학교 졸업. 비서양성학교 1년 수료. 슐츠 소시지 회사 사장 비서. 현재 25년 만의 첫 휴가중. 선셋타워에 입주하기 전까지 홀어머니와 두 명의 이모와 생활. 두 번째 폭탄의 폭발로 발목이 부러지기 전에도 목발을 짚고 다녔음. 이젠 두 개의 목발이 필요(둘 다 페인트칠을 했음!).

웨스팅과의 관계 : ?

"그녀의 근육성 질병에 관한 병원 기록은 없습니다. 슐츠 소시지 회사의 간호사 말로는, 그녀가 휴가를 떠날 때 완벽한 건강 상태였답니다."
샌디가 보고했다.
"이상하군요."
판사가 말했다. 의심스런 질병, 정확하지 않은 웨스팅과의 관계. 시델 펠래스키는 아무래도 게임과 아무 관련이 없는 것 같았다.

시델 펄래스키는 번역한 노트를 품에 꼭 안았다.

"나만의 비밀이니까, 아무도 못 보게 해야지."

그녀는 수줍은 듯 말했지만, 그 자리에는 의사들이 안젤라를 보기 위해 와 있었다.

성형외과 전문의가 안젤라의 뺨에서 반창고를 떼고 붕대 밑을 들추어 보았다.

"간단한 피부 이식으로 해결되겠지만, 조직이 회복될 때까지는 수술은 할 수 없어요."

그는 덴튼에게 반창고를 원래대로 붙이라고 지시하고 방을 휙 나갔다.

"전 성형수술은 싫어요."

안젤라가 우물거렸다. 여전히 얼굴이 당겨서 말을 하기가 힘들었다.

"무서워할 것 하나도 없어. 얼굴 고치는 데는 그를 따라갈 사람이 없으니까. 그래서 내가 그를 데려온 거야."

"결혼식을 연기해야겠어요."

"우리끼리 조촐하게 식을 올리면 되지."

"어머니가 싫어하실 거예요."

"안젤라, 당신 생각은 어때?"

안젤라는 대답하지 않았지만 덴튼은 그녀의 대답이 "모르겠어요."라는 것을 알았다.

문이 벌컥 열려 벽에 "쾅" 하고 부딪쳤다.

"여기가 어디라고 함부로 들어오는 거니?"

덴튼이 터틀의 땋은 머리에 아무렇게나 감긴 리본을 잡아당겼다.

"'면회 금지'라는 팻말도 못 봤니?"

"난 면회객이 아니라 우리 언니의 동생이에요. 그 세균투성이 손 좀 치워 주시겠어요?"

덴튼은 피가 흐르는 정강이를 감싸고 허둥지둥 구급약품을 찾은 다음, 그 병동에서 가장 몸집이 좋은 남자 간호사를 보내 터틀을 처리하도록 했다. 그 간호사는 표본이 담긴 접시를 들고 가던 간호보조원에게 살금살금 다가가 "쾅!" 하고 소리를 지른 오티스 앰버를 내쫓은 장본인이었다.

터틀은 한 가지 질문을 할 시간을 얻었다.

"안젤라, 이번에는 수령증 직업란에다가 뭐라고 썼어?"

"사람."

"난 희생자라고 바꿨는데."

시델이 말했다.

터틀은 '희생자'에게는 눈길도 주지 않았다. 터틀의 관심을 끈 것은 막 병실로 들어서는 두 남자였다. 그들은 우람한 남자 간호사와 그 아니꼬운 변호사 에드 플럼이었다.

"난 가야겠어. 아무한테도 아무 일에 관해서도 아무 말도 하면 안 돼. 무슨 일이 있든. 심지어 변호사한테도. 언닌 아무것도, 전혀 모르는 거야. 알았지?"

터틀은 에드 플럼의 옆을 돌아 털이 북실북실한 남자 간호사의 굵은 팔뚝을 살짝 피해서 복도로 미끄러져 나갔다. 그리고 다음 쏜살같이 계단을 뛰어 내려가 병원을 빠져 나갔다.

"안녕하세요?"

에드 플럼이 옆 침대의 환자를 무시하고 안젤라에게만 미소를 지었다. 그는 페인트칠을 한 목발이 없어서 펄래스키 양을 알아보지 못했던 것이다.

"사고는 참 안됐습니다. 오티스 앰버가 말해 주더군요. 그래서 한담이나 나누려고 잠깐 들렀습니다."

안젤라를 처음 본 순간부터 아름다운 유산 상속녀인 그녀를 존경하게된 젊은 변호사는 결국 한담을 나눌 기회를 갖지 못하고 말았다.

마침 그레이스가 병실에 들어와 단서의 장본인을 발견한 것이다. 그녀는 에드 자주색 과일. 즉 살인자가 자기 딸 앞에 서 있는 모습을 보자 소름이 끼치는 비명을 질렀다.

◦◦◦❧◦◦◦

하루에 방문객이 세 명이나 찾아오다니! 첫번째 방문객은 편지와 수령증을 가져온 오티스 앰버였다. 크리스는 그의 "꽝!" 하는 소리에 전혀 놀라지 않으면서도 놀란 척해 주었다. 그는 단서를 풀지 못했어도 웨스팅 저택에 다시 가보고 싶어서 몸이 뒤틀릴 지경이었다.

다음으로 찾아온 사람은 플로라 봄배크였다. 그 착한 아주머니와 함께있으면 크리스는 전혀 불안하지 않았다. 그녀가 그렇게 우스꽝스럽게 보이는 미소를 항상 짓고 있는 까닭은 가슴속에 슬픔을 품고 있기 때문이었다. 그녀에게는 로잘리라는 딸이 있었다. 그녀는 로잘리에게 가게에서다소곳하게 앉아 있는 법과 고객들을 맞이하는 법, 옷감의 감촉을 느끼는 법을 가르쳐 주었다. 봄배크 부인이 만드는 웨딩드레스는 대부분 흰색이었다. 그녀는 로잘리가 좋아하는 밝은 색깔의 옷감 견본을 가져오곤했다. 로잘리는 죽기 전에 오백칠십여 종류나 되는 서로 다른 색깔의 견본을 수집했었다. 봄배크 부인은 운명이 조금만 바뀌었다면 로잘리는 예술가가 되었을 거라고 말했다.

'운명이 조금 바뀌었다면 크리스는 무엇이 되었을까?'

세 번째 방문객이 찾아왔다. 다리를 저네! 그의 짝이 다리를 절고 있다! 크리스는 너무 흥분해서 말을 듣지 않는 몸으로 사방으로 뻗지르고 있었다.

덴튼 디어가 휠체어 옆에 앉았다.

"왜 그래? 진정해. 크리스. 난 에일리언이 아니야."

의사인 그도 TV는 보나 보군. 크리스의 팔과 다리가 서서히 진정을 되찾기 시작했다. 크리스는 어눌하게 새로운 소식을 보고했다. 플로라가 그들이 떨어뜨린 단서를 본 게 너무 미안해서 자기네 단서 가운데 하나, 'mountain'을 가르쳐 주었다는 것이다.

"하지만 터, 터틀한테는 마, 말하면 아, 안 돼요."

"걱정마라."

덴튼이 대꾸하면서 시퍼렇게 멍이 든 정강이를 걷었다.

크리스는 웃다가 뚝 그쳤다.

"미, 미안해요."

"Mountain(마운틴)이라, 흠."

덴튼은 그 새 단서에 대해 곰곰이 생각해 보았다.

"산골짝 밭(mountain plain) 곡식 창고(grain shed)에 보물이 숨겨져 있다 해도 난 시간이 없다. 넌?"

"어, 없어요."

"그럼 단서는 잊어버리자. 그보다 더 중요한 할 이야기가 있다. 흥분하면 안 된다, 알았지?"

크리스는 고개를 끄덕였다. 덴튼은 또 돈 얘기를 할 게 뻔하다.

덴튼이 일어섰다.

"네 칫솔과 잠옷을 가지고 병원에 가는 거야. 흥분하지 마."

크리스는 흥분했다. 크리스가 자기가 원하는 것이 동료애라는 것을 어떻게 설명하겠는가? 지금까지 의사들은 가슴을 저미는 나쁜 소식으로 어머니를 울리기만 했었다.

"잘 들어, 크리스. 내 말 들리지? 지난밤에 너 같은 아이들을 치료하는 신경과 전문의를 찾아냈어."

"수, 수술을 하나요?"

"수술은 안 해. 알았지, 크리스? 수술은 없어. 그 의사 선생님은 새로운 약품이 도움이 될 거라고 했어. 하지만 먼저 널 검사하고 몇 가지 테스트를 해 봐야 해. 너희 부모님으로부터는 벌써 승낙을 받았지만, 너와 나, 우리끼리 상의해서 결정하기 전까지는 아무도 너한테 손을 댈 수 없어. 약속할게."

크리스는 웃음을 지으려고 얼굴을 찡그렸다. 그의 짝은 "너와 나, 우리끼리 상의해서 결정한다"는 말을 했다. 그들은 이제야말로 진정한 짝이 된 것이다.

"도, 돈을 가, 져도 돼요."

"뭐라고? 아, 그 돈. 나중에 하지 뭐. 그 쌍안경은 내가 가져가마. 병원에선 필요 없을 테니까."

크리스는 쌍안경을 빼앗기지 않으려고 매달렸다.

"생각해 보니 쌍안경이 네게 필요할 것 같구나. 준비됐니? 자, 가자!"

순식간에 크리스는 다리를 저는 덴튼에게 밀려 선셋타워를 벗어났다. 어쩌면 덴튼이야말로 겉으로 보이는 것과 실제 모습이 다른 사람이 아닐까? 어쩌면 날 인질로 납치하고 있는지도 몰라. 크리스는 그렇게 흥분되고 재미있는 일은 처음이었다.

19
이상한 친척

목요일에는 햇살이 눈부셨다. 가을 공기는 건조하고 맑았다. 하지만 유산 상속자들은 그런 것조차 느끼지 못했다.

WPP의 주가의 전광판이 지나간다. $44… $44½… $46. 한 주당 $46달러! 세상에나!("제가 말씀드릴 때까지는 팔면 안 돼요, 바바." 앨리스-터틀은 그렇게 말했다.) 바바. 플로라는 자기 새 이름 때문에 미소를 지으면서 의자에 느긋하게 등을 기댔다. 하지만 오래 그러고 있을 수 없었다. WPP $48½. 세상에나, 세상에나! 플로라는 엄지손톱을 잘근잘근 씹었다. 터틀이 이 자리에 있다면.

터틀은 또다시 귀에 라디오 이어폰을 꽂고 있다 걸려서 양호선생님으로부터 진찰을 받고 있었다. 터틀이 자기 행동이 치통 때문이라고 둘러대었기 때문이었다.

"그 끔찍한 고통을 잊게 해주는 건 오직 음악뿐이에요."

"그럼 치과에 가야겠구나."

"그렇잖아도 다음주에 가기로 예약이 돼 있어요."

터틀은 거짓말을 했다.

"이제 집에 가도 되죠? 정말 참을 수 없는 고통이에요."

"아니."

양호선생님은 이빨을 역겨운 맛이 나는 솜으로 틀어막고 터틀을 교실로 돌려보냈다. 터틀은 최근의 주식 시세를 듣기 위해서 삼십 분마다 한 번씩 화장실에 가야 했다.

"오줌보에 탈이 났나 봐요."

곱지 않은 선생님의 눈초리에 터틀은 그렇게 변명했다.

크로우는 웨스팅 일회용 수건으로 웩슬러 부인의 은주전자를 세 번째 닦고 있었다. 내일, 모레, 이틀 남았다. 크로우는 그 집에 다시 간다는 게 너무 고통스러웠지만, 오티스는 당연한 권리를 찾기 위해서 꼭 가야 한다고 했다. 하지만 크로우에게 그것은 권리가 아니라 고행이었다. 아무것도 모르는 사람은 얼마나 좋을까.

"쾅! 문을 잠그라는 경고예요."

오티스 앰버가 웨스팅 종이 제품 상자를 부엌 바닥에 쏟아 부으면서 말했다.

"크로우, 난 폭파범이 누군지 알아낸 것 같아요."

반짝반짝 빛나는 은주전자에 비친 크로우의 얼굴이 굳어졌다.

"누군데요?"

"제임스 신 후예요. 그는 커피숍이 망하기를 원했어요, 맞죠? 그리고는 아무도 의심 못하게 자기네 식당에도 폭탄을 설치한 거예요. 그런 다음에는 웩슬러네 파티의 음식을 장만했어요. 음식 장만하는 데 상자 하나쯤 더 갖고 들어가는 걸 누가 알아차리겠어요?"

제임스 신 후가 틀림없이 폭파범이었다. 크로우의 손은 떨리고 그녀의 얼굴은 증오로 벌겋게 달아올랐다. 아름답고 순진무구한 천사가 죽을 뻔했다. 샌디는 안젤라의 얼굴에 평생 흉터가 남을 것이라고 했다. 제임스 신 후, 기다려라! 꼭 복수를 해줄 테니까!

❧❧❧

판사는 마지막 사흘을 비워 놓기 위해 일정을 다시 조정했다(결국 샘 웨스팅이 그녀의 일을 방해하는 셈이군).

샌디가 다음 유산 상속자를 공개했다.

"이번에는 정말 흥미로운 사람이에요."

● 크로우

버드 에리카 크로우. 나이 : 57. 어렸을 때, 어머니가 돌아가신 뒤 아버지에 의해 양육(아버지도 사망).

교육 정도 : 고등학교 1년 중퇴. 열여섯 살에 결혼했다가 마흔 살에 이혼. 전 남편의 이름 : 윈디 윈드클로펠.

병원 기록 : 만성 알코올 중독.

경찰 기록 : 부랑자로 3일간 구류 처분, 종교에 귀의한 후 술을 끊음. 빈민가에서 수프구제사업 시작. 선셋타워에서 청소부로 일하고 있으며 4층 청소부용 아파트에 거주.

웨스팅과의 관계 : ?

"정말 흥미롭군요. 하지만 우리가 알아야 할 것은 없네요."

판사가 말했다.

⚜

"손님이 오셨어요."

제이크가 뜯고 있던 돼지갈비를 들어 식당 문 앞에 서 있는 시커먼 형체의 사람을 향해 가리켰다.

"외상값 받으러 온 사람일 거예요."

후가 장부 너머로 인상을 찌푸렸다.

그레이스는 고개를 들고 찾아온 사람이 청소부 아주머니인 것을 알고는 운동 경기 사진을 나누는 일을 계속했다. 후 1번 식당 벽에 열두 장도 더 되는 슈퍼스타의 사진을 액자에 넣어 걸어 둘 참이었다.

"이리 와서 같이 식사하세요."

제이크가 큰소리로 말했다.

크로우는 다리를 절며 식탁으로 걸어가다가 웩슬러 부인이 혀 차는 소리를 들었다. 불쌍한 여자, 당신은 그 거만함과 탐욕 때문에 발 망치는 의사인 남편과 함께 지옥에 떨어질 거야. 그리고 저 뚱보, 대식가, 폭파범, 남을 병신으로 만든 녀석도 함께.

후는 정의의 분노로 불타는 크로우의 얼굴을 보며 식사가 빨리 나오지 않는다고 화가 난 손님이겠거니 했다. 그는 일어서서 크로우를 위해 의자를 뒤로 당겨 주었다.

"곧 제 아내가 정통 중국식 점심식사를 대접할 것입니다."

후 부인은 갖가지 종류의 딤섬을 식탁 위에 늘어놓고 제이크를 향해 미소를 지은 다음 주방으로 내뺐다.

소리 죽여 웃기를 잘하는 후 부인은 아름다웠다. 게다가 상당히 젊고 말이다. 그레이스는 걷잡을 수 없는 질투심에 사로잡혀 남편을 향해 의심쩍은 눈길을 던졌다(아냐, 튀긴 딤섬 때문일 거야).

후 부인이 다시 와서 차를 따라 주었다. 그레이스는 제이크가 후 부인의 손등을 토닥거리는 장면을 목격했다. 얼씨구, 그녀는 질투심으로 속이 뒤집히는 것 같았다. 제이크가 이번에는 크로우에게 미소를 지었다.

"부인의 식욕에 아무런 이상이 없는 걸 보니 기쁘군요."

"제 입맛에 무슨 이상이 있겠어요?"

크로우는 대꾸하고 접시를 내려다보았다.

"아픈 건 발인데. 선생님이 잘라낸 티눈이 아직 아물지 않고 왼쪽 발바닥에는 못이 박이고 발톱이 다시 피부 속으로 파고들고 있어요."

그레이스는 손으로 입을 틀어막고 식당 밖으로 달려 나갔다. 후 부인도 주방으로 향했다.

"부인의 발이 그렇게 된 것은 맞지 않은 신발을 너무 오랫동안 신은 탓입니다."

제이크가 일러 주었다. 하지만 크로우는 듣고 있지 않았다. 폭파범 제임스 신 후가 다시 오고 있었기 때문이었다. 그는 손에 무언가를 들고 있었다.

"자, 크로우. 이걸 한 번 깔아 봐요. 내가 발명한 종이 깔창이에요. 그걸 신발에다 깔면 허공을 밟고 다니는 기분일 거예요. 종일 서 있으려면 얼마나 힘들겠소? 자, 받아요."

크로우는 스펀지가 부착된 종이 깔창 두 짝을 요리조리 뜯어보았다.

"얼만데요?"

"그냥 드리는 거예요. 집을 깨끗이 청소해 주신 대가로."

크로우는 아직도 의심을 풀지 않은 채 깔창을 신발에 깔고 걸어 보았다. 이렇게 편안할 수가! 오티스 앰버의 짐작이 틀렸나 보다. 이렇게 마음씨 좋은 사람이 폭파범일 리가 있겠는가? 크로우는 점심값을 치르는 것도 잊고 식당을 달려 나갔다.

～⌒⁀✿⁀⌒～

"안 돼. 더 이상의 희생자가 생겨서는 안 돼."

시델 펄래스키가 노트를 침대 매트리스 밑에 쑤셔 넣으며 외쳤다.

간호사가 크리스의 휠체어를 안젤라의 침대 곁으로 밀고 와서 새로운 약물 실험을 받을 거라고 설명한 다음이었다.

"너 괜찮니?"

멋쩍어서 어쩔 줄을 모르는 크리스에게 안젤라가 허리를 굽히고 물었다.

크리스는 목욕 가운 주머니에서 봉해진 봉투 하나를 꺼내려고 애썼다. 그는 자기 형이 안젤라에게 반했다는 것을 알고 있었다. 그것은 테오가 안젤라 집 문 밑으로 넣으려던 편지가 틀림없었다. 그런데 실수로 크리스의 가운 주머니에 넣어 두었다가, 안젤라가 입원해 있다는 사실을 기억해내고 도저히 쑥스러워서 직접 전하지는 못하고 도로 꺼내가지도 않은 것이다.

"저 미소 좀 봐요."

시델이 말했다.

"테, 테오가 보낸 거예요."

크리스는 안젤라가 연애편지를 읽는 모습을 보고 싶었지만 간호사가 이젠 그의 병실로 돌아가야 할 시간이라고 했다.

"안녕, 행운을 빈다."

시델이 말했다. 안젤라는 붕대를 감은 손을 흔들었다.

"마, 마운틴. 터, 터틀이 얘기해 달래요."

마운틴, 안젤라는 생각했다. 결국, 터틀의 MT는 '텅 빈'이 아닌 '산'이었구나. 그리고 크리스가 전해 준 편지는 테오에게서 온 것이 아니었다.

> 너의 사랑은 'Z'를 가지고 있다.
> 여기 너를 위한 'Z'가 있다.
> 그녀를 이 죄악으로부터 데려가라.
> 그리고 증오해라.
> 지금 당장! 너무 늦기 전에.

밑에는 또 두 개의 단서가 쓰여 있었다.

WITH MAJESTIES

"크로우와 오티스 앰버의 단서는 '왕'과 '왕비'가 아니라 '두 분의 전하(with the beautiful majesties)'예요."

안젤라가 시델에게 말했다.

샌디와 판사는 아직도 유산 상속자들에 관한 조사를 계속하고 있었다.

• 웩슬러

제이크 웩슬러. 나이 : 45. 발 전문의. 마케트의대 졸업. 스물두 살에 결혼, 두 딸이 있음(아래 참조).

그레이스 윈저 웩슬러. 어렸을 적 이름은 그레이스 윈드 클로펠. 나이 : 42. 위 제이크 웩슬러와 결혼. 자칭 실내장식가. 대부분 시간을 중국 식당이나 미용실에서 보냄. 그녀와 제이크(위 참조)에게 두 딸이 있음(아래 참조).

안젤라 웩슬러. 나이 : 20. 덴튼 디어(역시 유산 상속자)와 약혼. 대학교 1년 중퇴(성적은 좋은 편). 세 번째 폭탄의 희생자. 취미 : 자수.

터틀 웩슬러. 본명 : 타비다루스 웩슬러. 나이 : 13. 중학생. 주식에 투자하고 있음. 영리하지만 사람들을 걷어차는 버릇이 있음. 플로라 봄배크는 '앨리스'라고 부름.

웨스팅과의 관계 : 그레이스 윈저 웩슬러는 샘 웨스팅이 진짜 삼촌이라고 주장. 안젤라는 바이올렛 웨스팅과 닮았음. 어떻게 보면 더 늙었다는 것만 빼면 그레이스를 닮기도 함.

샌디가 펜을 만지작거렸다.

"제가 기록하지 않은 게 하나 있어요. 말해서는 안 되는 건지도 모르는데, 판단은 판사님이 내려주세요. 제이크 웩슬러는 도박꾼이에요."

그는 그 말을 하지 말았어야 했다.

"시시한 정도일 거예요, 맥서더스 씨. 샘 웨스팅에 비하면 아무것도 아니잖아요. 샘 웨스팅은 사람들을 조종하고 근로자들을 속이고 관리에게 뇌물을 바치고 남의 아이디어를 훔쳤지만, 담배를 피우거나 술을 마시거나 경마로 도박을 하지는 않았어요. 그렇게 착하고 깨끗하게 사는 사람이 도박 좀 하면 어때요?"

샌디의 얼굴이 새빨개졌다. 그는 뒷주머니에서 가운데가 움푹 들어간 병을 꺼내 몇 모금 마셨다. 판사는 자기가 좀 심했나 싶었다.

"제가 술 한 잔 대접할까요, 맥서더스 씨?"

"괜찮습니다, 판사님. 제 스카치가 더 좋습니다."

"윈드클로펠!"

판사가 너무도 갑자기 소리를 지르는 바람에 샌디는 술이 코로 들어가 버렸다.

"그레이스 웩슬러의 처녀적 이름이 윈저가 아니라 윈드클로펠이에요!"

판사가 외치면서 샌디의 노트를 뒤졌다.

"여기 있어요. '버드 에리카 크로우. 전남편 이름 : 윈디 윈드클로펠.'"

샌디는 기침을 멈추고 웃기 시작했다.

"그레이스 윈저 웩슬러가 누군가와 관련되어 있는 것만은 사실이군요. 샘 웨스팅이 아니라 청소부 아주머니지만. 아주머니도 알까요?"

"글쎄요. 아직은 관련이 있다고 속단할 수 없죠. 크로우의 자료 원본을 다시 봐야겠어요."

"윈드클로펠이 확실해요. 옮겨 적고 나서 철자가 맞는지 세 번씩이나 확인했는걸요."

판사는 사립탐정의 보고서를 다시 읽어 보았다.

"맥서더스 씨, 윈드클로펠이 맞긴 한데, 여기 나온 여자의 이름을 잘 보세요."

버드 에리카 크로우요? 알고말고요. 크로우는 아버지와 함께 우리집 위층에 살았어요. 우린 절친한 친구였죠. 거의 친자매나 다름없었어요. 난 크로우의 예쁜 얼굴과 긴 금발머리를 몹시 부러워했답니다. 크로우는 윈드클로펠이라는 남자와 결혼하기 위해 학교를 그만두었어요. 그 이후론 만나지도 못하고 소식도 끊어져 버렸죠. 크로우한테 무슨 문제가 있는 건 아니겠죠?

─ 녹음된 '시빌 펄래스키'와의 면담 내용을 옮겨 적은 것임.

11월 12일

"펄래스키!"
샌디가 말했다.
"그냥 펄래스키가 아니라 시빌 펄래스키예요. 샘 웨스팅은 크로우의 어린 시절 친구 시빌 펄래스키를 유산 상속자로 부르려고 했다가 대신 시델 펄래스키를 지정한 거예요."
"전, 전혀 몰랐어요. 내가 이렇게 멍청하다니까. 그런데, 그게 어떤 의미가 있죠?"
"어떤 의미가 있냐면요, 맥서더스 씨, 샘 웨스팅이 첫번째 실수를 했다는 거예요."

188

20
고백

웨스팅의 유산 상속자들에게 금요일은 너무도 빨리 다가왔다. 시간이 다 되어가고 있었다.

터틀은 급기야 학교를 빼먹는 지경에까지 이르렀다. 지금까지 부린 말썽으로도 모자라서……. 하지만 일단 백만장자가 되기만 하면 아예 학교를 세워서 친절한 개인 선생님을 고용하지, 뭐.

터틀이 옆에 있는데도 플로라는 끝없이 움직이고 있는 전광판에서 눈길을 떼지 않았다. 이젠 하도 물어뜯어 남아 있지도 않은 손톱을 잘근잘근 씹으며, WPP가 지나갈 때마다 "어머나 세상에!"를 연발하고 있었다. 두 시에 웨스팅제지주식회사 주식은 한 주당 오십이 달러에 팔렸다. 십오 년 만에 최고 기록이었다.

"지금이에요, 바바. 파세요!"

더그 후는 합법적으로 수업을 빠졌다. 내일이 육상대회 날이기 때문이다. 그는 전속력으로 달리고 또 달렸다. 육상 트랙 위가 아니라 오티스 앰버의 뒤를 쫓아서, 쇼핑센터와 선셋타워를 왕복…… 어, 이번엔 다른 방향이네. 오티스 앰버는 배달용 자전거를 어떤 하숙집 앞에 세워두고 안으로 들어갔다. 더그는 두 시간 동안 그 근처를 뛰어다녔지만 여전히 오티스 앰버는 흔적도 없었다. 더그는 춥고 배가 고팠다. 하지만 다행히도 발은 더 이상 아프지 않았다. 지난밤 웩슬러 박사에게 물집이 생겼다고 말했더니 웩슬러 박사는 그의 아버지에게 가 보라고 말했다. 왜 하 필이면 많고 많은 사람들 중에 우리 아버지야? 하지만 아버지의 종이 깔창은 대단한 효과가 있었다.

오티스 앰버가 하숙집에서 나온 것은 다섯 시나 되어서였다. 그는 빈손으로 자전거에 올라 타 선셋타워로 돌아왔다. 더그의 임무는 거의 끝나가고 있었다. 그런데 테오는 어디 있지?

테오는 병원 응급실에서 반창고를 붙이고 있었다. 실험을 하다가 약간의 계산 착오가 있었던 것이다. 다행히도, 실험실이 폭발할 때 주위에는 아무도 없었다.

"폭탄을 갖고 노는 걸 좋아하니?"

폭탄 처리반 중의 한 사람이 물었다. 고등학생이 폭발물 사고를 내는 것은 드문 일이 아니었지만, 이 학생은 선셋타워에 살고 있기 때문이다.

"화학 비료를 실험하고 있었어요."

테오는 의사가 어깨에서 유리 조각을 꺼내는 동안 신음소리를 내면서 대답했다.

"첫번째 폭탄은 너희 커피숍을 날려 버렸지? 너의 어머니와 아버지는 아주 열심히 일하고 계시고?"

"저보다도 다 열심히 일하시죠. 왜 그런 걸 물어보세요? 아저씨네 반장님이 선셋타워의 폭발은 폭죽 때문이라는데."

"물론 그렇지. 하지만 폭파광들은 점점 더 큰 폭발을 일으키는 습관이 있거든. 잡힐 때까지 말이야."

테오에겐 알리바이가 있었다. 그는 세 번째 폭탄이 터질 때 웩슬러의 아파트 근처에는 얼씬도 하지 않았던 것이다. 수사관은 부주의하게 화학 실험을 하면 안 된다고 경고했지만, 그럴 필요가 없었다. 테오는 큰 교훈을 몸으로 배우고 있었기 때문이었다.

"아야!"

<hr />

마침내 커피숍 주인이 배달을 왔다. 판사는 음식을 놓을 자리를 가리켰다.

"테오도라키스 씨. 바이올렛 웨스팅과의 관계를 말해 주시겠어요? 실례가 되는 줄은 알지만 한 생명이 위태로워서 그래요."

그는 그 질문을 예상하고 있었다.

"전 웨스팅 타운에서 성장했습니다. 제 아버지가 공장 감독이었거든요. 바이올렛 웨스팅과 저는 소위 장래를 약속한 사이였습니다. 하지만

제가 결혼할 능력이 되었을 때 그녀의 어머니가 우리를 갈라놓았죠. 그
분은 바이올렛이 더 중요한 지위에 있는 사람과 결혼하기를 원했던 것입
니다."

판사는 그의 말을 가로막지 않을 수 없었다.

"그녀의 어머니라고요? 그럼 결혼을 주관한 게 샘 웨스팅이 아니라 웨
스팅 부인이라는 말씀이세요?"

조지 테오도라키스는 고개를 끄덕였다.

"맞아요. 샘 웨스팅은 바이올렛을 자기 사업에 끌어들이려고 했습니
다. 제 생각엔 언젠가는 제지회사를 그녀에게 물려 줄 생각이었던 것 같
아요. 하지만 바이올렛은 교사를 하겠다고 굳게 마음먹고 있었어요. 게
다가, 바이올렛에게는 사업 수완이 별로 없었거든요. 그 이후로 그녀의
아버지는 그녀에게 큰 관심을 기울이지 않았습니다."

"계속해 보세요."

판사가 증인에게서 시선을 떼지 않고 말했다.

말하기가 점점 고통스러운지, 테오도라키스는 몇 번씩이나 말을 끊었다.

"웨스팅 부인은 결국 그 정치 지망생을 골랐습니다. 언젠가는 그가 백
악관의 주인이 되고 자기 딸은 영부인이 될 거라고 생각했나 봐요. 하지
만 바이올렛은 그 자가 썩어빠진 싸구려 정치꾼에 불과하다는 것을 알았
습니다. 바이올렛은 유순한 외동딸이었기 때문에 어머니 말에 거역할 수
는 없었지만 도저히 그 자와는 결혼할 수 없었습니다……. 그래서 해결
방법이라고 생각한 것이……. 웨스팅 부인은 바이올렛이 죽고 나서 미쳐
버렸고 전… 아닙니다, 벌써 오래 전 일인걸요."

"감사합니다, 테오도라키스 씨"

판사가 심문을 마치면서 말했다. 이 남자는 이제 다른 삶을 살며 다른

사람을 사랑하고 다른 문제를 가지고 있었다.

"정말 감사합니다. 큰 도움이 됐습니다."

샌디는 그에 관한 노트를 완성할 수 있었다.

• 테오도라키스

테오 테오도라키스. 나이 : 17. 고등학교 3학년. 아버지가 경영하는 커피숍에서 아르바이트. 작가가 되는 것이 꿈, 체스를 같이 둘 사람을 찾지 못해 외로워 보임.

크리스토스 테오도라키스. 나이 : 15. 위 테오의 동생. 4년 전 걸린 병으로 휠체어 생활. 새에 관한 지식이 풍부.

웨스팅과의 관계 : 아버지 샘 웨스팅의 딸(안젤라 웩슬러와 닮음)과 장래를 약속한 사이였음. 웨스팅 부인이 둘 사이를 갈라놓았음. 그녀는 자기 딸이 다른 사람과 결혼하기를 원했으나, 바이올렛 웨스팅은 결혼식 직전에 자살.

위의 부모 중 어느 한 편도 유산 상속자는 아님.

"병원에서 크리스에게 실험하고 있는 새로운 약품이 효과가 있답니다. 하지만 그 불쌍한 아이에게 정말로 필요한 것은 약이 아니에요. 그 아이가 아주 영리하다는 건 아시죠? 크리스는 과학자나 대학교수가 될 수 있어요. 하지만 그런 장애가 있는 아이를 대학에 보내려면 그 애의 가족이 감당할 수 없는 막대한 돈이 들어요."

"난 그 아이의 부모에게 더 관심이 끌리는군요. 그들이 왜 유산 상속자로 선택되지 않았을까요?"

판사가 말했다.

샌디는 그것에 관해서도 생각하던 것이 있었다.

"샘 웨스팅은 이미 결혼한 조지 테오도라키스를 더 이상 괴롭히고 싶지 않았나 보죠. 아니면 커피숍 일이 너무 바빠서 게임에 참가할 수 없으리라 생각했든지. 그것도 아니면 그가 바이올렛을 데리고 도망쳤더라면 바이올렛이 죽지 않았을 거라고 그를 탓하는 것인지도 모르고요."

"아니에요. 샘 웨스팅이 정말로 테오도라키스 씨를 탓했다면 이 끔찍한 게임에 억지로라도 참가시켰을 거예요. 여긴 추측이 무성해요. 그거야말로 샘 웨스팅이 바라던 것이죠. 주의가 흐트러져서 정말 중요한 문제를 놓쳐선 안 돼요. 샘 웨스팅이 정말로 벌주고 싶은 상속자가 누구일까요?"

"그에게 가장 큰 상처를 준 사람이 아닐까요?"

"그런 사람이 누가 있겠어요?"

"그의 딸을 죽게 한 사람?"

"바로 그거예요, 맥서더스 씨. 샘 웨스팅은 자기 딸의 자살에 책임이 있는 사람을 노리고 음모를 꾸민 거예요. 바이올렛 웨스팅으로 하여금 그녀가 쳐다보고 싶어 하지도 않는 사람과 결혼을 하게 강요한 사람 말이에요."

"그럼 웨스팅 부인이잖아요? 그건 불가능해요. 판사님. 웨스팅 부인은 유산 상속자가 아니잖습니까?"

"난 그렇다고 봐요, 맥서더스 씨. 샘 웨스팅의 전 부인은 틀림없이 유산 상속자 가운데 있을 거예요. 웨스팅 부인이 해답이에요. 누가 진짜 웨스팅 부인이든 간에, 우린 그녀를 보호해야 해요."

21
네 번째 폭탄

2C호 아파트의 문이 벌컥 열렸다. 플로라는 비명을 질렀고, 터틀은 세고 있던 돈더미 위로 몸을 날렸다.

문을 연 사람은 도둑이 아니라 테오였다.

"네 자전거 좀 몇 시간만 빌려 줄래? 아주 중요한 일이라서."

테오는 더그처럼 빨리 뛰지 못하기 때문에 오티스 앰버를 뒤쫓는 데 자전거가 필요했다.

터틀은 잠자코 그를 노려보았다.

"엘리베이터 안에 쪽지를 붙인 건 내가 아니야. 그리고 넌 벌써 날 걸어 찼잖아. 그렇지 말고 터틀, 좀 빌려줘."

터틀은 그래도 대답을 하지 않았다. 버릇없는 계집애.

"오늘 경찰하고 오랫동안 얘기를 했는데, 난 폭파범이 누군지 끝까지 말하지 않았어."

"그게 무슨 소리야?"

무슨 소리는. 모두들 터틀이 폭파범이라는 사실을 알고 있다는 소리지.

"아무것도 아니야. 자전거 빌려 줄래, 안 빌려 줄래?"

"어디다 쓰려고?"

테오는 이를 빠드득 갈았다. 참자. 화를 내는 것은 협박보다 더 좋지 않은 결과를 가져온다. 마음을 가다듬자!

"오늘 병원에서 안젤라를 봤어. 너에게 안부 전해 달라더라."

"그건 또 무슨 소리야?"

"자전거 좀 빌려 달라는 소리야. 터틀 웩슬러! 안 그러면……."

터틀은 '안 그러면……' 다음이 뭔지 물을 필요도 없었다. 경찰-폭파범-안젤라. 테오가 어떻게 알았지?

"자!"

터틀은 열쇠 뭉치를 던지고 나서 테오가 나갈 때까지 기다렸다가 다시 돈을 세기 시작했다.

"참 좋은 아이야."

플로라가 말했다.

"그럼요."

터틀은 병원 전화번호를 눌렀다.

"325호실, 안젤라 웩슬러요."

"325호실 환자는 아무 전화도 받지 않겠답니다."

터틀은 전화를 끊었다. 테오가 안다면 다른 사람들도 알겠지. 안젤라는 자기가 잡히고 싶어서 폭죽을 터뜨렸지만, 이제 상황은 엉뚱하게 변했다. 터틀은 뭐가 뭔지 혼란스러워서 두려웠다. 지금 당장이라도 사람들이 자백을 강요하면 어떡하지. 터틀의 크고 푸른 눈은 죄책감으로 가득했다. 어쩌면 지금이라도 사람들이 심문을 시작할지 몰라.

"바바, 저 몸이 안 좋아요. 집에 가서 좀 자야겠어요."

터틀의 자전거로 퇴근 시간의 교통 체증을 뚫고 테오는 크로우와 오티스가 타고 있는 버스를 뒤쫓아 갔다. 그들은 철길을 건너서 도시의 뒷골목에서 내렸다. 그곳은 빈민가였다. 물이 고여 있어 악취가 진동하는 거리를 지나갔다. 그들은 가다가 문간에 지저분한 몰골의 부랑자들이 웅크리고 있는 걸 보면 일으켜 세워서 다 무너져 가는 건물 앞으로 데려갔다. 창에 페인트로 '수프구제사업단' 이라고 쓴 글씨가 벗겨진 건물이었다.

한 술주정뱅이가 테오에게 더러운 손을 내밀었다. 그는 자비심이라기보다 두려움에서 25센트짜리 동전을 그 손 안에 떨구었다.

마지막 부랑자의 행렬이 찬송가를 부르면서 문 안으로 사라졌다. 테오는 김이 서린 수프구제사업단의 유리창에 얼굴을 바짝 갖다 댔다. 가지각색의 부랑자들이 나무 의자에 앉아 있는 게 보였다. 그 앞에는 깔끔한 검은 드레스를 입은 크로우가 서서 무너져 내릴 듯한 천장을 향해 두 손을 들고 있었다. 그 뒤에서는 오티스 앰버가 큰 쇠솥에서 끓고 있는 무언가를 휘젓고 있었다.

테오는 열심히 페달을 밟아 선셋타워로 돌아왔다. 크로우와 오티스 앰버가 빈민굴에서 무슨 일을 하는지는 그가 알 바가 아니었다. 그는 그들을 훔쳐본 자신이 미웠다. 그는 샘 웨스팅과 그의 더러운 돈과 그의 더러운 게임이 싫었다. 테오의 기분은 몰래 훔쳐본 부랑자들만큼이나 비참했다.

판사는 유산 상속자들의 노트를 완성했다고 생각했다.

"아직 완성되지 않았어요."

샌디가 말했다.

• 맥서더스

알렉산더 맥서더스. 일명 샌디. 나이 : 65. 출생지 : 스코틀랜드 에든버러. 세 살 때 위스콘신으로 이민.

교육정도 : 중학교 2학년.

직업 : 공장 근로자, 노조 결성, 프로 권투 선수, 수위, 기혼, 자녀 여섯, 손자 둘.

웨스팅과의 관계 : 웨스팅제지공장에서 20년간 근무. 노동조합을 결성하려다 샘 웨스팅에게 해고당함. 연금 혜택 없음.

샌디는 노트의 빈 곳을 펼친 다음, 부러진 다리를 테이프로 감은 안경을 코 위로 밀어 올리고 판사를 바라보았다.

"이름을 말씀해 주세요."

자기 짝에게 조사당하는 건 기분 좋은 일은 아니었지만, 맥서더스가 옳았다. 이건 웨스팅 게임이니까 말이다. 물론, 판사는 다른 유산 상속자에 관한 몇 가지 사실을 그에게 말하지 않은 것이 있었지만, 그건 순전히 그의 가벼운 입을 믿지 못하기 때문이었다.

"조시-조 포드. 조시와 조 사이에 줄을 그어야 해요."

"나이는?"

"마흔 둘. 교육정도 : 콜럼비아대학, 하버드 법대."

판사는 샌디가 괴발개발 그리는 글씨나마 느릿느릿 다 적을 때까지 기다렸다. 그는 중학교 2학년까지밖에 학교에 다니지 못했지만, 그 이상으로 똑똑하다는 것을 입증하기 위해 아주 신중을 기하고 있었다. 정말로 그가 더 배우지 못한 것은 안된 일이었다. 참 똑똑한 사람인데.

"직업은요?"

"주 대법원 가정법원항소심 판사. 항소, 심이에요. 미혼. 자녀 없음."

"웨스팅과의 관계는요?"

판사는 잠깐 뜸을 들였다가, 샌디가 받아 적을 수 없을 정도로 아주 빠르게 말했다.

"어머니는 웨스팅 집안의 하녀였고, 아버지는 철도 근로자였는데, 쉬는 날이면 정원사 노릇을 했어요."

"그럼 웨스팅 저택에서 살았단 얘기예요?"

샌디가 놀라움을 감추지 못하면서 물었다.

"웨스팅 가족을 잘 알겠네요?"

"웨스팅 부인은 거의 본 적이 없어요. 바이올렛은 나보다 몇 살이 어렸는데 인형처럼 예뻤던 기억이 나요. 바이올렛은 다른 아이들과 함께 노는 것이 허락되지 않았죠. 특히 깡마르고 다리가 길고 검둥이인 하녀의 딸과는."

"세상에, 같이 놀 상대가 없었으니 판사님도 무척 외로웠겠군요."

"난 샘 웨스팅과 놀았어요. 체스를 두었죠. 난 체스판을 내려다보며 몇 시간씩 앉아 있었어요. 그는 나를 가르쳐 주기도 하고 모욕을 주기도 하면서 게임 때마다 이겼죠."

판사는 마지막 게임을 떠올렸다. 그녀는 그의 여왕을 따먹을 수 있게 되자 몹시 흥분했지만 결국 외통수로 당하고 말았다. 웨스팅은 자기 여왕을 교묘히 희생해서 그녀를 유인했던 것이다.

"이 멍청한 계집애. 네 빠글빠글한 머리는 그 정도밖에 안 돌아가냐?"

그것이 판사가 그에게서 들은 마지막 말이었다.

"난 열두 살 때 기숙학교에 보내졌어요. 부모님은 틈이 나면 날 찾아왔지만 다시는 웨스팅 저택에 발을 들여놓지 않다가 2주 전에야 비로소 다시 찾아간 거예요."

"판사님의 부모님은 정말 열심히 일했겠군요. 교육비가 엄청나게 들었을 텐데."

"내 교육비는 샘 웨스팅이 대주었어요. 그는 내가 최고 학교에 들어가는 것을 보고 내 첫 일자리까지 주선해 주었던 것 같아요. 잘은 모르지만."

"그 노인이 좋은 일을 했다는 얘기는 처음 듣는군요."

"글쎄, 좋은 일이라고 할 수 있을지. 샘 웨스팅은 자기에게 은혜를 입은 판사가 있는 게 자기한테 유리하다고 판단한 거예요. 말할 필요도 없이 난 웨스팅이 조금이라도 관련된 사건은 맡지 않았죠."

"판사님은 자신에게 너무 가혹한 것 같습니다. 웨스팅에게도 그렇고, 웨스팅이 판사님을 가르친 것은 판사님이 머리가 좋고 도움이 필요하기 때문이었을지 몰라요. 나머지는 모두 판사님 자신이 이루었지만."

"그런 얘기 해봐야 아무런 소용도 없어요, 맥서더스 씨. 어서 쓰세요. 웨스팅과의 관계 : 샘 웨스팅이 교육비를 대 줌. 빚은 갚지 않음."

꿈꿈꿈

빈민가를 염탐하고 나서 화가 난 테오는 엘리베이터 단추에 화풀이를 했다. 엘리베이터가 로비에 내려올 때까지 '올라감' 단추를 주먹으로 쾅쾅 때렸던 것이다. 문이 서서히 열렸다. 그런데 갑자기 그 안에서 불꽃이 튀더니 로켓 여러 개가 테오의 머리 위로 발사되었다. 쾅! 쾅! 로켓은 카펫 위를 통통 튀며 로비 안을 흰 연기로 자욱하게 만들고 나서 열린 문으로 날아가 밤하늘에 화려한 불꽃놀이를 벌였다. 엘리베이터 문이 스르르 닫혔다.

폭파범은 한 가지 실수를 했다. 엘리베이터가 3층에 올라왔을 때에야 마지막 로켓이 발사된 것이다. 쾅!

폭탄 처리반이 현장에 도착했을 때(계단을 이용해서)는, 연기는 다 빠지고 웬 여자 아이 하나가 거북이 같은 얼굴을 눈물범벅으로 만들고 복도에 퍼질러 앉아 있었다.

"제발, 어디가 아픈지 말 좀 해봐라."

그 고통을 어찌 말로 다 표현할 수 있겠는가? 꽁지머리가 13cm나 불에 그을려 버렸는데.

그레이스가 경찰관에게 달려들었다.

"유치한 아이들 장난이라고 그랬죠. 이게 유치한 장난이에요? 내 두 딸이 심각한 상처를 입고 거의 죽을 뻔했는데? 더 늦기 전에 어서 무슨 조치를 취해 줘요!"

그레이스의 악다구니에는 아랑곳하지 않고 경찰관은 엘리베이터에 붙은 쪽지를 떼었다.

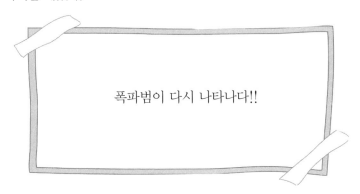

폭파범이 다시 나타나다!!

쪽지 뒤에는 터틀이 글짓기 숙제로 썼던 글이 쓰여 있었다.

"여름방학을 어떻게 보낼 것인가?"

그레이스는 종이를 낚아채 플로라의 팔에 안겨 있는 자기 딸 앞에 흔들었다.

"누가 이 종이를 너한테서 훔쳐간 거겠지, 터틀? 설마 네가 그런 무서운 짓을 하진 않았겠지? 네 언니한테? 말해봐, 터틀? 그렇지?"

"변호사를 불러 줘요."

터틀이 말했다.

◦◦◦⟨§⟩◦◦◦

폭탄 처리반은 여섯 시간이나 걸려서 서류를 작성하고 이 비행 소녀를 어디에 수감할 것인지 고심했다. 그런데 모든 것을 고려할 때 판사의 관할 아래 두는 것이 현명하겠다 싶어 4D호 아파트로 데려가기로 결정했다.

포드 판사는 검은 법복을 입고 책상 뒤에 앉았다. 그녀 앞에는 애처롭고 미안한 얼굴로 잔뜩 풀이 죽어 있는 소녀가 서 있었다. 판사가 알고 있는 터틀과는 전혀 달랐다.

"넌 날 놀라게 했어, 터틀 웩슬러. 난 네가 영리해서 그런 위험하고 파괴적이고 어리석은 행동을 할 거라고는 생각 못했는데."

"네 판사님."

"왜 그런 짓을 했니, 터틀? 누군가를 다치게 하기 위해서? 누구에게 복수하기 위해서?"

"아니에요, 판사님."

물론 그럴 리가 없다. 터틀은 정강이를 걷어차는 버릇은 있어도, 오래

앙심을 품는 성격은 아니었으니까.

"어린이는 어른들처럼 심한 형벌은 받지 않는다는 것을 잘 알고 있겠지? 범죄 기록이 남지 않는다는 것도?"

"네. 아니 몰랐습니다. 판사님."

터틀은 누군가를 보호하려 하고 있다. 진짜 폭파범을 감싸고 주의를 분산하기 위해 엘리베이터에 폭죽을 장치한 것이다. 그렇다면 누가 진짜 폭파범이지? 한 사람 한 사람씩 이름을 대가며 터틀을 심문하는 수밖에 없지. 가장 혐의가 적은 사람부터.

"안젤라를 감싸고 있는 거니?"

"아, 아니에요!"

판사는 터틀의 과잉 반응에 놀랐다. 그 상냥하고 아름다운 것이 폭파범일 리는 없는데. 것? 내가 그 젊은 아가씨를 '것'으로 보고 있단 말인가? 그러고 보니 내가 안젤라에게 "곧 결혼한다면서요, 안젤라." 아니면 "정말 아름다워요, 안젤라." 말고 또 무슨 말을 건넸던가. 그녀에게 그녀 자신의 생각이나 희망이나 계획을 물어본 사람이 있었던가? 내가 그런 식으로 대접받았다면 폭죽이 아니라 다이너마이트를 터뜨렸을 거야. 아니, 나 같으면 집을 뛰쳐나가 버렸을 거야. 하지만 안젤라는 달랐어.

"그렇게 무식한 짓을 하면 어떻게 해?"

판사가 터틀에게 큰 소리로 말했다.

"네, 판사님."

터틀은 판사가 왜 안젤라 얘기를 물고 늘어지지 않는지 의아해 하면서 바닥을 내려다보았다.

포드 판사가 일어서서 터틀의 앙상한 어깨에 팔을 둘렀다. 지금만큼 판사 자신에게도 자매가 있었으면 좋겠다고 여긴 적은 없었다.

"터틀, 다시는 폭죽을 터뜨리지 않겠다고 약속해 주겠니?"

"네, 판사님."

"나와 함께 있을 때 고백할 말 없니?"

"있어요. 웨스팅 씨가 죽던 날 밤에 전 웨스팅 저택에 갔었어요."

"세상에, 앉아서 얘기해 보렴."

터틀은 자주색 물결 이야기를 시작했다. 속삭임 소리와 침대에 누워 있던 시체, 떨어뜨린 땅콩버터와 젤리 샌드위치, 어머니의 십자가, 그리고 그 대가로 24달러를 벌었다는 것으로 이야기를 마쳤다.

"너나 더그 후 둘 다 경찰에게 연락하지 않았니?"

"예, 저흰 너무 겁에 질려서 그냥 도망치기만 했어요. 그게 죄가 되나요?"

판사는 살인 행위를 감추는 것은 범죄가 된다고 말했다.

"하지만 웨스팅 씨는 살해당한 것처럼 보이지 않았어요. 꼭 잠자는 것 같았다고요. 관에 누워 있을 때처럼. 어떻게 보면 밀랍 인형 같았어요."

"밀랍 인형?"

이번에는 터틀이 판사의 과잉 반응에 놀랐다. 판사는 정말로 그게 웨스팅의 시체가 아니라 밀랍 인형이라고 생각하고 있는 것이다. 그렇다면 샘 웨스팅은 어떻게 된 거지?

판사가 냉정을 회복했다.

"시체를 발견하고도 신고하지 않은 것은 보건법 위반이지만, 그건 걱정 말아라. 또 할 얘기 없니, 터틀?"

"있어요. 버번위스키를 조금만 주시겠어요?"

터틀이 바를 힐끔거리며 말했다.

"뭐?"

"아주 조금만요. 솜에 적셔서 썩은 이에 틀어막으려고 해요. 이가 너무 아파요."

터틀이 어린이 알코올 중독자가 아니라는 것에 안심한 판사는 가정요법대로 위스키에 적신 솜을 준비했다.

"좀 낫니? 좋아. 이제 집에 가도 좋다."

집에 간다는 것은 바바에게 간다는 것과 같은 뜻이었다. 바바는 여전히 터틀을 사랑해 주었다. 터틀은 다른 사람들이 자기를 폭파범으로 보는 건 상관하지 않았지만, 샌디는 예외였다. 그는 성큼성큼 걷는 걸음걸이로 터틀을 향해 다가오고 있었지만, 얼굴에는 미소가 사라졌다. 내가 언니를 다치게 한 장본인인 줄 알고 나한테 실망했구나. 이제 더 이상 친구로 지낼 수 없다고 하겠지.

"어떠냐?"

샌디가 터틀의 턱 밑에 손을 받치고 들어 올렸다.

"웬 술 냄새야? 속상해서 술이라도 퍼마셨냐?"

"썩은 이가 아파서 술 적신 솜으로 틀어막아서 그래요."

"그래, 전에 그런 치료법을 들어 본 것 같다."

"한번 보세요."

터틀이 입을 쩍 벌렸다.

"이야, 저 충치 좀 봐. 그랜드 캐니언 같구나. 내일 아침 나와 함께 치과에 가자. 말대꾸는 필요 없다. 아주 조심스럽게 치료하니까 전혀 아프지 않을 거야, 갈 거지? 약속해."

터틀은 고개를 끄덕였다.

샌디가 미소를 지었다.

"좋아, 그럼 본론을 이야기하지. 내일 내 아내의 생일이거든. 너의 멋진 줄쳐진 양초가 좋은 선물이 될 것 같아서."

"딱 하나밖에 안 남았어요. 하지만 가장 좋은 거예요. 색깔이 여섯 가지나 되죠. 그걸 만드는 데 굉장히 많은 시간을 들였어요. 그래서 그건 팔지 않고 남겨두었던 거예요. 하지만, 아저씨 부인의 생일이라니까, 5달러만 받고 팔게요. 그리고 판매세도 면제해 드리겠어요."

✃⌘✃

"엉덩이가 너무 뒤로 나오지 않도록 해봐요."

안젤라가 의자에 앉아서 말했다. 시델 펄래스키가 목발에 의지해서 서투르게 앞으로 나가고 있었다.

"그 단서들을 계속 읽어요."

시델이 몸을 쭉 펴고 어깨를 뒤로 젖히고 배를 들이밀고 한 걸음을 더 내디뎠다.

전화선을 뽑고 '면회 사절'이라는 쪽지 밑에 '전염병 환자'라는 말을 덧붙여 쓴 다음에야 두 폭탄 희생자는 그들만의 사생활을 가질 수 있었다. 시델이 단서를 두 번이나 큰소리로 읽은 다음이었다.

GRAINS SPACIOUS GRACE GOOD HOOD

WITH BEAUTIFUL MAJESTIES FROM

THY PURPLE

WAVES ON(NO) MOUNTAIN

"다시, 순서를 바꾸고 온(ON)으로도 한 번, 노(NO)로도 한 번 읽어 봐요."

시델이 명령을 내렸다.

"둘 다 말이 안 되네."

GOOD SPACIOUS GRAINS WITH GRACE

ON THY PURPLE MOUNTAIN HOOD WAVES

FROM MAJESTIES BEAUTIFUL

"쉬잇!"

문 앞에 인기척이 느껴졌다. 안젤라는 문 밑으로 들어온 쪽지를 주웠다.

> 사랑하는 안젤라,
> 문에 써 붙인 메모를 보니 나까지도 만나지
> 않겠다는 뜻으로 받아들여졌소. 이해하오. 우린
> 차분히 생각할 수 있는 시간이 필요해요.
> 기다리겠소. 사랑해요, 덴튼.

"뭐라고 써 있어요, 네? 네?"

시델이 다그쳤지만 안젤라는 추신만 큰 소리로 읽어 주었다.

> 추신. 당신을 좋아하는 사람이 하나 더
> 생겼소. 크리스가 우리 단서 가운데 하나를
> 당신과 펄래스키 양에게 주고 싶어해요
> (플로라 봄배크도 본 것이오). 그 단서는
> '플레인(plain)'이오.

"비행기(airplane) 말인가요?"

시델이 물었다.

"아뇨, 넓은 평원 말이에요."

"평원, 곡식. 안젤라, 빨리 단서들을 다시 읽어 봐요."

GOOD HOOD FROM SPACIOUS PLAIN

GRAINS ON WITH BEAUTIFUL WAVES

GRACE THE PURPLE

MOUNTAIN MAJESTIES

(광대한 평원의 풍성한 수확

아름답게 물결치는 곡식

그대의 자주색 장엄한 산 위에 은총을)

"바로 그거예요, 안젤라. 찾았다! 찾았다!"

시델은 제정신이 아니었다.

"유언장에 '이 관대한 나라를 찬양하라'고 써 있어요. 그리고 '그대의 물질에 신이 축복하시기를' 미국이에요, 안젤라. 미국을 가리키는 거예요. 자주색 장엄한 산. 야호!"

다행인 것은 시델 펄래스키가 목발을 허공으로 던졌을 때 침대가 바로 옆에 있었다는 것이었다.

22
패자와 승자

토요일 아침 엘리베이터 안에는 새로운 쪽지가 붙었다.

> 나, 터틀 웩슬러는 네 번의 폭탄 사건의 범인임을
> 자백합니다. 죄송합니다. 다시는 그런 나쁜 짓을
> 하지 않겠습니다. 하지만! 도둑질이나 살인은 하지
> 않았습니다.
>
>   – 여러분의 친구 터틀
>
> 추신. 여러분을 놀라게 해드린 데 대한 보상으로,
> 제가 유산을 상속 받으면 정통 중국식 요리로
> 여러분 모두에게 한 턱 내겠습니다.

"불쌍한 그레이스. 딸 하나는 거의 죽을 뻔하고 또 하나는 폭파범이라
니. 잘난 녀석, 내 주방을 날려 버리고서 정통 중국 요리로 한턱이 어째?

유산을 상속받으면? 나 참! 내 아들 녀석이 달리기만 하는 것도 다행이
군."

"쾅!"

후 부인이 즐겁게 말했다. 그녀는 그들이 오늘 어디에 가는지를 알았
다. 더그가 아침에 달걀을 여섯 개 먹고 가는 날이면, 큰 운동장을 끝도
없이 돌고 사람들은 박수를 치고 번쩍번쩍 빛나는 메달을 주었다. 더그
는 그 메달들을 아주 자랑스럽게 여겼다. 그녀는 아무리 금메달이라 해
도 받을 생각이 없다. 중국으로 돌아갈 여비를 모으는 데 2년이 더 걸리
더라도 말이다. 그녀는 또 장갑을 낀 생쥐가 시간을 가리키는 멋진 시계
를 팔 생각도 없었다.

⟨⟨⟨⟨🦋⟩⟩⟩⟩

"당신 제정신이 아니군요, 제이크 웩슬러. 육상 경기장에 가면 모두들
날 손가락질하면서 '저기 좀 봐, 저 여자가 카인과 아벨의 어머니야.' 그
렇게 수군거릴 거예요. 오늘밤에 웨스팅 저택에 갈지 말지도 결단을 아
직 못 내리고 있어요."

"그러지 말고, 그레이스. 그게 당신한테 도움이 될 거야."

제이크는 싫다는 아내를 억지로 3층까지 끌고 내려갔다.

"당신만 생각하지 말고 터틀 기분도 좀 생각해 주라고."

"제 앞에서 다시는 그 아이 얘긴 꺼내지도 마세요. 안젤라한테 그런 짓
을 했는데. 제이크 당신에게는 한 번도 그런 말 한 적 없지만, 난 항상 터
틀이 태어날 때 병원에서 실수로 아기가 바뀌었을지도 모른다는 생각을
했어요."

"그럼 우리 모두를 폭탄으로 날려 버리려고 하는 것도 이상한 일이 아니네."

그레이스는 절망이 분노로 폭발했다.

"왜 나한테 책임을 뒤집어씌워요? 사람들을 걷어차는 것에 대해 내가 말했을 때 당신이 그 애 버릇을 고쳐 놨으면 그런 범죄자는 되지 않았을 거예요."

"내가 결혼한 여자는 장난을 너무나 좋아하는 여자였는데……. 그 여자 이름이 뭐였더라, 그레이스 윈드클로펠이었던가?"

그레이스는 재빨리 주위를 둘러보며 그 듣기 흉한 이름을 들은 사람이 없는지 확인했지만 다행히도 그들은 엘리베이터 안에 있었다.

"사람들이 당신을 사람 좋은 남자, 모든 이의 친구, 자칭 실내장식가라고 말하는 건방진 여자와 결혼한 불쌍한 제이크 웩슬러라고 생각하는 거 다 알아요. 하지만 난 안젤라만큼은 가계부를 맞추기 위해 쓸 것 안 쓰고 짠순이처럼 살도록 하지는 않겠어요. 그 애는 진짜 의사랑 결혼하는 거예요. 그건 내가 보장해요."

"어련히 그러시겠소, 그레이스. 당신은 절대로 안젤라를 제 아버지 같은 패배자와는 결혼시키지 않을 사람이야."

진짜 의사? 그럼 발 고치는 의사는 '진짜 의사'가 아니란 말인가? 지금이야 그레이스가 그런 이야기를 하지만 그가 학교에 다닐 때는 달랐다. 그는 그 시절 몇 과목을 더 이수해서 다른 의사가 될 수도 있었지만, 그 무렵 그는 결혼식을 올렸다. 그래, 그레이스의 말이 맞아, 난 패배자야. 다음번에는 유대인과 결혼한다는 이유로 가족들과 연을 끊어야 했던 이야기를 꺼내겠지. 아니야, 그레이스는 다른 결점은 많지만 절대로 그런 이야기를 꺼내는 법은 없어.

엘리베이터 문이 열렸다. 그레이스는 애처로운 눈을 하고 있는 패배자를 향해 고개를 돌렸다.

"제이크, 도대체 우리가 왜 이러죠? 내가 왜 이러는 거예요? 어쩌면 사람들 말이 맞는지도 모르겠어요. 난 못된 사람인가 봐요."

제이크는 '닫힘' 단추를 누르고 흐느껴 우는 아내를 안았다.

"괜찮아, 그레이스. 집에 갑시다."

2층에서 문이 열렸다.

"엄마! 무슨 일이에요, 아빠? 엄마가 울잖아요? 엄마, 죄송해요. 겨우 폭죽 몇 개였어요."

진짜 폭파범이 누구인지 안다면 아마 엄마는 기절초풍을 할 것이다.

터틀은 작은 턱 밑으로 손수건을 묶고 슬퍼보이는 조그만 얼굴을 쏙 내밀고 있어서 그런지 오늘따라 더 거북이처럼 보였다.

"문 좀 열어라, 터틀. 그리고 육상 경기장에서 즐거운 시간 보내거라. 당신도요, 봄배크 부인."

육상 경기장? 그들은 육상 경기장에 가는 게 아니었다. 그리고 그들은 즐거운 시간을 보낼 수도 없었다.

그레이스는 제이크의 어깨에 기댄 채 여전히 흐느끼면서 아파트 안으로 들어갔다.

"어머니, 왜 그러세요? 어떻게 된 거예요, 아빠?"

"아무것도 아니다, 안젤라. 네 어머니도 마음껏 울고 싶을 때가 있는 거야. 우리끼리만 있게 해주겠니?"

"가요, 안젤라. 가서 페인트칠을 해야 해요."

시델이 어울리지 않는 목발 하나를 들어 안젤라를 쿡쿡 찌르며 말했다.

안젤라는 포옹을 하고 있는 부모님의 모습을 돌아보았다. 아버지는 얼굴을 어머니의 헝클어진 머리카락 속에 파묻고 있다. 두 분은 안젤라에게 병원에서 어떻게 집에 왔느냐고 묻지 않았다(택시 타고 왔어요). 그들은 아직도 아프지 않느냐고 묻지도 않고(그렇게 많이는 아프지 않아요), 심지어는 뺨에 흉터가 남을지 걱정하면서 붕대를 들춰 보지도 않았다(흉터는 남았죠). 안젤라는 드디어 한 사람의 성인으로서의 대우를 받은 것이다. 그게 안젤라가 원하는 것이었나? 맞다! 안젤라는 좋아서 웃다가, 얼굴이 아파서 황급히 손을 갖다 대야 했다.

"내가 웃겨 보여요?"

"아니오. 펄래스키 양을 보고 웃은 게 아니에요. 전 당신을 비웃은 적은 한 번도 없어요. 갑자기 모든 게 잘 된 것 같아서 그래요."

"잘 되고 말구요."

시델이 자기 아파트 문의 4중 자물쇠를 열면서 대답했다.

"오늘밤은 우리가 결국 승리를 거두는 밤이 될 테니까."

과연 그럴까? 유언장에는 이름을 찾으라고 그랬는데, 그들이 찾은 건 노래지 이름이 아니지 않은가?

"'O beautiful for spacious skies

for purple waves of grain

(넓은 하늘과 자주색 곡식의 물결이 아름다운).'"

"자주색이 아니라 노란색(amber : 앰버)이에요, '노란 곡식의 물결(for amber waves of grain).'"

앰버!

포드 판사는 바닥을 내려다보았다. 그녀가 막지 않으면 오늘밤 샘 웨스팅은 복수를 감행하고 말 것이다. 판사의 생각이 옳다면 말이다! 위험에 처해 있는 사람은 예전에 웨스팅 부인이었던 그 누군가이다. 그리고 터틀이 본 게 밀랍 인형이 틀림없다면, 샘 웨스팅은 숨어서 그 장면을 보며 즐길 것이다.

노크 소리가 들렸다. 판사는 찾아온 사람이 덴튼 디어인 것을 보고 깜짝 놀랐다. 더 놀라운 것은, 그가 크리스 테오도라키스를 휠체어에 태우고 들어왔다는 것이다.

"안녕하세요, 판사님? 다른 사람들은 모두 육상 경기장에 갔나 봐요. 오다가 샌디를 만났는데 오후 동안 판사님이 크리스를 기꺼이 돌봐 주실 거라고 하더군요, 저는 병원에 돌아가 봐야 합니다."

"안녕하세요? 포, 포드 판사님."

크리스가 떨리지 않는 손을 내밀어 판사와 악수를 나누었다.

"건강해 보이는 구나, 크리스."

"약이 크, 큰 도움이 됐어요."

"병세가 크게 호전되었습니다."

덴튼이 말했다. 하지만 그건 틀린 말이었다. 크리스는 평생 다시는 휠체어를 떠날 수 없다.

"현재 훨씬 더 효과적인 약품을 개발 중에 있습니다."

그 말은 거의 허풍처럼 들렸다.

"그럼, 잘 있거라, 크리스. 오늘밤에 보자. 고맙습니다, 판사님."

"저 분은 어, 어려운 많이 알아요."

"그렇구나."

포드 판사가 대답했다. 여기서 이 아이를 데리고 뭘 하지? 생각할 일도 많고 계획을 세울 일도 많은데.

"파, 판사님은 일하세요. 저는 새를 과, 관찰할게요."

크리스가 휠체어를 창가로 굴리며 말했다. 그의 가슴팍에는 쌍안경이 매달려 있었다.

"좋은 생각이야."

판사는 신문기사를 조사하러 책상으로 되돌아갔다.

웨스팅 부인 : 키가 크고 깡마른 여성. 지금은 살이 쪘을지는 모르지만 키는 여전히 클 것이다. 나이는 예순 살가량. 샘 웨스팅의 전 부인이 유산 상속자 가운데 있다면, 그럴 만한 사람은 크로우밖에 없다.

"판사님!"

크리스가 외치는 바람에 판사는 깜짝 놀라 서류들을 바닥에 떨어뜨렸다. 그녀는 크리스에게 무슨 일이라도 난 줄 알고 허겁지겁 그에게로 달려갔다.

"저기 좀 보세요, 판사님. 정말 아, 아름답죠?"

가을 하늘 높이 기러기 떼가 V자를 그리며 남쪽을 향해 날아가고 있었다. 과연, 아름다운 광경이었다.

"기러기야."

판사가 설명했다.

"학명은 브란타 카, 카나덴시스예요."

크리스가 대꾸했다.

판사는 놀랐지만 할 일이 있었다. 그녀는 서류를 챙겨 들다가, 샘 웨스팅의 얼굴과 마주쳤다. 15년 전에 찍은 사진이었다. 날카로운 눈매, 뾰족한 턱수염, 짧은 매부리코(터틀과 비슷한). 관에 누워 있던 밀랍 인형은 지금이 아니라 15년 전의 모습대로 만들어진 것이다. 판사는 서류를 뒤적였다. 최근의 사진이나 병원기록이나 사망진단서 같은 것은 없고, 고속도로 주립 경찰의 사고 보고서만 한 부 있었다. 시드니 사익스 박사는 다리가 부러지고 새뮤얼 W. 웨스팅은 얼굴을 심하게 다쳤다고 돼 있었다. 얼굴을 다쳤다고! 그러니까 십오 년 전에 사라진 것은 그의 예전 얼굴일 뿐, 그가 사라진 것은 아니었다! 웨스팅은 성형수술로 얼굴을 바꾸었을 것이다. 얼굴뿐 아니라 이름까지 바꾸었겠지.

이제 어떻게 하지? 판사는 창가에 있는 크리스에게 눈길을 고정시켰다. 크리스는 판사의 시선을 느끼고 뒤를 돌아보았다. 크리스는 정말 아름다운 미소를 지니고 있었다.

⚜

"이를 새로 하는 것보다는 충치를 때우는 게 좋겠어요."

터틀은 치과 의사 앞에서 의자 팔걸이를 꼭 쥐며 말했다. 벽에 있는 유리 진열장 속에서는 세 줄로 놓인 틀니들이 터틀을 향해 '씩' 웃고 있었다.

"가짜 이로 만든 틀니가 더 진짜처럼 보이지 않니? 자연계에는 완벽한 것이란 존재하지 않아. 자, 입을 크게 벌려라. 더."

"으악!"

터틀은 이를 건드리기도 전에 비명을 질렀다.

"안심해요, 아가씨. '으악'이라는 말은 내가 하라고 할 때만 하면 돼."

216

터틀은 다른 일들을 생각하려고 애썼다. 가짜 이, 뻐드렁니. 오늘 아침 폭탄으로 인한 손해를 배상하라는 말을 하기 위해 들른 바니 노드럽의 뻐드렁니가 생각났다. 바니 노드럽은 터틀의 부모에게는 '무책임'하다는 말을 했고, 터틀에게는 그보다 훨씬 더 나쁜 소리를 했다. 그는 터틀에게 걷어차이고서 굉장히 놀랐을 것이다. 터틀이 여태껏 그렇게 세게 걷어찬 적은 없으니까 말이다.

"이젠 '으악'이라고 해도 된다."

치과 의사가 터틀의 어깨에서 페이퍼 타월을 벗겨 냈다.

터틀은 드릴이 지나간 이를 혀로 만져 보았다. 치료할 때는 아무것도 느끼지 못했지만 정작 고통은 이제부터였다. 플로라가 터틀의 꽁지머리를 자르러 미용실로 데려간 것이다.

<hr>

다섯 개의 주에서 온 대학 팀들이 첫 실내 육상 시즌에서 경합을 벌였지만, 가장 큰 경기인 1.6km 경주에서는 고등학교 3학년 학생이 우승을 거두었다.

"저 애가 내 아들이라오. 더그!"

수천 명 관중의 환호성 가운데는 이렇게 외치는 후의 외침 소리도 섞여 있었다. 카메라 플래시가 터지는 가운데 더그는 활짝 웃으면서 검지로 하늘을 찌르는 포즈를 취했다.

"모두가 제 아버지 덕택입니다."

그가 기자들에게 이렇게 말하고 대견한 얼굴을 하고 있는 후를 부둥켜 안자 플래시가 다시 펑펑 터졌다. 다음 올림픽까지만 기다려라. 발명가는 속으로 생각했다. 더그의 다리와 그의 신발 깔창만 있으면 올림픽 우승도 문제가 아니었다.

그날 저녁 후 부인은 알아들을 수 없는 중국말로, 더그에게 웨스팅 저택에 갈 때 우승 메달을 목에 걸고 가라는 뜻을 전했다. 그녀는 까치발로 서서 빛나는 금메달을 그의 목에 걸어 주었다.

"잘했다."

그녀가 영어로 말했다.

샌디는 슬픈 표정으로 4D호로 돌아왔다.

"안녕, 크리스. 판사님, 얘기해 보셨어요?"

"누구하고 얘기를 해요?"

"바니 노드럽이요. 육상대회에서 돌아와 보니 그 사람이 정문에서 기다리고 있더라고요. 그는 노발대발하면서 제가 근무를 게을리하고 근무시간에 술을 마신다면서 퍼부어댔어요. 그 자리에서 전 해고당했어요. 그래서 판사님을 만나보라고 말했죠. 판사님이 그에게 한말씀만 해 주시면 제가 해고당하지 않을 것 같아서요."

"미안해요, 맥서더스 씨. 하지만 난 이 아파트에 이사 오고 나서 바니 노드럽을 한 번도 못 봤어요."

바니 노드럽. 그 사람 혹시 웨스팅이 아닐까? 가짜 뻐드렁니를 붙이고 검은 가발을 뒤집어쓰고 구레나룻을 붙여서 변장한?

"하긴, 제가 정당한 이유도 없이 해고당한 건 이번이 처음은 아니죠."

실망한 샌디는 웨스팅 남자용 손수건에 팽하고 코를 풀었다.

"크리스, 너 머리가 빨간 딱따구리의 라틴어 학명을 아니?"

그건 어려운 문제였다. 크리스는 가까스로 느릿느릿 '멜라네르페스 에리크로세팔루스'라고 대답했다.

"정말 영리한 아이야. 크리스, 판사님과 난 상의할 문제가 있는데 잠깐만 실례해도 되겠지?"

포드 판사는 샌디를 데리고 부엌으로 갔다.

"우리의 게임 계획은 이거예요, 맥서더스 씨. 우린 답을 말하지 않는 거예요. 아무것도. 우리의 임무는 웨스팅의 전 부인을 보호하는 데 있어요."

"혹시 크로우 아니에요?"

"맞았어요."

"그것 말고도 성가신 문제가 있습니다, 판사님. 이상하게 들릴 줄은 알지만, 오티스 앰버가 식료품 가게 지하에서 살지도 않고, 겉으로 보이는 것처럼 멍청한 사람도 아니라는 거예요. 그 사람, 시시콜콜히 캐면서 돌아다니며 말썽을 일으키는 게, 아무래도 자기 신분을 속이고 있는 것 같아요."

"그럼 오티스 앰버가 진짜로 누구라고 생각하세요?"

"샘 웨스팅."

포드 판사는 찬장에 머리를 기댔다. 만일 샌디의 추측이 옳다면, 그녀는 바로 샘 웨스팅의 손 안에서 놀아나고 있었던 것이다.

❧

"빨리 와요, 크로우. 당신은 언제나 먼저 가서 사람들에게 문 열어 주는 걸 좋아했잖아요."

크로우는 가파른 길 한가운데 멈춰 서서 웨스팅 저택을 올려다보고 있었다.

"저 위에서 무언가 불길한 일이 날 기다리고 있는 것만 같은 예감이 들어요, 오티스. 저긴 비참함과 죄악으로 가득 찬 나쁜 집이에요. 그 사람은 아직도 저기 있어요."

"샘 웨스팅은 죽어서 무덤에 묻혔어요. 빨리 갑시다. 우리가 가지 않으면 그 돈을 돌려주어야 해요. 그런데 우린 벌써 그 돈을 수프구제사업에 써 버렸잖아요."

"난 그를 느낄 수가 있어요, 오티스. 그는 살인자를 찾고 있어요. 바이올렛을 죽인 사람을."

"괜히 말도 안 되는 상상 때문에 겁먹지 말아요. 그러다가 알코올 중독에 걸리려고 그래요?"

크로우가 성큼성큼 걸어가기 시작했다.

"그런 뜻이 아니었어요, 크로우. 정말이에요. 저 달 좀 봐요. 정말 낭만적이지 않소?"

"누군가가 큰 위험에 처해 있어요, 오티스. 그리고 아무래도 그 사람이 나인 것 같아요."

23
이상한 해답들

오티스 앰버가 게임실로 들어가자 플럼 변호사와 유산 상속자 두 사람이 와 있었다.

"히히히. 터틀이 꼬랑지를 내렸구나."

터틀은 의자에 더 깊이 파묻혔다. 플로라는 그 짧은 머리가 터틀의 작은 뺨 위를 덮을 때 특히 귀엽다고 치켜세워 주었지만, 터틀은 귀여운 것보다는 야비해 보이기를 원했다.

플로라는 돈 뭉치가 가득한 핸드백을 뒤적였다.

"자, 앨리스. 네가 이걸 보고 싶어 할 것 같아서."

터틀은 플로라가 내미는 오래 된 사진을 보았다. 바바의 어린 시절 사진이었다. 바보 같은 미소는 여전했다. 그러나 터틀은 갑자기 똑바로 앉았다.

"그 애가 바로 내 딸 로잘리란다. 그때가 아마 아홉 살이나 열 살쯤 되었을 거야."

로잘리는 땅딸막하고 통통하고 사팔뜨기였으며, 고개는 한쪽으로 돌아가고 쏙 내민 혓바닥은 입에 비해 너무 커 보였다.

"한눈에 로잘리가 마음에 들어요, 바바. 로잘리는 항상 웃었을 것 같아요. 주위 사람들을 늘 기쁘게 했을 거예요."

쿵, 쿵, 쿵, 쿵.

"희생자들이 왔습니다!"

시델 펄래스키가 말했다.

안젤라는 터틀을 향해 벌건 흉터가 남은 손을 흔들었다. 터틀은 안젤라에게 절대로 입을 열어서는 안 된다고 다짐을 주었다. 그렇게 하면 전과 기록이 남게 되고, 어머니는 정신을 잃고 말 것이다. 어차피 말을 한다 해도 믿을 사람은 아무도 없겠지만……

"머리 자르니까 보기 좋구나."

"고마워."

이제 안젤라는 터틀을 영원히 사랑할 수밖에 없었다.

대부분의 유산 상속자들이 돌아가면서 터틀의 머리에 대해 한마디씩 했다.

"그러고 보니까 진짜 여류 사업가 같구나."

샌디가 말했다.

"개선의 여지가 보이는군."

덴튼 디어는 그렇게 말했다.

"머, 멋있어."

크리스의 말이었다. 테오만이 체스판에 정신이 팔려서 아무 말도 하지 않았다. 마지막 모임 이후로 백의 대주교가 움직여져 있었다. 테오가 둘 차례였다.

마침내 터틀의 머리에 쏠려 있던 시선이 더 놀라운 광경을 향해 돌려졌다. 포드 판사가 머리에는 터번을 두르고 키 큰 몸에는 손으로 그린 기다란 천을 둘둘 감고 아프리카 공주처럼 차려 입고 들어온 것이다. 판사는 덴튼 디어에게 쪽지를 한 장 주고 자기 자리인 네 번째 테이블로 미끄러져 갔다. 오티스 앰버조차 눈을 동그랗게 뜨고 입만 벌리고 있었다. 샌디만 빼고 다른 사람들도 모두 마찬가지였다.

"익살맞은 차림이군요, 판사님. 오늘 민속의상 경연대회라도 열립니까?"

판사는 대답하지 않았다.

박수 소리와 함께 영웅이 도착했다. 더그는 내가 1등이라는 표시로 칠이 벗겨진 둥근 천장을 향해 양손 검지를 치켜들었다. 그는 방안을 한 바퀴 돌면서 환호에 답했다.

"웩슬러 부부가 왔군."

후가 어리둥절해하는 자기 부인을 1번 테이블에 앉히면서 말했다.

터틀은 안젤라와 걱정스런 눈길을 교환했다. 마지막으로 보았을 때 엄마는 목을 놓아 울고 있었다. 하지만 이제 눈물은 사라지고 그레이스는 헝클어진 머리를 한 채 비틀거리며 낄낄거리고 있었다.

"늦어서 미안합니다. 시간 가는 줄을 몰랐어요."

제이크가 사과했다. 그들은 작은 카페(결혼 전에 자주 찾아갔던 카페)에서 포도주잔을 부딪치며 건배를 하다 왔다. 함께 나누었던 좋은 추억들에 대해 끝없이 건배를 하다 보니 큰 포도주가 세 병씩이나 바닥이 나 버렸다.

얼큰하게 기분이 좋아진 그레이스는 유산 상속자들을 향해 손을 흔들었다. 제이크와 모든 사람에 대한 넘치는 사랑으로 가슴이 뿌듯했다.

"안녕, 엄마!"

터틀이 큰소리로 불렀다.

그레이스는 짧은 머리의 소녀를 빤히 쳐다보았다.

"누구지?"

제이크는 "오늘 어떠세요?"라는 말로 짝에게 인사를 건넸다.

"더그가 우승했어요."

후 부인은 그렇게 대답했다.

문이 열리더니 마지막 유산 상속자들이 들어왔다. 긴장되고 고민하는 것 같은 크로우가 오티스 앰버의 곁에 앉았다. 크로우는 유령이 나타기라도 기다리는 듯한 표정이었다.

"이봐요, 변호사 나리. 이거 열어 봐도 되는 겁니까?"

오티스 앰버가 봉투 하나를 흔들며 외쳤다. 각 테이블 위에는 비슷하게 생긴 봉투가 하나씩 놓여 있었다.

에드 플럼은 잘 모르겠다는 표정으로 서류를 뒤적거리다, "그런 것 같군요"라고 대답했다.

유산 상속자들은 봉투에서 수표를 끄집어내며 환호성을 질렀다.

포드 판사는 이번에도 수표에 서명을 한 다음 고스란히 샌디에게 주어버렸다.

"여기 있습니다, 맥서더스 씨. 다른 일자리를 찾을 때까지 도움이 되었으면 좋겠어요."

샌디가 감격해서 찬사를 늘어놓으려는데 시델 펄래스키가 큰소리로 "쉬이-!"하고 가로막았다.

"쉬이이-!"

그레이스는 똑같이 흉내를 내고 그대로 테이블 위에 엎드려 잠이 들었다. 변호사의 헛기침으로 목 가다듬는 소리를 들으면서.

열둘 • 웨스팅 저택에 다시 온 것을 환영한다. 지금쯤 여러분은 두 번째 1만 달러짜리 수표를 받았을 것이다. 오늘이 다 가기 전에 여러분은 하나 더, 아니 훨씬 더 많은 것을 받게 될 것이다.

테이블 별로 각각의 쌍은 한 가지 답만을 말해야 한다. 만일의 경우에 대비해 변호사가 여러분의 말을 녹음할 것이다. 변호사는 정답을 알지 못한다. 모든 것은 여러분에게 달려 있다.

1. **후 부인** : 요리사

　제이크 웩슬러 : 도박광

도박광? 수표에 서명할 때 잠깐 한눈을 팔았나? 제이크는 테이블 위의 다섯 개의 단서를 자세히 살폈다.

AMERICA AND ABOVE GOD OF

제이크는 자기 부인의 단서도 알았지만 그래도 별 도움이 되지 않았다. 운에 맡기고 승산 없는 말에 거는 수밖에 없었다.

"무슨 말 좀 해 봐요."

그가 자기 짝에게 말했다.

"쾅!"

후 부인이 대답했다.

에드 플럼은 '1번 테이블 : 쾅'이라고 썼다.

2. **플로라** : 재단사

터틀 웩슬러 : 금융가

터틀은 준비된 글을 읽었다.

"우리가 1만 달러를 받은 이래로 주식 시세가 30포인트나 하락했음에도 불구하고, 우리는 우리의 자본을 1만 1,586달러 50센트로 늘렸습니다. 연이율로 환산할 때 27.8퍼센트의 증가를 보인 것입니다."

플로라가 테이블 위에 지폐 다발을 놓고 25센트짜리 동전 두 개를 떨어뜨렸다.

"그것도 현금으로."

에드 플럼이 그들의 해답을 다시 한 번 말해 달라고 요청했다.

"2번 테이블 : 1만 1,587달러 50센트."

샌디가 박수를 치자 터틀은 꾸벅 인사를 했다.

3. 크리스토스 테오도라키스 : 조류학자
덴튼 디어 : 인턴

조류학자? 수령증에 서명할 때 테오가 옆에서 부추겼나 보다. 미래 언젠가는 크리스가 진짜 조류학자가 될지도 모른다. 그는 약품 실험에 성공한 운이 좋은 아이였다. 그는 아무도 범인이라고 지목하고 싶지 않았다. 포드 판사(4D호 아파트)도, 오티스(곡식)도, 다리를 저는 사람(다리를 저는 사람은 매일 바뀌었다. 오늘은 샌디가 절고 있네)도.

"저는 웨스팅 씨가 조, 좋은 사람이라고 생각해요. 그분의 마지막 바람은 조, 좋은 일을 하는 거였어요. 그는 나에게 날 도, 도와줄 짜, 짝을 주었어요. 그는 모, 모든 사람에게 완벽한 짜, 짝을 주어서 치, 친구가 되게

226

했어요."

"그래서 3번 테이블의 해답이 뭡니까?"

변호사가 물었다.

덴튼이 대답했다.

"우리의 해답은, '웨스팅 씨는 좋은 사람'이에요."

4. J.J. 포드 : 판사
알렉산더 맥서더스 : 실업자

"우리는 해답이 없습니다."

전 수위가 계획했던 대로 말했다.

판사는 3번 테이블을 바라보았다. 덴튼은 그녀가 준 쪽지를 손에 들고 고개를 가로젓고 있었다. 오티스 앰버는 성형수술을 받은 일이 없다는 뜻이었다. 판사는 6번 테이블로 시선을 돌렸다. 오티스 앰버는 샘 웨스팅일 리가 없었다(역시 오티스 앰버를 믿기를 잘했어). 하지만 크로우는 무언가가 일어나기를 기다리고 있군. 크로우는 자기가 답이라는 것을 알고 있는 거야.

5. 그레이스 윈드클로펠 웩슬러 : 식당 경영
제임스 후 : 발명가

그레이스가 고개를 들었다.

"누가 윈드클로펠이라고 그랬어요?"

"그게 중요한 게 아니에요. 우리 차례란 말이오."

후가 으르렁거렸다. 변호사는 이름과 직업을 뒤죽박죽으로 부르지 않나, 짝이라는 여자는 술에 취했지 않나. 그는 그레이스의 발을 질벅거렸다.

얼굴들이 빙빙 돌고 바닥이 솟아오르는 것 같다. 그레이스는 자꾸 빠져나가려는 테이블을 꽉 붙잡고 큰 목소리로 그에게 해답을 일러주었다.

"육상 스타의 오늘을 있게 한 '후 1번 식당'이 새로이 단장한 모습으로 돌아오는 일요일에 다시 문을 엽니다. 오늘의 특별요리는, '자주색 물결에서 건진 과일을 곁들인 바다 농어'입니다."

그레이스는 의자가 있다고 여겨지는 곳으로 털썩 주저앉았다. 터틀은 비명을 질렀고 안젤라는 고개를 돌려 버렸다. 제이크가 달려와서 바닥에 나동그라진 그레이스를 일으켜 주었다.

"5번 테이블의 해답은 뭅니까?"

변호사가 재촉했다.

"에드 플럼이오."

후가 대답했다.

"네?"

"우리의 해답은, '에드 플럼'이란 말입니다."

"이런."

6. 버드 에리카 크로우 : 어머니
오티스 앰버 : 배달원

"어머니? 내가 어머니라고 썼던가?"

크로우가 중얼거렸다.

"그게 해답인가요?"

228

변호사가 물었다.

"모르겠어요. '어머니'가 우리 해답 맞아요, 크로우?"

오티스 앰버가 물었다. 분명히 수령증에는 '수프구제사업'이라고 썼는데.

크로우가 반복했다.

"어머니."

변호사는 그렇게 받아 적었다.

7. 더글러스 후 : 챔피언
테오 테오도라키스 : 작가

그들의 단서는 폭발물의 화학 공식과 'o-t-i-s'라는 철자였다. 더그는 승리감에 취해서 그런 것쯤은 신경도 쓰지 않았다. 테오는 범인이라고 지목하려던 사람을 쳐다보며 일어서다가, 지저분하고 배고픈 사람들을 위해 수프를 끓이던 오티스 앰버의 모습을 떠올렸다.

"해답은 없습니다."

테오는 결국 그렇게 말하고 다시 앉았다.

8. 시델 펄래스키 : 희생자
안젤라 웩슬러 : 사람

시델은 이 자리를 위해 미국 국기 모양으로 빨간 줄과 흰 줄이 쳐진 옷을 입고 왔다. 발목의 하얀 깁스와 어울리는 색깔의, 역시 파란 바탕에 흰 별로 장식된 목발에 의지해서 일어선 그녀는 검은 피리를 불었다. 하지만 그녀가 부른 노래는 피리보다 한 음정 높았다.

O beautiful for spacious skies

For amber waves of grain

For purple mountain majesties

Above the fruited plain.

(오 넓은 하늘과

노란 곡식의 물결

열매가 풍성한 평원 위로

자주색 장엄한 산이 아름다워라.)

거대한 엉덩이를 뒤로 쑥 내밀고 음정을 무시하고 콧소리로 노래하는 시델은 볼만했다. 하지만 유산 상속자들의 얼굴에 떠올라 있던 비웃음은 자신들의 단서가 하나씩 언급되자 점점 사라졌다.

America! America!

God shed His grace on thee

And crown thy good with brotherhood

From sea to shining sea.

(미국이여! 미국이여!

신은 그대 위에 은총을 부어 주셨고

그대에게 인류애로 왕관을 씌워 주셨다

바다에서 바다를 건너서.)

"정말 아름다운 노래야."

그레이스가 혀 꼬부라진 소리로 말했다. 그러나 다른 사람들은 침묵에 사로잡혀 있었다. 심지어 터틀도 8번 테이블이 이겼다고 생각했다.

"해답이 뭐죠?"

에드 플럼이 물었다.

"우리의 해답은……"

시델 펄래스키가 잠시 뜸을 들인 뒤 자신 있게 말했다.

"오티스 앰버예요."

유산 상속자들의 귀는 다음 서류를 읽는 변호사를 향해 열려 있었지만, 그들의 눈길은 8번 테이블에서 말한 해답의 주인공 오티스 앰버에게 쏠렸다.

열셋 • 좋다. 여러분. 우승자를 발표하기 전에 잠깐 휴식 시간이 있을 것이다. 버드 에리카 크로우, 일어서서 주방으로 가 간식을 준비해 주시오.

크로우는 겁에 질린 얼굴로 일어났다. 열셋, 13은 불길한 숫자였다.

포드 판사가 샌디더러 크로우를 따라가라고 일렀다.

"어이, 크로우, 이것 좀 채워 줄래요?"

그는 술병을 꺼내면서 방을 나갔다.

"내일 자동차를 고쳐 줄게요. 약속해요."

안젤라도 크로우가 걱정되어 따라 나갔다. 터틀은 안젤라가 또 방에서 불꽃놀이를 벌이는 게 아닌가 싶어 그 뒤를 따라 나갔다. 판사는 자리에 앉아서, 오티스 앰버를 주시하고 있는 나머지 유산 상속자들을 관찰했다. 오티스 앰버는 의심을 받는 게 싫은 표정이었다. 그는 검지를 치켜올리더니 사람들을 향해 "타타타타타" 하고 기관총을 갈겨대는 시늉을 했다.

크로우와 안젤라가 커다란 쟁반 두 개를 가지고 돌아왔다. 터틀은 빈손으로 들어왔다. 어리둥절하기는 했지만 안도하는 표정이었다.

판사는 작은 케이크를 가지고 3번 테이블의 덴튼과 크리스와 합석했다.

"내가 아는 한 유산 상속자 가운데 성형수술을 받은 사람은 없어요. 하지만 판사님의 짝은 가능성이 있지요."

인턴이 말했다.

권투로 망가진 샌디 맥서더스가 문간으로 고개를 들이밀 때 판사는 그의 얼굴을 자세히 뜯어보았다. 눈길이 마주치자 그는 술병을 치켜들었다.

"한 잔 할 사람 없어요?"

"좋죠."

그레이스가 낄낄거리며 대답했지만, 제이크는 대신 커피를 블랙으로 진하게 타서 주었다.

"우린 아직 머리를 맑게 하고 있어야 해요, 맥서더스 씨. 샘 웨스팅이 아직 최후의 조치를 취하지 않았어요."

포드 판사가 그에게 다가가면서 말했다.

"머리를 맑게 하는 데 스카치보다 더 좋은 건 없죠."

그는 벌컥벌컥 술을 들이키고 기침을 하고 나서 입가를 소매로 쓱 문질렀다. 그러더니 그가 물기 많은 작은 눈으로 크로우를 노려보았다.

테오는 체스판이 놓인 테이블에 앉았다. 백이 아주 조심스럽게 한 수를 두고 있었다. 그는 손가락에 묻은 케이크 크림을 빨아먹고 웨스팅제지 냅킨에 손가락을 닦은 뒤 체스판에서 백의 여왕을 쓰러뜨렸다. 적어도 체스 게임에서는 이긴 셈이다.

8번 테이블에 앉아 있던 변호사는 "당신이 해답 맞죠, 플럼 씨?" 하고 두 번이나 물어보는 시델 펄래스키를 무시하고 안젤라에게 말을 걸 기회를 노렸다.

"당신이 해답을 갖고는 있겠죠, 플럼 씨?"

안젤라가 상냥하게 물었다.

"아, 물론이죠. 적어도, 저는 그렇게 생각합니다. 저에게 내려진 지시는 정해진 시각에 서류를 하나씩 개봉하라는 것이었습니다."

그는 시계를 살폈다.

"이크!"

그는 1분 늦었던 것이다.

에드 플럼은 서둘러 당구대로 가서 다음 봉투를 찢어 서류를 꺼냈다. 너무 서두르는 바람에 그는 종이 가장자리에 손가락을 베었다.

열넷 • 곧장 서재로 갈 것.

24
틀렸어!
모두 틀렸어!

그레이스는 후의 팔에 불안스럽게 매달렸다.

"어디 가는 거예요?"

"난들 알겠소?"

후가 대답했다.

유산 상속자들은 긴 탁자에 짝끼리 나란히 앉았다. 에드 플럼이 다른 봉투를 뜯어, 꼬리표가 달린 열쇠를 꺼내 책상 오른쪽 맨 윗 서랍을 열려다가, 꼬리표를 다시 읽고, 왼쪽 맨 윗 서랍을 열고 다음 서류를 찾아내었다.

열다섯 • 틀렸어! 모두 틀렸어!

"뭐라고!"

시델 펄래스키가 소리쳤다.

반복하지. 틀렸어! 모두 틀렸어! 짝을 맺었던 것은 모두 취소하고 이젠 여러분 각자 혼자서 풀어야 한다.

변호사는 떠났다가 지정된 시각에 당국자를 데리고 돌아올 것이다. 시간이 다 되어 가고 있다. 서둘러라. 내 생명을 앗아간 자가 또 다른 목숨을 빼앗기 전에 이름을 찾아내야 한다.

기억할 것 : 중요한 것은 여러분이 갖고 있는 것이 아니라 여러분에게 없는 것이다.

후 부인은 눈치로 누군가 나쁜 사람이 방 안에 있다는 사실을 짐작했다. 나쁜 사람은 나인데. 사람들은 곧 알아내고 말 거야. 저 목발을 짚은 여자는 노트를 돌려받았지만, 내가 팔려고 하는 모든 예쁜 물건들도 사람들은 돌려받으려고 하겠지? 난 곧 벌을 받겠구나.

"시간이 얼마나 남았죠?"

터틀이 물었다.

에드 플럼은 대답을 하지 않고 서재를 나갔다. 그리고 문을 잠가 버렸다!

"어머나 세상에!"

플로라가 프랑스 풍의 문으로 달려갔다. 그 문은 열렸다.

시델 펄래스키가 춥다고 불평해서 플로라는 도로 문을 닫았지만, 만일의 경우에 대비해서 빗장을 질러 놓지 않았다.

후는 차 맛이 이상하다면서, 누군가 독을 넣었을지도 모른다고 했다. 덴튼은 그가 피해망상증이라는 진단을 내렸다.

샌디는 방 안을 서성거리면서 살인자가 또다시 살인을 한다는데 피해망상증에 걸리지 않을 사람이 누가 있겠느냐며 안절부절못했다. 그는 걸음을 멈추더니 터틀의 축 쳐진 어깨를 토닥거리며 속삭였다.

"기운 내라, 친구. 게임은 아직 끝나지 않았어. 넌 아직도 이길 수 있는 기회가 있어. 난 네가 이겼으면 좋겠다."

오티스 앰버는 자기가 볼 수 있게 모두들 자리에 앉아 달라고 했다.

테오가 일어났다.

"이젠 우리가 단체로 게임을 해결하고 단서를 서로 공개하고 유산을 공평하게 분배할 때라고 생각해요."

살인자와 함께? 그래도, 좋아. 모두 동의했다.

시델 펄래스키는 아직도 정답이 '아름다운 미국'과 관련이 있을 거라는 생각을 버리지 못했다.

"누구 그 노래에 나오지 않는 단서를 가지고 있는 사람 있어요?"

"잘 모르겠어요. 다시 한 번 불러 보세요."

더그가 장난스럽게 말했다.

아무도 시델의 생각에 동조하지 않았다.

"중요한 것은 여러분이 갖고 있는 것이 아니라 여러분에게 없는 것이다."

제이크가 그들에게 그 말을 일깨워 주었다.

"어쩌면 노래의 단어 몇 개가 단서에는 빠져 있을지도 모르잖아요."

그건 그럴 듯했다.

"'앰버(amber)'라는 단서를 가지고 있는 사람 있어요?"

후가 물었다.

"또 시작이군."

오티스 앰버가 이를 갈았다.

"유언장도 못 들었소? 모든 답이 틀렸다고 했잖아요. 내 이름도 틀린 답 가운데 하나였단 말이오."

"하지만 웨스팅 씨가 유언장을 쓴 건 게임이 시작되기 전이었잖아요. 어쩌면 우리가 그렇게 빨리 해답을 찾을 줄 미처 예상하지 못한 건지도 몰라요."

시델 펄래스키가 주장했다.

포드 판사는 거기에 개입하지 않았다(오티스 앰버는 자기 앞가림은 충분히 할 만큼 똑똑한 사람이니까 말이다). 판사는 크로우를 보호할 만반의 준비를 갖추어야 했다.

크로우는 고개를 숙이고 기다리고 있었다.

'앰버'라는 단서를 가지고 있는 사람은 아무도 없었다. 하지만 두 쌍이 '앰(am)'이라는 단서를 가지고 있었다.

" '앰' 두 개가 있다고 '앰버'가 되지는 않아요. 두 개의 '앰'은 '미국이여, 미국이여(America, America)'를 상징하는 거예요."

시델이 주장했다.

" '미국'은 내가 갖고 있어요! 내가!"

제이크가 외쳤다.

꼭 미친 사람 같군, 후는 생각했다. 저 발 고치는 전문의가, 혹시?

제이크가 좀더 차분해진 목소리로 설명했다.

"두 개의 '앰'이 '미국이여, 미국이여'를 상징할 리는 없어요. 내가 갖고 있는 단서 중 하나가 '미국'이거든요."

샌디가 일어서서 술병을 기울여 벌컥벌컥 마시고 기침을 한 다음 쉰 목소리로 말했다.

"이러다가는 아무것도 못 하겠어요. 모두들 자기의 단서를 펄래스키 양에게 주어서 순서대로 배열하고 뭐가 빠졌는지 알아보는 게 어떨까요?"

판사는 감시의 눈초리를 번득이면서 샌디가 단서들을 한데 모으는 것을 지켜보았다.

"다시 써라."

샌디가 단서를 이미 옛날에 먹어 버린 터틀에게 말했다. 그런 다음 그는 종잇조각들을 시델 펄래스키 앞에다 늘어놓고 자기 자리로 돌아갔다. '저 사람이 뭐하는 거지? 저러다간 웨스팅의 뜻대로 될 텐데?'하고 판사는 생각했다. 그는 답을 아는 거야. 그는 상속자들을 '크로우'라는 답으로 이끌고 있어. 다시 한 번 판사는 샌디의 일그러진 얼굴을 자세히 뜯어보았다. 흉터, 짜부라진 코, 테이프를 감은 안경 뒤의 날카로운 푸른 눈, 헐렁한 제복. 모두에게 완벽한 짝을 주었어요, 크리스가 그런 말을 했었지. 그녀에게는 그녀의 계획을 혼란시키고 그녀의 행동을 조종하고 그녀를 진실로부터 떼어놓을 사람이 짝으로 주어진 것이다. 그녀의 짝 샌디 맥서더스는 그녀가 직접 조사하지 않은 유일한 사람이었다. 샌디 맥서더스, 그가 샘 웨스팅인 것이다.

⚜

펄래스키는 재빨리 단서들을 순서대로 배열했다.

O BEAUTIFUL FOR SPACIOUS SKIES

FOR AM WAVES OF GRAIN

FOR PURPLE MOUNTAIN MAJESTIES

ABOVE FRUITED PLAIN

AMERICA AM

GOD SHED HIS ON THEE

AND N THY GOOD WITH BROTHERHOOD

FROM SEA TO SHINING SEA

"빠진 단어는, BER, THE, ERICA, CROW예요. 버드 에리카 크로우
(Berthe Erica Crow)!"

크로우의 안색이 창백해졌다.

포드 판사가 일어설 때였다.

"모두 저를 주목해 주시겠어요? 고맙습니다. 지금부터 제 말씀을 아주
주의 깊게 들어 주시기 바랍니다. 우린 샘 웨스팅의 수수께끼 해답을 찾
았어요. 이제 뭘 할 거죠? 기억하세요. 우리는 이 불행한 분에게 불리할
만한 어떠한 증거도 갖고 있지 않습니다. 심지어 우리에게는 샘 웨스팅
이 살해되었다는 증거조차 없어요. 증거도 없는데 무고한 사람을 살인자
라고 비난할 수 있습니까? 크로우는 우리의 이웃이며 우리를 도와주는
분입니다. 우리 자신의 탐욕만을 채우기 위해서 크로우를 평생 감옥에서
지내게 할 수 있겠어요? 말도 안 되는 불법적인 유언장에 약속된 돈이 탐
나서? 만일 그렇다면, 우리는 피고인보다 훨씬 더 심각한 범죄를 저지르
게 되는 것입니다. 버드 에리카 크로우의 죄가 있다면 노래 속에 자기 이
름이 나타났다는 것밖에 없습니다. 하지만 우리의 죄는 무고하고 나약한
한 생명을 팔아넘겨 이득을 취한 것이 될 것입니다."

판사는 자기 말의 효과가 깊숙이 스며들 때까지 기다렸다가, 자기 짝에
게 고개를 돌렸다. 그녀의 목소리는 단호했다.

"이 사악한 게임의 주인으로서……."

아니, 어떻게 된 거지?

"으, 으, 으윽!"

샌디가 자기 목을 감싸 쥐더니 얼굴이 시뻘겋게 변하면서 바닥에 쓰러져 발버둥을 치는 것이다.

제이크와 덴튼이 재빨리 그의 곁으로 갔다. 테오는 문을 두드리며 도움을 요청하였다. 에드 플럼이 문을 닫더니 낯선 두 남자와 함께 들이닥쳤다. 왕진 가방을 든 한 사람은 다리를 절면서 샌디에게 서둘러 다가갔다.

"난 사익스 박사요. 모두 뒤로 물러서 주십시오."

유산 상속자들은 낮은 신음소리와 숨을 몰아쉬는 소리를 들었다. 그리고 다음에는…… 아무 소리도 들리지 않았다.

"샌디! 샌디!"

터틀은 막아서는 사람들 틈을 비집고 악을 쓰면서 다가갔다. 그녀는 바닥에 누워 있는 수위를 내려다보았다. 그의 얼굴은 고통으로 일그러져 있었다. 입술이 그의 깨진 앞니를 덮고 있었다. 테이프로 감은 그의 안경은 허공을 응시하고 푸른 눈으로부터 벗겨져 있었다. 갑자기 그의 몸이 마지막 경련을 일으켰다. 오른쪽 눈을 감았다가 다시 뜨더니, 샌디는 다시는 움직이지 않았다.

"그는 죽었다."

사익스 박사가 터틀을 살며시 돌려 세우면서 말했다.

"죽었다고?"

포드 판사는 멍청하게 되뇌었다. 어쩌면 내가 그렇게 잘못 생각했지? 어쩌면?

터틀은 바바의 팔에 안겨 울었다.

"바바, 바바. 난 이제 더 이상 게임을 안 할래요."

또 다른 낯선 사람은 웨스팅 군 보안관이었다. 그는 모두를 게임실로 데려갔다. 유산 상속자들은 아무런 생각도 없이 번호대로 지정된 테이블에 앉았다.

터틀은 조용히 앉아 있었다. 이번에는 플로라가 울 차례였다. 크로우는 기다렸다. 꼭 마주쥔 그녀의 손등에 튀어나온 혈관만이 그녀의 고통을 말해 주었다.

"실례합니다, 보안관."

에드 플럼이 말했다.

"적당한 때가 아니라는 것은 알지만, 새뮤얼 W. 웨스팅의 유언에 따라 시간에 맞추어서 서류를 공개해야겠습니다."

보안관은 자기 시계를 보았다. 뭐 이런 이상한 집이 다 있어? 저녁을 먹다 말고 이 새파란 풋내기 변호사한테 급한 일이라고 불려왔더니 30분도 안 돼서 사람이 죽다니.

"그렇게 하세요."

플럼은 보안관의 의심스런 눈초리 속에서 헛기침을 세 번이나 했다.

열여섯 • 워터 타운에서 샘 '윈디' 윈드클로펠이라는 이름으로 태어난 나, 새뮤얼 W. 웨스팅은(나는 사업상의 목적으로 이름을 바꿔야만 했다. '윈드클로펠 화장지'라고 하면 누가 물건을 사겠는가? 안 그런가?) 우승자가 없다면 이 유언장은 무효가 될 것을 선언하는 바이다.

그러니 상을 쟁취하려면 서둘러야 한다. 변호사가 지금부터 5분을 잴 것이다. 행운을 빌며 즐거운 7월 4일이 되시기를.

"윈드클로펠? 누가 윈드클로펠이라고 했어요?"

그레이스가 혀 꼬부라진 소리로 말했다.

"이민 온 사람 치고 샘 웨스팅이라니 이상했어."

시델 펄래스키가 말했다.

"그 사람은 정신이상이에요."

덴튼이 진단을 내렸다.

쉿! 그들은 양심과 싸우고 있었다. 한 여자의 이름을 대기만 하면 어마어마하게 많은 돈이 굴러들어온다.

1분 지났다!

유산 상속자들은 해답의 주인공을 바라보았다. 버드 에리카 크로우. 광적인 종교인. 어쩌면 정신이상일지도 모른다. 하지만 살인을? 판사가 말한 대로 그들에게는 웨스팅이 살해되었다는 증거가 없었다.

크로우는 기다렸다. 그녀는 그렇게 많은 회개를 했지만 고통은 이제부터 시작이었다.

2분 지났다!

200만 달러, 터틀은 생각했다. 하지만 그걸 누가 갖는담? 변호사의 마지막 말은 그다지 사업적으로 들리지 않았다. 게다가, 터틀은 아무 말도 하고 싶지 않았다. 친구 샌디가 죽었는데, 그를 다시는 볼 수 없는데 그까짓 게 무슨 소용이겠어?

포드 판사는 샌디 맥서더스가 앉아 있던 주인 잃은 의자를 쳐다보지 않으려고 애썼다. 그녀의 유일한 관심사는 크로우의 안전이었다. 판사는 상속자들을 감시하며 기다렸다. 크로우도 기다렸다.

3분 지났다!

판사의 말에 따르면 웨스팅은 살해된 게 아니라고 했어. 그럼 샌디는?

그는 크로우가 채워 준 병의 술을 마시다 숨이 막혀 죽었어. 독약은 아니었을까?

크로우는 사람들의 시선이 자기에게 쏠리는 것을 느꼈다. 증오가 가득 찬 눈이었다. 그들은 그녀의 신앙을 비웃고 그녀의 수프구제사업을 가지고 농담을 했다. 여기서 그녀에게 중요한 사람은 단 두 사람밖에 없었다. 그녀는 기다리는 데 너무도, 너무도 지쳐 있었다.

4분 지났다!

"답은 버드 에리카 크로우예요."

"아니에요."

안젤라가 외쳤다.

"아니에요, 아니에요!"

"저 여자는 제정신이 아니에요. 자기가 무슨 소리를 하는지 모르고 하는 말이에요."

오티스 앰버가 말했다.

"난 제정신이에요, 오티스."

크로우는 차분하게 말하고 다시 한 번 말했다.

"답은 버드 에리카 크로우예요."

그녀는 일어서서 어리둥절한 변호사를 향했다.

"내가 바로 버드 에리카 크로우예요. 내가 바로 정답이고 따라서 내가 우승자예요. 유산은, 절반은 오티스 앰버에게 주어 수프구제사업에 쓰게 하고, 나머지 절반은 안젤라에게 주세요."

25
웨스팅 깨어나다

샌디는 죽었고, 크로우는 경찰에 잡혀 갔다. 나머지 열네 명의 유산 상속자들은 포드 판사의 거실에 모여 어떻게 된 일인지 의논했다.

"적어도 우린 양심을 팔지는 않았어요."

후가 깨끗한 양심은 200만 달러보다 훨씬 값지다고 스스로에게 다짐하면서 말했다.

"크로우는 감옥에 갈 거예요. 그리고 우리가 할 일은 밀고자 노릇을 하지 않겠다고 서로 등을 두드려 주는 일밖에 없어요."

오티스 앰버가 흐느꼈다.

"크로우는 자기 입으로 자백했어요."

시델 펄래스키가 말했다.

"크로우가 자백한 건 정답일 뿐, 다른 것은 말하지 않았어요."

안젤라가 찢어지는 듯이 아픈 뺨 위에 손을 갖다 대면서 말했다.

"판사님 말대로 샘 웨스팅이 살해당하지 않았다 해도, 크로우가 채워준 술병을 마시기 전까지 샌디는 멀쩡했다구요."

더그 후가 말했다.

"크로우가 무죄라면, 살인자가 아직도 이 방 안에 있다는 뜻이 되잖아요."

테오가 말했다.

플로라가 터틀을 안고 있는 팔에 힘을 주었다.

"불쌍한 크로우. 불쌍한 크로우."

오티스 앰버가 중얼거렸다.

"불쌍한 샌디. 죽은 사람은 샌디예요. 샌디는 내 친구였어요."

터틀이 볼멘소리로 말했다.

"샌디를 걷어차기 전에 그런 생각을 하지 그랬니?"

덴튼이 한마디했다.

"샌디를 걷어찬 적 없어요, 한 번도."

덴튼은 터틀의 공격에 대비해 의자를 옆으로 돌렸지만, 터틀은 슬픔에 잠겨서 꼼짝도 하지 않았다.

"누가 오늘 그를 걷어찼어. 그의 정강이가 시퍼렇게 멍들어 있던 걸."

"거짓말 말아요! 오늘 내가 걷어찬 사람은 바니 노드럽밖에 없었어요. 그리고 그 사람은 맞을 짓을 했다고요! 웨스팅 저택에 갈 때까지는 샌디는 만나 보지도 못했어요! 그렇죠, 바바?"

"그래, 맞다!"

플로라가 터틀에게 웨스팅 화장지를 내밀며 말했다.

하지만 터틀은 모든 사람들 앞에서 아기처럼 또 울 생각은 없었다. 그가 고통 받으며 죽어가던 모습을 잊을 수만 있다면, 비틀린 몸, 깨진 이, 한 눈만 껌뻑거리던 모습(그게 최악이었다). 샌디는 살아 있을 때에도 터틀에게 그런 식으로 윙크를 하곤 했다. 살아 있을 때만 해도……. 터틀은 울지 않으려고 큰소리로 코를 풀었다.

"샌디는 내 친구이기도 했어. 게임실에서 샌디하고 체스를 두고 있었지. 하지만 샌디는 내가 안다는 걸 몰랐어."

"왜 모두들 거짓말만 하는 거야?"

터틀은 플로라의 품안으로 더 깊이 파고들었다. 샌디는 터틀의 친구였지, 테오의 친구가 아니었는데. 그리고 샌디는 체스를 둘 줄 몰랐단 말이야.

판사도 놀라기는 마찬가지였다.

"네가 체스를 둔 상대가 맥서더스 씨였다는 걸 어떻게 확신하니, 테오?"

"친구 좋다는 게 뭐예요. 더그가 누가 흰 말을 움직이는지 체스판을 감시하고 있었어요."

테오의 대답이었다.

육상스타 더그는 다시 한 번 양 손가락을 위로 치켜올렸다.

멍청한 녀석, 후가 생각했다. 지금이 장난칠 때야? 하지만 그가 챔피언인 것만은 분명했다. 내 아들이 챔피언이라고!

"더그 이겨요."

후 부인이 말했다. 사람들은 더 이상 그녀를 의심하지 않았다. 참 잘됐어. 하지만 그 수위 일은 정말 슬펐다.

테오는 슬픈 어조로 말을 이었다.

"내가 마지막 말을 놓은 뒤로 샌디가 체스판에 다시 가보지 않은 건 잘된 일이야. 자기가 졌다는 걸 알았을 테니까."

"네가 체스에서 이겼단 말이니?"

판사가 물었다. 결국, 맥서더스는 샘 웨스팅이 아니었나 보군. 변장은 그렇다 치고 샘 웨스팅이 체스에서 질 리가 없지.

"꼭 이겼다고 볼 수는 없지만, 샌디는 포기해야만 했을 거예요. 제가 여왕을 쓰러뜨렸거든요."

여왕의 희생! 그건 웨스팅의 유명한 속임수인데, 포드 판사는 이제 확신을 가졌다. 하지만 아직도 풀리지 않는 의문이 많았다.

"아무래도 넌 욕심 때문에 망한 것 같다, 테오. 넌 여왕을 쓰러뜨림으로써 방어를 허술히 한 거야. 내가 그런 식으로 해서 몇 번 져봤기 때문에 잘 알아."

테오는 말들의 위치를 떠올려 보았다. 과연, 그의 얼굴이 새빨갛게 달아올랐다. 하지만 그의 얼굴은 원래 워낙 까매서 달아올라도 눈에 띄지 않았다.

터틀은 거의 웃음을 터뜨릴 뻔했다. 테오도 샌디가 똑똑하다고 생각하는 거야. 샌디가 그를 체스에서 이겼으니까. 하지만 샌디는 체스를 두는 법이 없었는데. 그리고 내가 샌디를 걷어찬 적도 없고. 내가 걷어찬 사람은 뻐드렁니 바니 노드럽이었지 샌디가 아니었단 말이야. 그런데 샌디의 정강이에 멍이 들어 있었다고? 잠깐, 뻐드렁니와 깨진 이, 치과(샌디가 데려간)에서 본 틀니.

"기운 내라, 친구. 게임은 아직 끝나지 않았어. 넌 아직도 이길 수 있는 기회가 있어. 난 네가 이겼으면 좋겠다."

그게 샌디가 터틀에게 해준 마지막 말이었다. 그는 그 말을 하면서 윙크를 했다. 윙크! 한 눈만 윙크! 죽은 샌디는 터틀에게 윙크를 한 것이었다!

샌디가 윙크를 했어!

"어머나 세상에."

터틀이 품속에서 벌떡 일어나는 바람에 플로라는 깜짝 놀랐다.

"안젤라, 그 유언장 옮겨 적은 것 좀 보여 줄래?"

안젤라가 그것을 터틀에게 건네주었다(이제 안젤라는 터틀의 요구라면 무엇이든 들어주지 않을 수가 없었다).

⚜

터틀은 어두운 창가에 기대어 시델 펄래스키가 옮겨 적은 유언장을 살펴보았다.

하나 • 나는 나의 친구들과 적들 사이에서 살고자 돌아왔다. 내가 죽음을 무릅쓰고 돌아온 것은 나의 유산 상속자를 찾기 위해서이다.

"나의 유산 상속자를 찾기 위해서."
터틀은 그 말을 되풀이해 보았다.

오늘 나는 내가 가장 사랑하고 아끼는 나의 조카 열여섯 명을 한자리에 불러(앉아라, 그레이스 윈저 웩슬러!) 너희들의 엉클 샘의 시신을 마지막으로 보이고자 한다.
내일이면 그 몸은 사방에서 불어오는 바람에 날려가 버릴 것이다.

바람(wind)?
"윈드클로펠(Windkloppel)."
터틀이 큰소리로 말했다. 샘 웨스팅과 친척이라는 어머니의 주장은 사실이었다.
"윈드클로펠."
그레이스가 중얼거렸다. 제이크는 그레이스의 머리를 토닥거렸다.

"윈드클로펠."

판사도 같은 말을 되풀이했다. 적어도 그것은 자기가 설명할 수 있었다.

"크로우는 윈드클로펠이라는 이름의 남자와 결혼했어요. 그는 나중에 이름을 웨스팅이라고 바꿨죠. 버드 에리카 크로우는 새뮤얼 W. 웨스팅의 전 부인이에요. 그들에게는 딸이 하나 있었는데 결혼하기 전날 밤 물에 뛰어들어 자살했어요. 소문에 의하면 어머니가 선택해 준 남자와 결혼하기 싫어서 자살한 거라고 합니다. 샘 웨스팅이 딸의 죽음에 대한 책임을 자기 아내에게 돌리는 거라면, 이 게임의 유일한 목적은 크로우를 벌주는 거예요."

크로우가 샘 웨스팅의 전부인? 유산 상속자들은 그 말을 믿을 수가 없었다.

"그럼 왜 웨스팅 씨가 크로우에게 유산을 상속할 수 있는 기회를 주었겠어요?"

테오가 물었다.

"어, 어쩌면 자기 적들이 자기를 요, 용서해 주기를 바랐을지도 몰라."

크리스가 말했다.

"쳇!"

그의 적들 가운데 하나인 후가 말했다.

터틀은 계속 읽어 내려갔다.

둘 • 나 새뮤얼 W. 웨스팅은 나의 죽음이 자연사가 아니라는 것을 엄숙히 선언하는 바이다. 나의 목숨을 앗아간 사람은 바로 너희들 중 한 명이다!

경찰은 손을 쓸 수가 없다. 살인자는 이런 야비한 짓을 저지르고 걱정할 만큼 어리석지 않다.

"야비하다는 게 무슨 뜻이에요?"

"어머나 세상에!"

플로라가 손으로 입을 막다가, '비겁하다'는 제이크의 설명을 듣고 안도했다.

살인자의 이름을 아는 사람은 나밖에 없다. 이제는 너희들 손에 달려 있다. 살인자를 찾아 자백을 받아내라.

셋 • 너희들 중 누가 웨스팅의 유산 상속자가 될 수 있겠는가? 나를 도와다오. 한 명의 유산 상속자가 정해질 때까지 나의 영혼은 편안히 쉬지 못할 것이다.

샌디가 죽은 이래 처음으로 터틀은 미소를 지었다. 포드 판사는 책상에 팔꿈치를 얹고 턱을 괴고 생각에 잠겼다. 왜 크로우를 유산 상속자로 지명했을까? 샘 웨스팅은 그녀를 유산 상속자라고 부르지 않고도 단서를 내놓을 수 있었을 텐데.

"크로우가 살인죄로 감옥에 들어가 있으면 아무것도 상속받을 수가 없어. 당신들은 체스에서 여왕을 희생한 얘기만 하지만, 정말 희생당한 사람은 크로우라고."

오티스 앰버가 슬프게 말했다.

"뭐라고요?"

판사가 물었다.

"정말 희생당한 사람은 크로우라고요."

포드 판사는 '끙!' 하는 소리를 내면서 머리를 팔 속에 묻었다. 여왕의 희생! 판사는 다시 한 번 거기에 말려든 것이다. 웨스팅은 자기의 여왕(크로우)을 희생시켜서, 참가자들의 주의를 딴 데로 돌린 것이었다. 샘 웨스팅은 죽었지만 그는 어떠한 방법을 써서든 마지막 조치를 취할 것이다. 그녀는 그것을 뼈저리게 알고 있었다. 샘 웨스팅은 게임에서 이겼다.

"멍청이, 멍청이, 멍청이!"

유산 상속자들이 어리둥절해서 판사를 쳐다보았다. 처음에는 청소부 아주머니가 새뮤얼 W. 웨스팅의 부인이라더니 이제는 판사가 스스로 멍청이라고 부르네. 아무래도 사실이 아닌가보다.

"샘 웨스팅은 멍청한 게 아니에요."

덴튼이 말했다.

"그는 정신이상이에요. 유언장의 마지막 부분을 보면 잘 알 수 있어요. '즐거운 7월 4일이 되시기를'이라고 돼 있었죠. 지금은 11월이에요."

"11월 15일. 불쌍한 크로우의 생일이야."

오티스 앰버가 외쳤다.

터틀은 유언장을 읽던 눈길을 들었다. 크로우의 생일? 샌디가 자기 부인 생일에 쓴다고 세 시간짜리 줄쳐진 양초를 사갔는데? 게임은 아직도 진행중이야! 샘 웨스팅은 자기의 유산 상속자를 찾으러 돌아왔다고 했어.

"넌 아직도 이길 수 있는 기회가 있어. 난 네가 이겼으면 좋겠다."

그는 그렇게 말했지. 하지만 어떻게? 어떻게 이기지? 중요한 것은 여러분이 가지고 있는 것이 아니라 여러분에게 없는 것이다. 나에게 없는 게 뭔지는 몰라도, 그걸 빨리 찾아야 해. 다른 사람들이 눈치 채지 못하게.

"포드 판사님, 제 첫 증인을 불러도 될까요?"

26
터틀의 재판

후가 화를 버럭 냈다.

"게임 놀이는 이제 그만하라고. 그것도 폭파범이 앞장서서 하는 게임 말이야."

포드 판사는 상급 법원에 지명된 것을 축하하기 위해 동료들이 선물해 준 호두나무 의사봉을 조용히 하라는 뜻으로 두들겼다. 상급 법원? 이것은 그녀가 맡은 가장 하급 법원이었다. 열세 살짜리 변호사, 폴란드어로 기록하는 속기사, 아프리카 민속 의상을 입은 판사. 좋아, 지금까지는 웨스팅 게임을 했으니까 이제부턴 터틀 게임을 하는 거야. 둘은 놀랍도록 비슷했다. 터틀은 엉클 샘과 생김새만 닮은 것이 아니라 행동까지도 닮은 것이다.

"신사 숙녀 여러분."

터틀이 시작한다.

"저는 새뮤얼 W. 웨스팅과 샌디 맥서더스가 죽은 것은 사실이지만, 범인은 크로우가 아니라는 것을 입증하기 위해 이 법정에 섰습니다."

터틀은 뒷짐을 진채 상속자들을 한 사람 한 사람씩 날카롭게 쏘아보았다. 그들은, 자신들이 배심원인지 피고인인지 분간이 안 가는 심정으로 터틀을 마주보았다.

그레이스는 자기 딸을 올려다보며 눈을 껌뻑거렸다.

"누구지?"

"지방 검사야. 도로 잠이나 자요."

제이크가 대꾸했다.

때로는 눈살을 찌푸리면서, 때로는 뜻 모를 미소를 지으면서 터틀은 TV에서 본대로 도저히 불가능한 사건을 승리로 이끌고 가는 유능한 변호사 흉내를 냈다. 딱 하나 흠잡을 것이 있다면 터틀이 가끔씩 머리를 세차게 좌우로 흔드는 것이었다(터틀은 짧아진 머리카락이 얼굴을 때리는 게, 어른이 된 것 같은 기분이 들게 하기 때문에 좋았다).

"그럼 맨 처음부터 시작하겠습니다. 9월 1일, 우리는 선셋타워에 이사를 했습니다. 두 달 뒤 할로윈에 사람이 살지 않는 웨스팅 저택 굴뚝에서 연기가 솟아오르는 것이 발견되었습니다."

터틀의 증인은 그날 그 집을 관찰한 사람이었다.

"크리스를 증인으로 신청합니다."

크리스는 떨리지 않는 손을 성경 위에 얹고 진실만을, 오직 진실만을 말하겠다고 맹세했다. 우와 재미있다!

"당신은 새 관찰가이지요, 테오도라키스 씨, 맞습니까?"

"맞습니다."

"10월 31일에도 새를 관찰하고 있었습니까?"

"네."

"누가 웨스팅 저택에 들어가는 것을 보았습니까?"

"다, 다리를 저는 사, 사람이 들어가는 것을 보, 보았습니다."

좋아, 뭔가가 잡히는 것 같다.

"그 다리를 저는 사람이 누구였습니까?"

"그 사람은 사, 사익스 박사였습니다."

"고맙습니다. 내려가셔도 좋습니다."

터틀은 방청객을 향했다.

"사익스 박사는 샘 웨스팅의 친구이며, 유언장을 직접 목격한 사람이고, 이 게임의 공동 계획자입니다. 문제의 10월 31일에는 그는 다리를 절며 웨스팅 저택으로 들어갔습니다. 벽난로에 불을 피우기 위해서. 왜일까요?"

그 질문에는 다음 증인이 답변할 것이다.

포드 판사는 증인에게 조종사용 모자를 벗으라고 명했다. 그의 회색 머리카락은 헝클어지기는 했지만 이발은 하고 있었다.

"그리고 무기는 본 법정에서 보관할 테니 맡겨 주십시오."

"어머나 세상에!"

오티스 앰버가 비닐 점퍼의 지퍼를 열고 총집에서 권총을 꺼내자 플로라가 비명을 질렀다. 판사는 그가 내미는 권총을 책상 서랍에 넣고 잠갔다.

터틀도 다른 사람들처럼 놀라기는 마찬가지였다. 하지만 용기를 내야지.

"앰버 씨, 우리 모두가 겉으로 보이는 것과 실제 모습이 일치하지 않는 것 같군요. 다시 말해서, 당신은 누구입니까?"

"공인사립 탐정입니다."

"그럼 어리석은 배달원으로 변장한 까닭은 무엇입니까?"

"내 모습으로 변장한 것입니다."

터틀은 노련한 증인을 상대하고 있었다.

"앰버 씨, 누가 당신을 고용했습니까?"

"그것은 공개할 수 없습니다."

판사가 끼어들었다.

"크로우를 위해서라도 협조하는 게 좋습니다, 앰버 씨."

"제 고객은 세 명입니다. 새뮤얼 W. 웨스팅, 바니 노드럽, 그리고 J. J. 포드입니다."

터틀은 서둘러 다음 질문으로 넘어갔다.

"당신은 무엇 때문에 고용되었으며 언제 무엇을 알아냈습니까? 아는 것을 모두 말씀해 주시기 바랍니다."

오티스 앰버가 정상적인 사람처럼 행동하는 것을 보니 아무래도 비정상적으로 보였다.

"20년 전, 아내가 떠난 뒤에 새뮤얼 W. 웨스팅은 나를 고용해 크로우를 찾아서 곤란한 상황을 해결하고 그녀가 '웨스팅'이라는 이름을 사용하지 못하도록 했습니다. 이 변장은 그러한 목적을 위해 고안한 것입니다. 나는 보고서를 우편으로 보내고 지난주까지 매달 웨스팅 타운 은행에서 수표를 받았습니다. 그리고 지난주에 더 이상 나의 도움이 필요 없다는 통보를 받았습니다. 하지만 크로우는 나를 필요로 하며, 무슨 일이 있어도 난 크로우 곁에 있을 것입니다. 나는 크로우를 좋아하게 되었습니다. 그렇게 오랜 시간 동안 같이 지냈으니까요."

"바니 노드럽에게는 어떻게, 무엇을 위해서 고용되었습니까?"

"앰버라는 이름은 전화번호부 사립탐정란에 두 번째로 나와 있습니다.

아마 첫번째로 나와 있는 조 아론의 전화가 그날 통화중이었을 것입니다. 어쨌든, 바니 노드럽은 내게 여섯 명의 사람들을 조사해 달라고 했습니다."

"어떤 여섯 사람 말인가요?"

"J. J. 포드 판사, 조지 테오도라키스, 제임스 후, 그레이스 윈드클로펠, 플로라 봄배크, 시빌 펄래스키입니다. 마지막 사람에 대해서는 내가 실수를 했는데, 판사님을 위해서 크로우의 옛 생활을 조사할 때까지 뒤바뀌었다는 사실을 깨닫지 못했습니다. 시빌 펄래스키와 시델 펄래스키를 혼동한 것 같습니다."

"다시 한 번 말씀해 주시겠어요?"

법정 속기사가 요청했다.

"시델 펄래스키."

오티스 앰버가 되풀이하고 나서 판사를 향했다.

"크로우와 샘 웨스팅의 관계에 대해서는 말씀드릴 수가 없겠습니다. 이해관계가 첨예하게 얽혀 있어서요. 이해하시죠?"

포드 판사는 잘 이해했다. 샘 웨스팅은 그녀가 할 행동을 모두 예견했다. 오티스 앰버가 유산 상속자 가운데 한 사람이 된 것은 그와 크로우(여왕)로 하여금 게임에 참가하도록 하기 위해서였다.

"그럼 바니 노드럽이 덴튼이나 크로우나 샌디에 대해서는 조사해 달라고 하지 않았다는 말입니까?"

"그렇습니다. 덴튼은 그레이스 윈드클로펠, 즉 웩슬러에 대한 보고서에 올라 있습니다. 바니 노드럽은 선셋타워에서 일할 청소부 아줌마를 찾는데 높은 보수와 작은 아파트를 제공한다기에, 내가 크로우를 추천했습니다. 샌디가 어떻게 수위 일자리를 얻게 되었는지는 나도 모르겠습니다."

"앰버 씨, 당신은 포드 판사님에게도 고용되었으니, 모든 사람들이 실제로 누구인지를 아실 것이라고 생각합니다. 당신은 판사님을 위해서 열여섯 명의 유산 상속자들을 모두 조사했습니까?"

"판사님과 샌디 맥서더스는 조사하지 않았습니다."

판사는 자신의 어리석음을 다시 한 번 깨달았다.

"그렇다면, 당신은 우리가 샌디 맥서더스라고 알고 있는 사람에 대해서 당신의 고객 중 누구를 위해서도 조사하지 않았다는 말입니까?"

"그렇습니다."

"한 가지만 더 묻겠습니다."

그것은 오티스 앰버가 실제로 누구인지를 알기 전부터 품고 있었던 질문이었다.

"할로윈 오후에 우리가 웨스팅 저택 굴뚝에서 솟아오르는 연기를 지켜보고 있을 때 당신은 동양 양탄자에 싸인 시체 이야기를 했습니다."

"난 봤어. 내가 그를 봤다고."

그레이스 윈저 웩슬러가 큰소리로 말했다.

터틀은 법정의 규칙도 잊고 서둘러 엄마에게 다가갔다.

"누굴 봤다는 거예요, 엄마? 누구예요, 누구?"

[누구(who : 후)라는 말에 겁먹은 후(Hoo) 부인이 몸을 움츠렸다.]

"수위 말이야."

그레이스가 제이크의 어깨에 기대고 있던 멍한 얼굴을 들고 말했다.

"그는 죽었어. 동양 양탄자 위에 누워서. 제이크, 정말 끔찍했어요."

제이크가 그레이스의 머리를 쓰다듬었다.

"알아, 그레이스. 안다고."

터틀은 증인에게 돌아왔다.

"앰버 씨, 당신이 그런 <u>으스스</u>한 이야기를 한 것은 우리 중 한 사람이 그날 밤 웨스팅 저택으로 가게끔 하기 위해서였습니까?"

"그렇지는 않습니다. 그 이야기는 샌디가 그날 아침 내게 해 준 것이고, 우리는 할로윈이고 하니까 어린이들을 놀라게 해 주자고 했습니다."

"감사합니다, 앰버 씨. 내려오셔도 좋습니다."

(법정에서는 내려와도 좋다는 말을 쓰지만, 여기는 다 평평한데 어디로 내려가란 말이야?)

터틀은 침묵하고 있는 방청객들을 향했다.

"벽난로에 불을 피운 것은 버려진 저택에 사람들의 주의를 끌기 위해서였습니다. 그리고 누군가를 저택에 들어가게 하기 위해 <u>으스스</u>한 이야기가 들려졌습니다. 그 누군가가 바로 저입니다. 저는 저택으로 들어가서 사익스 박사의 속삭임 소리를 따라가다 침대에 누워 있는 새뮤얼 W. 웨스팅의 시체를 발견했습니다. 이제 덴튼 디어 씨를 증인석으로 부르겠습니다."

꽃무늬 장식

터틀은 자기가 가장 싫어하는 사람을 바라보았다.

"디어 씨, 당신은 관 속에 누워 있는 새뮤얼 W. 웨스팅의 시체를 보았죠? 그가 약물에 중독된 것처럼 보였습니까?"

"방부제 처리가 되어서 잘 분간할 수가 없었습니다."

"당신은 진실만을 말하겠다고 맹세했습니다, 디어 씨. 새뮤얼 W. 웨스팅의 시체가 방부제 처리가 되었다는 것을 맹세합니까?"

뭐 이런 속임수 같은 질문이 다 있어?

"그 질문에 대해서는 맹세할 수 없습니다. 나는 관 속의 시체를 검사해 보지 않았습니다."

"당신이 검사해 보지 않았다는 그 관 속의 시체가 실제로 시체가 아닐 가능성도 있을까요? 그러니까, 엉클 샘의 의상을 입혀 놓은 밀랍 인형일 수도 있겠느냐는 말입니다."

"난 밀랍 인형 전문가가 아닙니다."

"그럴 수 있습니까, 없습니까?"

"예, 가능한 일입니다. 가능하지 않은 일이란 없으니까요."

유도 심문하는 거야? 아니면 놀리는 거야?

"디어 씨, 당신은 밀랍 인형에 대한 전문가는 아니지만 의료진단에는 전문가입니다. 그리고 당신은 샌디 맥서더스의 시체를 검사했습니다. 맞습니까?"

"첫번째 질문은 맞습니다만, 두 번째 질문은 아닙니다. 나는 샌디를 검사하지 않았습니다. 나는 도와줄 사람이 올 때까지 그를 편안하게 해주려고 했을 뿐입니다. 사익스 박사에게 넘길 때까지 그는 살아 있었습니다."

터틀은 미소를 감추기 위해 재빨리 고개를 돌렸다.

"하지만 당신은 당신의 그 유명한 진단을 내릴 정도로 충분히 관찰하지 않았습니까?"

터틀은 곁눈질로 판사를 살폈다. 마지막 말은 아무래도 잘못한 것 같았다.

"나는 크로우가 술병에 레몬주스를 담는 것을 보았는데, 샌디가 레몬주스 과다 복용으로 죽었을 리는 없겠죠?"

터틀은 안젤라를 불러 확인할 수도 있었지만, 안젤라가 사람들 앞에서 증언하게 하고 싶지는 않았다.

"레몬주스 중독으로 사망했다는 말은 못 들어 봤습니다."

전문가가 대답했다.

"한 가지만 더 묻겠습니다, 디어 씨, 샌디의 정강이가 누군가에게 걷어 차여서 멍이 들었다는 것이 확실합니까?"

"확실합니다. 나 자신이 그렇게 걷어차여 보아서 잘 압니다."

"내려와도 좋습니다."

"시델 펄래스키를 증인석으로 부르겠습니다. 시델 펄래스키!"

시델 펄래스키는 너무 흥분해서 증인 서약을 할 때 옆에서 부축을 해주 어야 했다.

"펄래스키 양, 우선 유언장을 속기할 생각을 한 것에 대해 감사드립니 다."

"전문가적인 습관입니다."

"정말 전문가적으로 보이는군요. 타이핑도 거의 완벽합니다. 하지만 세 번째 유언에서 단어 하나를 빠뜨린 것 같군요."

유산이 갈림길에 놓여 있다.
막대한 재산을 상속받을 사람이 찾아내야 하는 것은……

"뭘 찾아낸단 말이죠, 펄래스키 양?"

시델은 터틀의 날카로운 눈초리 앞에서 머뭇거렸다. 저 말괄량이가 실 수를 하나 찾아냈군.

"당시 너무 시끄러워서 마지막 말은 알아들을 수가 없었습니다."

"기억을 더듬어 보세요, 펄래스키 양. 당신은 스스로 전문가적이라고 주장했습니다."

증인을 몰아세우는 솜씨가 보통이 아니라고 포드 판사는 생각하고 시델 펄래스키를 변호해 주기로 했다.

"그 말을 들은 사람은 아무도 없을 거요, 터틀. 그 순간 맥서더스 씨가 농담을 했거든."

"내려가도 좋습니다, 펄래스키 양."

터틀은 유언장에서 눈길을 떼지 않은 채 아무렇게나 말했다. 판사가 옳았다. 바람(wind)과 윈디 윈드클로펠(Windy Windkloppel). 아니야, 여전히 말이 안 돼.

중요한 것은 여러분이 가지고 있는 것이 아니라 여러분에게 없는 것이다.

거기에는 아무런 뜻도 없을지도 몰라. 터틀은 계속 읽어 내려갔다.

넷·기회의 나라여, 영원하라! 그대는 가난한 이민의 아들인 내게 부와 권력과 명예를 안겨 주었다.

그러니 나의 유산 상속자들이여, 이 나라를 신뢰하라. 그리고 이 인심 좋은 땅을 찬양하라. 용감히 웨스팅 게임에 뛰어드는 자는 큰 부자가 될 수 있다.

다섯·앉으시오, 판사님. 그리고 이 똑똑한 젊은 변호사가 건네주는 편지를 읽어 보시오.

"포드 판사님, 그 똑똑한 젊은 변호사가 판사님께 건네준 편지를 증거물로 제시해 주실 수 있을까요?"

"그건 사익스 박사가 서명한 정신이 온전하다는 진단서였어요."

판사는 서류철에서 봉투를 꺼내면서 대답했다. 하지만 봉투 안에는 편지는 간 곳 없고 수령증이 한 장 들어 있었다.

11월 1일 수표 받음	$5,000
11월 15일 수표 받음	+5,000
포드 판사로부터 받은 총금액	$10,000
조시-조 포드의 교육비	−10,000
샘 웨스팅에게 진 빚	0

"유감스럽게도 편지는 없고 개인적인 메시지가 들어 있군요. 이 재판과는 관련이 없으므로……."

"보여 주세요."

후 부인이 떨면서 판사 앞에 섰다.

"중국에 돌아가기 위해서……."

그녀는 부끄러운 듯이 말하면서 보자기로 싼 물건을 책상 위에 내놓았다. 그녀는 소리 없이 눈물을 흘리며 자기 자리로 돌아가 손으로 얼굴을 감쌌다.

판사가 꽃이 그려진 비단 보자기를 풀었다. 그러자 그 안에서 판사의 아버지의 시계, 진주 목걸이, 핀, 귀고리, 시계가 나왔다(그레이스의 은 십자가는 나타나지 않았다).

"내 진주 목걸이!"

플로라가 좋아서 소리를 질렀다.

"그걸 어디서 찾았어요, 후 부인? 정말 고마워요."

후 부인은 저 땅딸막한 부인이 자기에게 왜 미소를 짓는지 이해하지 못했다. 그녀는 손가락 틈새로 사람들의 눈치를 살폈다. 이런! 다른 사람들은 미소를 짓지 않고 있군요. 그들은 내가 나쁜 사람이라고 생각하는 거야. 후 씨의 얼굴은 분노와 수치심이 어우러져서 붉으락푸르락했다.

"중국에서는 도둑질을 도둑질이라고 여기지 않는지도 모르죠."

시델 펄래스키가 친절을 베푼답시고 말했다.

판사가 의사봉을 두들겼다.

"재판을 계속합시다. 변호사, 준비됐습니까?"

"네, 존경하는 판사님, 곧 됩니다."

터틀은 겁에 질린 후 부인에게 다가갔다.

"이거 가지세요."

후 부인은 터틀이 내미는 미키 마우스 시계를 떨리는 손으로 받아서 소중하게 가슴에 안았다.

"고마워요, 착한 아가씨. 정말 고마워요."

"천만에요."

상속자들이 재판을 계속하자고 아우성을 쳤다.

⟡⟡⟡

재판은 앞으로도 30분은 더 진행되어야 했다. 터틀은 우승이 다가온 것을 느꼈지만, 정답은 잡힐 듯 말 듯 하면서 자꾸 비켜갔다.

"신사숙녀 여러분, 샘 웨스팅은 어떤 사람입니까? 그는 가난한 이민의 아들 윈디 윈드클로펠이라는 사람이었습니다. 그는 거대한 제지회사의 회장 샘 웨스팅이 되었습니다. 그는 또한 게임을 즐기는 사람이었습니다. 그는 딸이 자살한 슬픈 사람이었습니다. 그는 먼 외딴 섬에서 산 외로운 사람이었습니다. 그는 병이 들어 죽기 전에 친구와 친척들을 만나러 집으로 돌아왔습니다. 그리고 그는 죽었습니다. 그러나 그가 죽은 것은 우리가 생각하는 것과는 시기가 다릅니다. 유언장이 공개되고 있을 때 샘 웨스팅은 아직 살아 있었습니다."

판사가 웅성거리는 장내를 의사봉으로 조용하게 했다.

터틀은 말을 이었다.

"웨스팅 자신이 직접 신문사에 전화를 걸어서 싣게 한 것으로 보이는 신문의 부고기사는 두 가지 흥미로운 사실을 언급하고 있습니다. 첫째는, 샘 웨스팅은 자동차 사고 이후 사람들 앞에 나타나지 않았다는 것입니다. 둘째는, 샘 웨스팅이 7월 4일 야외극에서 기가 막힌 변장으로 사람들을 속였다는 사실입니다. 그래서 저는 샘 웨스팅이 살아 있었을 뿐만 아니라, 우리 유산 상속자 가운데 한 사람으로 변장하고 있었다고 추측하는 바입니다. 그를 알아볼 사람은 아무도 없었습니다. 그는 자동차 사고로 얼굴을 많이 다쳤기 때문에, 변장을 하는 것은 손쉬운 일이었습니다. 헐렁한 제복과 깨진 앞니와 금간 안경으로 충분했으니까요."

샌디?

터틀이 말하는 사람은 샌디 아니야?

판사는 의사봉을 여러 번 두들겨야 했다.

"그렇습니다. 신사 숙녀 여러분. 샘 웨스팅은 바로 우리 친구인 수위 샌디였습니다. 그러나 여러분도 아시다시피 샘 웨스팅은 술을 전혀 입에 대지 않았습니다. 샌디도 마찬가지였죠. 저는 할로윈에 그의 병을 사용

할 기회가 있었는데, 병에서는 위스키 맛이 아닌 이상한 맛이 났습니다. 저는 충치에 사용해 봐서 위스키의 맛을 알거든요. 그것은 약이었습니다. 샌디는 병들어 있었습니다. 그가 항상 지니고 다니던 병은 그의 변장의 한 부분일 뿐 아니라, 그의 목숨을 연장해 주는 약이 들어 있었던 것입니다."

터틀은 넋이 빠진 방청객들을 주시했다. 좋아, 그들은 터틀의 악의 없는 거짓말에 넘어갔다.

"아까도 말씀드렸듯이, 저는 크로우가 주방에서 그 병에다 레몬주스를 담는 것을 보았습니다. 하지만 게임실로 돌아오는 길에 저는 더욱 흥미로운 사실을 발견했습니다. 서재에서 나오는 샌디를 본 것입니다. 샌디, 즉 샘 웨스팅은 우리가 해답을 말한 다음에 유언장의 마지막 부분을 쓰고 서재 책상서랍 속에 넣어둔 것입니다.

그렇다면 살인 사건은 어떻게 된 거냐, 하는 의문이 생기시겠죠(그런 질문을 한 사람은 아무도 없는데?). 살인 사건은 애당초 일어나지도 않았습니다. 살인이라는 말을 가장 먼저 쓴 사람은 샌디입니다. 우리의 주의를 흩어 놓기 위해서죠. 유언장에는 이렇게 쓰여 있습니다. '나의 죽음은 자연사가 아니다.' 그의 목숨을 앗아간 사람은 바로 샌디 맥서더스로 변장한 자기 자신이었습니다. 샌디는 약이 떨어지자 숨을 거둔 것입니다."

터틀은 유산 상속자들이 마지막 말을 충분히 음미하며, 앞으로 어떻게 할 것인가를 생각할 수 있도록 충분한 시간을 주었다.

판사는 터틀이 왜 바니 노드럽 이야기를 꺼내지 않는지 의아했다. 정강이에 멍이 든 것으로 보아 노드럽과 맥서더스가 같은 사람이라는 것을 알 텐데. 배심원들이 혼동을 일으킬까봐 그랬을까. 아니면 샘 웨스팅이 1인 2역을 한 까닭에 대해 나보다도 더 몰라서였을까.

샘 웨스팅이 왜 1인 2역을 했을까, 하고 실제로 터틀은 궁금해 하고 있었다. 부동산 중개인 노릇을 하지 않고 수위 노릇만 했어도 충분했을 텐데. 왜 하필 1인 2역을? 아니, 1인 2역이 아니라 1인 3역이지. 윈디 윈드클로펠은 세 가지 이름을 사용했어. 첫째 새뮤얼 W. 웨스팅, 둘째 바니노드럽, 셋째 샌디 맥서더스.

판사가 질문을 던졌다.

"맥서더스 씨는 병에다 다시 약을 채울 수도 있었을 텐데, 그가 자살을 했다는 말입니까?"

"뭐라고요?"

터틀은 유언장을 뜯어보고 있었다.

유산이 갈림길에 놓여 있다. 막대한 재산을 상속받을 사람이 찾아내야 하는 것은……

넷.

바로 이거야. 막대한 재산을 상속받을 사람이 찾아내야 하는 것은 '네 번째'야! 윈디 윈드클로펠은 네 개의 이름을 사용한 거야. 터틀은 네 번째 이름이 무엇인지 알았다. 진정해, 터틀 앨리스 타비다루스 웩슬러. 천천히, 아주 천천히 말없이 판사에게 다가가서 다시 한 번 말해 달라고 요청하는 거야.

"존경하는 판사님, 죄송하지만 다시 한 번 말씀해 주시겠습니까?"

터틀이 무언가를 알아냈구나, 판사는 전에도 저런 표정을 본 기억이 있었다. 샘 웨스팅이 게임에서 이기기 직전에는 저런 표정을 지었던 것이다.

"샌디가 자살을 했다는 뜻이냐고 물었어요."

"아닙니다."

터틀이 아주 슬프게 대답했다.

"샌디 맥서더스, 즉 샘 웨스팅은 치명적인 질병으로 끔찍한 고통을 받았습니다. 그는 죽어가는 사람으로서 자기가 죽을 시간을 선택했던 것입니다. 유언장을 읽어드리겠습니다."

여섯 • 게임실로 가기 전에 1분 동안만 너희의 엉클 샘을 위해 기도해다오.

신사 숙녀, 그리고 유산 상속자 여러분(우린 모두 무언가를 상속받았으니까요)! 우리의 후원자 샘 웨스팅, 일명 샌디 맥서더스를 위해 묵상 기도를 드립시다."

"크로우!"

오티스 앰버가 벌떡 일어섰다. 크로우가 에드 플럼에게 이끌려 들어오고 있었다.

27
네 번째 발견!

오티스 앰버는 조종사용 모자를 귀 위까지 덮어쓰고 춤을 덩실덩실 추며 크로우에게 다가가서 꼭 안았다.

"크로우, 내 오랜 친구!"

"그 사람들이, 나는 죄가 없대요. 오티스. 나는 무죄래요."

크로우가 희미한 목소리로 말했다.

안젤라 역시 크로우를 포옹하고 싶었지만, 두 사람 다 그럴 수가 없었다. 크로우는 고개를 끄덕이고 눈을 내리깔다가, 미키 마우스 시계를 들고 있는 후 부인과 눈이 마주쳤다.

"잘 됐다요."

후 부인이 한 손을 내밀며 말했다. 둘은 악수를 했다.

"모두 실수였습니다."

에드 플럼이 판사에게 설명했다.

"글쎄, 보안관이 크로우 대신 저를 체포하려고 하지 뭡니까! 나, 에드가 제임스 플럼, 변호사를 체포하다니요! 다행히도 검시관이 맥서더스 씨가 새뮤얼 W. 웨스팅처럼 심장마비로 사망했다는 판결을 내렸습니다."

"그럼, 터틀의 말이 맞네요. 살인 사건은 없었던 거예요. 검시관도 음모의 한 부분일지도 몰라요."

테오가 말했다.

에드 플럼은 테오가 무슨 소리를 하는지 전혀 못 알아듣는 표정이었다. 그는 자기가 모른다는 것을 시건방으로 얼버무리려고 이렇게 말했다.

"저는 처음부터 이 사건이 의심스러웠습니다. 제가 이곳에 온 것은 단한 가지 이유 때문입니다. 저는 웨스팅의 재산에 관련된 모든 일로부터손을 떼겠다는 말과, 이 일에 관련된 모든 분들에게 심심한 사과의 뜻을전하러 왔습니다."

"남아 있는 서류가 없습니까?"

포드 판사가 물었다. 샘 웨스팅이 마지막 조치를 취해 놓지 않았을 리가 없는데.

"있습니다. 하지만 저는 더 이상 법적으로……."

"그것을 본 법정에 제출해 주시기 바랍니다."

'법정'이라는 말에 압도당한 변호사는 봉투를 책상 위에 놓고 선셋타워에서 나갔다.

포드 판사는 목을 가다듬지 않고 새뮤얼 W. 웨스팅의 유언 가운데 마지막 장을 읽어 내려갔다.

열일곱 • 안녕, 나의 유산 상속자들. 게임에 참가해 주어서 고맙다. 나는여러분의 쾌활한 수위로서 편안하게 잠들 수 있게 되었다.

열여덟 • 샌디 맥서더스 또는 다른 이름으로 알려진 나, 새뮤얼 W. 웨스팅은 다음 사람들에게 나의 모든 재산을 상속할 것을 선언한다.

여러분 모두에게 선셋타워의 소유권을 공동으로 분배한다.

나의 옛 아내 버드 에리카 크로우에게는 1번 테이블에서 회수한 1만 달러짜리 수표와 J. J. 포드와 알렉산더 맥서더스가 서명한 2만 달러 수표를 남긴다.

열아홉 • 태양은 여러분의 엉클 샘 위에 떠 있다. 생일 축하하오, 크로우. 그리고 나의 모든 유산 상속자들이여, 즐거운 7월 4일이 되시기를.

포드 판사가 서류를 내려놓았다.

"이게 끝입니다."

이게 끝이야? 200만 달러는 어떻게 된 거야? 상속자들은 그게 가장 궁금했다.

"우린 게임에서 졌나 봅니다."

판사가 어린아이 같은 순진무구하고 슬픈 표정을 하고 플로라의 품으로 돌아간 터틀을 바라보며 설명했다.

터틀은 일어서서 옆 유리창으로 다가가 웨스팅 저택을 찾아보았다. 달이 구름에 가려서 저택은 보이지 않았다(서둘러요, 엉클 샘. 순진한 어린아이 표정을 하고 있기가 힘들어요. 지금쯤은 초가 마지막 줄까지 다 타버렸을 텐데).

뒤에서는 유산 상속자들의 불만 섞인 투덜거림이 들렸다. 그 사람, 우리 모두를 농락한 거야. 우릴 꼭두각시 인형처럼 조종했어. 그, 그는 조, 좋은 사람이었어요. 그 사람은 복수심과 증오에 가득 찬 사람이었어. 윈드클로펠? 그는 우리를 속였어. 미친 사람이야.

"어머나 세상에, 어쩌면 그런 말들을!"

플로라가 말했다.

"여러분은 각자 1만 달러씩이나 받았잖아요. 훌륭한 아파트도 소유하게 되었고. 이미 죽은 사람인데, 좋게 생각하는 게 좋지 않겠어요?"

쾅!

쾅!

쾅!

"즐거운 7월 4일!"

웨스팅 저택에서 최초의 폭죽이 쏘아 올려져 밤하늘을 물들이자 터틀이 외쳤다.

쾅쾅쾅쾅!

쾅!!!

유산 상속자들이 창가로 몰려들었다.

쾅!

각양각색의 불꽃이 밤하늘의 별이 되고 은 풍차처럼 맴돌고 금빛 창처럼 날아가서 '쾅!', 진홍색과 자주색의 불꽃이 소나기처럼 '쾅!', 에메랄드의 비가 '쾅! 쾅!', 오렌지색의 불꽃, 빨간 불꽃이 창문 위로, 지붕 위로, 나무 위로…….

"쾅!"

후 부인이 신이 나서 손뼉을 치며 외쳤다.

그러나 한겨울의 멋진 불꽃놀이는 겨우 15분밖에 계속되지 않았다. 20분 뒤 웨스팅 저택은 한 줌 재로 타 버렸다.

"생일 축하해요, 크로우."

오티스 앰버가 손을 내밀며 말했다.

주황색 아침 햇살이 선셋타워의 앞 유리창으로 기어오를 무렵 터틀은 상을 타기 위해 집을 나섰다. 터틀은 아직도 연기가 솟아오르고 있는 웨스팅 저택이 서 있는 벼랑을 지나 북쪽으로 자전거 페달을 밟았다. 갈림길에 도착하자 터틀은 바닷가 모양과 닮은 좁은 길로 접어들었다.

유산이 갈림길에 놓여 있다. 막대한 재산을 상속받을 사람이 찾아내야 하는 것은 네 번째이다. 일단 찾는 것이 무엇인지만 알면 아주 간단했다. 샘 웨스팅(Sam Westing), 바니 노드럽(Barney Northrup), 샌디 맥서더스(Sandy McSouthers) 즉, 서쪽(west), 남쪽(south). 이제 터틀은 윈디 윈드클로펠이 네 번째로 변장한 사람을 만나러 가고 있다. 터틀은 굳이 웨스팅 타운 전화번호부를 찾지 않아도 주소를 알 수 있었다. 저기 있다. 4번 선라이즈 도로.

긴 자동차도로는 키 큰 전나무에 의해 보호를 받으며 웨스팅제지주식회사의 신임 회장의 쇼유인 현대식 저택으로 이어져 있었다. 터틀은 계단을 올라가 초인종을 누르고 기다렸다. 문이 열렸다.

터틀은 다리를 저는 의사를 보고 겁을 먹었다. 내가 잘못 생각했나?

"이스트만 씨를 뵙고 싶은데요. 터틀 웩슬러가 와 있다고 전해 주시겠어요?"

"이스트만 씨는 널 기다리고 계신다. 복도를 따라 곧바로 가거라."

사익스 박사가 말했다.

복도 바닥에는 대리석이 깔려 있었다(동양 양탄자가 아니라). 끝까지 걸어가자 서재가 나왔다(이곳에는 책이 가득 꽂혀 있었다). 거기에 그가, 책상 뒤에 앉아 있었다.

줄리언 R. 이스트만(Julian R. Eastman)이 일어섰다. 그는 완고하면서도 품위 있어 보였다. 그는 회색 정장에 조끼를 받쳐 입고 줄이 쳐진 넥타이를 매고 있었다. 그가 다리를 절며 터틀에게 다가왔다. 그러나 그것은 사익스 박사처럼 장애를 입어 저는 것이 아니라 아파서 조금씩 저는 것이었다. 다시 한 번 터틀은 겁을 먹었다. 그는 너무도 달라 보였다. 아주 중요한 사람 같았다. 아무래도 그를 괜히 걷어찼구나 싶었다(바니 노드럽이었을 때). 그가 가까이 다가왔다. 물기가 많은 그의 푸른 눈이 무테안경 너머로 터틀을 바라보았다. 날카로운 눈초리. 그의 흰 이는 가지런하지 못했다(누가 저걸 보고 가짜 이라고 생각하겠어). 그가 미소를 짓고 있었다. 그는 터틀한테 화가 나지 않은 것이다. 그가 미소를 지었다!

"안녕, 샌디. 내가 이겼어요!"

터틀이 말했다.

28
그리고 나서

터틀은 아무한테도 이 사실을 이야기하지 않았다. 터틀은 토요일 오후마다 도서관에 간다며 나갔다(거기도 책이 많은 곳이니 완전한 거짓말은 아닌 셈이다).

"빨리 좀 움직여라, 터틀. 그러다가 결혼식에 늦겠다."

결혼식은 신 후 식당에서 거행될 예정이었다. 기네스북에 오를 만큼 오랜 동안의 숙취에서 깨어난 그레이스 웩슬러는 바의 술병 위에 흰 천을 덮고 장미를 꽂아 두었다. 오늘은 하객들에게 술을 내놓지 않을 생각이었다.

플로라의 가보인 흰 레이스가 달린 눈부신 웨딩드레스를 입은 신부가 제이크의 팔을 잡고 축복을 비는 사람들을 지나 입장했다. 신랑 들러리인 후는 무릎이 후들거릴 만큼 긴장한 신랑을 부축하면서, 신발에 종이 깔창을 깐 신부의 가벼운 발걸음을 보며 자부심으로 뿌듯했다.

안젤라의 뺨에는 희미한 흉터가 남아 있었지만, 하늘색 신부 들러리 옷을 입은 그녀의 모습은 어느 때보다도 만족스럽고 아름다워 보였다. 또 다른 신부 들러리는 분홍색과 노란색 옷을 입고 그와 어울리는 색깔의 목발을 짚고 있었다.

손님들은 예식이 진행되는 동안에는 눈물을 흘리다 피로연 때는 웃음을 터뜨렸다. 플로라는 동시에 울다가 웃다가 했다.

"웨딩드레스를 정말 잘 고치셨어요, 바바."

터틀이 그렇게 말하자 플로라는 더 크게 울었다.

"신랑 신부에게 건배!"

제이크가 진저 에일이 담긴 잔을 높이 치켜들며 말했다.

"크로우와 오티스 앰버를 위하여!"

엉클 샘 웨스팅의 유산 상속자들은 수프구제사업단 사람들과 잔을 부딪쳤다.

"크로우와 오티스 앰버를 위하여!"

4D호 아파트는 썰렁했다. 포드 판사는 처음으로 웨스팅 저택이 서 있던 절벽으로 향한 옆 유리창을 내다보았다. 판사는 결국 웨스팅의 수수께끼를 풀지 못했다. 그녀는 결국 빚을 갚게 될 것이다. 선셋타워의 그녀 몫을 팔아 얻은 돈은 다른 어린이를 교육시키는 데 들어갈 것이다. 샘 웨스팅이 그녀의 교육비를 대주었던 것처럼.

"안녕하세요, 포드 판사님. 자, 작별 인사를 하러 와, 왔어요."

크리스가 휠체어를 밀고 들어왔다.

"아, 안녕, 크리스. 그동안 참 고마웠어. 공부하지 않고 뭐했니? 가정교사는 어디 있어?"

판사는 그의 목에 매달린 쌍안경을 보았다.

"또 새를 관찰하고 있었던 건 아니겠지? 나중에도 새를 관찰할 시간은 얼마든지 있단다. 네가 할 일은 우선 공부를 따라가는 일이야. 좋은 학교에 가고 싶다면 말이야."

세상에, 내 말투가 꼭 후 씨를 닮아가고 있군.

"저, 저를 보, 보러 오실 거예요? 테오가 대, 대학에 가 있으면 외, 외로워질 거예요."

여간해서 웃지 않는 판사가 그를 향해 미소를 지었다. 그는 영리한 아이였고('샌디는 '정말 영리한 아이'라고 말했었지), 밝은 미래가 있었으며(그 말도 샌디가 했었어), 그녀의 영향력과 재정적인 도움을 필요로 했다. 그러나 그녀가 심한 요구를 하면 그는 숨이 막힐 것이다.

"널 보러 오마, 크리스. 편지도 쓸게. 약속해."

♒♒♒♒♒

'후표 발편해깔창(특허상품)'은 신발가게에서 불티나게 팔렸다.

"일단 밀워키 시장을 점령하면 당신을 중국으로 데려갈게."

제임스 후는 자기 동업자에게 그렇게 약속했다.

"좋아요."

후 부인은 주판알을 튕기며 대답했다. 하지만 이젠 서두를 필요가 없었다. 이제는 선셋타워에 많은 친구들이 생겼으니까. 더 이상 요리를 하지 않아도 되고 더 이상 허벅지까지 찢어진 몸에 꼭 끼는 옷을 입을 필요도 없었다. 남편이 고객을 방문할 때 입으라고 편안하고 멋진 옷을 사주었다. 그리고 더그는 생일 선물로 자기가 딴 메달을 그녀의 목에 걸어 주었다.

시델 펄래스키는 슐츠 소시지 회사 사장의 비서 자리로 돌아갔다. 그녀는 발목이 나아서 목발을 내던진 지 오래였다. 그녀는 이제 목발이 없어도 사람들의 주의를 끌 수가 있었다. 그녀는 유산 상속자이니까(예의를 갖추느라고 얼마나 되는지는 묻지 않지만, 사람들은 샘 웨스팅이 백만장자라는 것은 알고 있었다). 그때마다 그녀는, "나야 물론 플로리다에 가서 편안하게 여생을 보낼 수 있지만, 내가 없으면 불쌍한 슐츠 씨가 어떻게 되겠어요?" 하고 대답했다. 그리고 어느 잊을 수 없는 금요일에 슐츠 씨는 그녀를 특별한 점심식사에 초대했다.

제이크는 개인 의료시술을 그만두고 주지사의 복권 연구위원회 고문으로 임명되었다(포드 판사의 추천 덕분이었다). 그레이스는 그런 그가 자랑스러웠다. 두 딸도 아주 잘 지내고 있어서 모든 것이 너무나 행복했다.

후 1번 식당도 대성공이었다. 새로운 식당 주인이 된 그레이스는 이곳을 찾은 운동선수들에게 무료로 식사를 제공했다. 그러자 모두들 운동선수들이 식사를 한 그곳에서 식사를 하겠다고 해 식당은 문전성시를 이루었다. 식당의 벽은 온통 브루어스와 패커스와 벅스 팀 소속 선수들의 사인이 든 사진으로 도배가 되어 있었다. 그레이스는 웃고 있는 챔피언의 액자 사진을 똑바로 걸었다. 거기에는 '이 도시 최고의 식사를 제공해 주신 그레이스 웩슬러 부인에게—더그 후'라고 쓰여 있었다. 그녀는 복이 많은 여성이었다. 존경받는 식당 경영자에, 공직자의 아내에, 뛰어난 머리를 가진 딸의 어머니에……. 터틀은 언젠가 틀림없이 훌륭한 사람이 될 것이다.

안젤라의 뺨에 남은 흉터는 지워지지 않았다. 그녀는 정신없이 책에 파묻혀 있는 동안 손가락으로 흉터를 따라 움직이는 버릇이 생겼다. 대학으로 돌아간 그녀는 의대에 진학할 때를 대비해 돈을 저축하기 위해 집에서 학교에 다니고 있었다. 약혼반지는 덴튼에게 돌려준 지 오래였다. 크로우의 결혼식 이후로 그는 한 번도 만나지 않았다. 에드 플럼은 열 번이나 거절을 당하고 나서야 전화하는 일을 그만두었다. 안젤라는 공부와, 일주일에 한 번씩 시델과 하는 쇼핑과 일요일에 크로우와 오티스를 도와 수프구제사업을 하는 것을 빼면 누군가를 사귈 시간도, 그럴 마음도 없었다.

"공부해, 공부."

터틀이 말했다.

안젤라는 항상 플로라의 아파트 아니면 도서관에 가 있는 터틀을 볼 기회가 별로 없었다.

"안녕, 터틀. 오늘은 뭐가 그렇게 즐겁니?"

"주식 시세가 25포인트나 올랐거든."

⁘

신혼 부부 크로우와 오티스 앰버는 수프구제사업단 위층의 아파트로 이사했다. 구제사업은 유산으로 상속받은 돈 덕분에 혁신되고 확장되었다. 내부 장식은 그레이스가 맡아 주었다. 천장에는 놋 주전자가 걸리고 의자에는 꽃이 수놓인 쿠션과 찬송가와 쟁반이 비치되었다. 그리고 매일 고기가 든 수프와 신선한 빵이 제공되었다.

29
5년 후

예전의 배달원이 호숫가에 새로 지은 후의 저택으로 춤을 추며 들어섰다.

"여러분, 환영합시다! 앰버 부부가 왔습니다!"

오티스는 낡은 점퍼와 조종사 모자를 쓰고 더그의 승리를 축하하러 온 것이다. 그는 심지어 뺨에 구레나룻까지 기르고 있었다. 빠진 것은 배달용 자전거뿐이었다(그들은 수프구제사업단 소속 밴 자동차를 타고 왔다).

"그렇게 큰 선물을 기부해 주셔서 감사합니다, 후 씨. 하느님께서 축복하실 겁니다."

크로우가 말했다.

"오티스와 제가 깔창을 사람들에게 나눠 주었어요. 그들에게 정말 큰 도움이 됐습니다."

여전히 검은 옷을 입고 있는 크로우는 여위고 지쳐 보였다.

후는 반면 더 살이 찌고 성은 덜 내게 되었다. 사실, 언제나 즐거운 일만 생겼으니까. 사업은 눈부시게 번창했다. 밀워키만 '후표 발편해깔창'

을 사랑해 준 것이 아니라 시카고와 뉴욕과 로스앤젤레스도 마찬가지였
다. 하지만 그는 아직도 부인을 중국으로 데려가지 않았다.

언론인 학교를 졸업하고 풋내기 기자로 입사한 테오 테오도라키스가
이제 막 인쇄되어 나온 뜨끈뜨끈한 신문을 펼쳐 들었다.

"올림픽 영웅 돌아오다"

1,500m 경주에서 신기록을 세우며 금메달을 목에 건 선수의 생애에 관
한 기사가 무려 네 단에 걸쳐서 실려 있었다. 테오는 그 기사를 직접 쓰지
는 않았지만, 기사를 쓴 기자를 위해 연필을 깎아 주는 영광을 누렸다.

"인사해라, 더그."

후가 활짝 웃으면서 말했다.

더그는 탁자 위로 뛰어올라가 양손 검지를 하늘 높이 치켜들었다.

"우승은 내 거다!"

그의 목에는 올림픽 금메달이 걸려 있었고, 그의 머리 위에는 퍼레이드
에서 뿌려진 종잇조각이 붙어 있었다. 웨스팅 상속자들은 환호했다.

～⁂～

"안녕하세요, 제이크. 당신이 와 주셔서 정말 기뻐요."

서니(사람들은 후 부인을 이제 그렇게 불렀다)가 주 도박 위원회 의장
과 악수하면서 말했다.

"쾅!"

제이크가 대답했다.

"안녕, 안젤라."

덴튼은 콧수염을 무성하게 기르고 있었다. 그는 신경과 의사가 되었지만, 아직도 결혼을 하지 않고 있었다.

"안녕하세요, 덴튼."

안젤라의 금발머리는 목 언저리에서 끈으로 묶여 있었다. 그녀는 화장도 하지 않았다. 그녀는 곧 의대 3학년을 마치게 된다.

"정말 오랜만이에요."

"날 기억하시겠어요?"

시델 펄래스키가 빨간 바탕에 흰 물방울무늬가 있는 옷에다, 빨간 바탕에 흰 물방울무늬가 있는 목발을 짚고 서 있었다. 회사에서 열린 파티에서 탱고 춤을 추다가 넘어져 무릎을 삔 것이다.

"당신을 어떻게 잊겠습니까, 펄래스키 양?"

덴튼이 말했다.

"이쪽은 제 약혼자, 슐츠 소시지 회사의 사장인 콘라드 슐츠예요."

"처음 뵙겠습니다."

<hr />

"포드 판사님, 제 친구 셜리 스테이버를 소개해 드리겠습니다."

크리스는 대학 3학년이었다. 최근에 발견된 의약품 덕분에 그의 신체와 언어는 많이 호전되었다. 그러나 그는 여전히 휠체어에 앉아 있었다.

"안녕, 셜리. 크리스가 편지에서 많이 얘기했어요. 답장 많이 못해서 미안하다, 크리스. 지난달에는 재판이 몰려 있어서."

포드는 순회재판소 항소심 판사였다.

"크리스와 저는 올 여름에 중앙아메리카로 조류 관찰 여행을 떠나기로 했어요."

셜리가 말했다.

"들었어요."

⚬⚬⚬

옛 시절을 생각해서 그레이스는 자신이 직접 파티 음식을 장만하고 식욕을 돋우는 음식 쟁반을 날랐다. 그녀는 이제 다섯 개의 식당 체인을 경영하고 있었다. 후 1번 식당, 후 2번 식당, 후 3번 식당, 후 4번 식당, 후 5번 식당.

"저기 플로라와 이야기하고 있는 매력적인 아가씨가 누구죠?"

테오가 물었다.

"내 딸 터틀 아니니. 이젠 완전히 어른이잖니? 이제 열여덟 살인데 벌써 대학 2학년이란다. 자기를 T. R. 웩슬러라고 불러 달래."

T. R. 웩슬러는 신이 나 있었다. 그날 아침 그녀는 체스의 달인으로부터 처음 승리를 빼앗았기 때문이었다.

30
끝?

터틀은 여든다섯 살 된 줄리언 R. 이스트만의 침대 곁에서 밤을 새웠다. 터틀은 경영학과 회사법으로 석사학위를 따고 웨스팅제지주식회사에서 법률 고문으로 2년째 일하고 있었다. 그녀는 주식투자로 100만 달러를 벌었다가 다 날린 다음 다시 500만 달러를 벌어들였다.

"이제 됐다, 터틀."

그의 목소리는 희미했다.

"내 눈앞에서 돌아가신다 해도 난 안 믿어요, 샌디."

"말 좀 곱게 할 수 없겠니? 유언장을 바꿔 버릴지도 몰라."

"안 돼요. 당신의 변호사는 나예요."

"비싼 돈 들여 가르쳐 놓았더니 그게 고맙다는 표시냐? 포드 판사는 어떻게 지내니?"

"포드 판사님은 대법원장이 되었어요."

"조시─조는 정직하니 대법원장 일을 잘 감당할 거야. 그 아이도 머리가 좋았지만, 체스에서 날 이긴 적은 한 번도 없었지. 다른 사람들에 대해서도 말해 주렴, 터틀. 불쌍하고 착한 크로우는 어떻게 되었니?"

"크로우와 오티스는 아직도 수프를 끓이고 있어요."

터틀은 거짓말을 했다. 크로우와 오티스는 벌써 2년 전에 1주일 간격으로 세상을 떠났다.

"그리고 페인트 칠한 목발을 짚고 다니던 웃기는 여자는? 그 여자 이름이 뭐였더라?"

"시델 펄래스키 슐츠. 그녀는 남편과 함께 하와이로 이사 갔어요. 아직도 안젤라와 연락을 해요."

"안젤라, 그래. 그 아름다운 폭파범은 어떠니?"

샌디도 알고 있었구나.

"안젤라는 정형외과 의사가 되었어요."

줄리언 R. 이스트만은 늙은 사람이었지만, 갑자기 그의 마음마저도 늙어 버렸나 보다. 웨스팅 게임 이후 처음으로 그는 깨진 앞니가 달린 틀니를 끼고 있었다. 그는 가장 행복했던 시절로 돌아간 것이다. 샌디는 정말로 죽어가고 있었다. 터틀은 솟아오르는 눈물을 참았다.

"안젤라는 덴튼과 결혼해서 앨리스라는 딸을 낳았어요."

"앨리스. 플로라가 널 앨리스라고 부르지 않았니?"

"전에는 그랬죠. 하지만 이젠 다른 사람들처럼 절 T. R.이라고 불러요."

"플로라는 어떻게 지내니, 터틀? 그들 모두에 대해서 말해 다오."

플로라는 몇 년 전 터틀과 함께 살기 시작한 이후 재단사 일을 그만두었다.

"바바는 잘 있어요. 모두 다 잘 있어요. 테오도라키스 부부(선셋타워에 커피숍을 경영했던 분들, 기억하죠?)는 은퇴해서 플로리다에서 여생을 보내고 있어요. 크리스와 그의 아내 셜리는 대학에서 조류학을 가르치고요. 그들은 둘 다 교수예요. 크리스는 최근 남아메리카를 여행하다가 새로운 종류의 새를 발견했어요. 그의 이름을 따서 '크리스토스인가 뭔가 하는 앵무새'라고 이름을 붙였대요."

"크리스토스인가 뭔가 하는 앵무새, 마음에 든다. 그리고 육상 스타는? 메달을 더 땄니?"

"올림픽을 2연패했어요. 더그는 TV의 스포츠 기자가 되었고요."

"지미 후의 발명품은 어떻게 돼 가니? 그에게 아이디어를 제공한 사람은 바로 나야."

"대성공이에요, 샌디."

후 역시 세상을 떠났다. 서니 후는 마침내 중국으로 떠났었지만, 사업을 계속하기 위해 이내 돌아왔다.

"내 조카 그레이스 원드클로펠 이야기 좀 해봐라. 아직도 자기가 실내 장식가라고 생각하고 있니?"

"엄마는 식당 사업에 뛰어들어서 지금 체인점을 열 개 가지고 있어요. 그중에 아홉은 상당히 성공적이에요. 저는 손해를 줄이려면 후 10번 식당을 포기해야 한다고 설득하지만, 엄마의 고집은 여전해요. 제 생각에는 그 식당이 아빠가 계신 메디슨에 가까이 있어서 엄마가 그렇게 집착하시는 것 같아요. 아빠는 지금 주 범죄 감독관이에요."

"그는 그 일을 맡을 충분한 능력이 있지. 네 남편은? 글 쓰는 일은 어때?"

"테오도 잘 지내고 있어요. 첫 번째 소설은 여섯 부밖에 팔리지 않았지만, 대단한 관심을 모았어요. 이제 막 두 번째 작품을 끝냈어요."

"너희 둘은 언제 아이를 가질 생각이니?"

"언젠가는 생기겠죠."

터틀과 테오는 크리스의 질병이 유전될 가능성 때문에 아이를 갖지 않기로 했다.

"사내아이라면 이름을 '샌디'라고 짓고, 여자아이라면, 음… 그때도 '샌디'라고 짓거라."

노인의 목소리는 이제 거의 들리지 않을 정도로 희미했다.

"안젤라가 딸을 낳았다고 그랬던가?"

"네, 앨리스예요. 열 살이에요."

"제 엄마처럼 예쁘니?"

"유감스럽게도 그렇지 않아요. 샌디와 저를 많이 닮았어요."

"터틀?"

"네, 샌디."

"터틀?"

"저 여기 있어요, 샌디."

터틀은 그의 손을 잡았다.

"터틀, 크로우더러 날 위해 기도해 달라고 말해 주렴."

그의 손이 차가워졌다. 밀랍 인형 손이 아니라 진짜로 차가운 손이었다.

터틀은 창문을 바라보았다. 미시간 호수 위로 태양이 떠오르고 있었다. 이제 내일이었다. 그날은 7월 4일이었다.

⌘

줄리언 R. 이스트만은 세상을 떠났다. 그리고 그와 함께 윈디 윈드클로펠도, 새뮤얼 W. 웨스팅도, 바니 노드럽도, 샌디 맥서더스도 죽었다. 그리고 그와 함께 어린 터틀도 땅에 묻혔다.

아무도, 심지어 테오조차도 터틀의 비밀을 몰랐다. 사람들은 T. R. 웩슬러가 웨스팅제지주식회사의 회장의 죽음을 슬퍼하는 것을 당연하게 여겼다. 그녀는 법률 고문이었으니까 말이다. 그녀는 그의 주식을 상속하고 회사의 회장으로 선출될 때까지 이사로 일할 것이다.

그녀는 검은 베일을 쓴 채 장례식장에서 서둘러 돌아왔다. 그날은 토요일이었는데 중요한 약속이 있었다. 안젤라가 딸 앨리스를 데리고 웩슬러–테오도라키스 저택에 와서 토요일 오후를 보내기로 되어 있었다.

저기 있다. 앨리스는 서재에서 기다리고 있었다. 앨리스의 꽁지머리에 바바가 매 준 빨간 리본이 눈에 띄었다.

"안녕, 앨리스. 체스 한 판 둘래?"

옮긴이의 글

웨스팅 게임이 시작됐고, 모험과 게임의 목적은 오직 이기는 것이다. 그렇다. 샘 웨스팅은 살해되었다. 그는 자신의 죽음을 미리 알고 있었으며 살인자를 찾아내는 게임, 즉 웨스팅 게임에서 승리하는 사람에게 200만 달러의 유산을 상속하라는 유언을 남겨 놓았다. 웨스팅 게임은 상속자로 지명된 열여섯 명의 독특한 개성을 지닌 사람들의 마음 씀씀이와 지혜를 가늠하기 위한 방법이었다.

걷어차는 데 명수인 말괄량이 소녀 터틀, 아름다운 예비 신부 안젤라, 단거리 육상선수인 더그, 휠체어에 몸을 의지한 새 관찰가 크리스, 작가 지망생인 소년 테오, 명랑한 수위, 마음씨 착한 재단사 봄배크 아주머니, 불평투성이 중국인 후, 수프구제사업단의 크로우 부인, 돌팔이 의사 제이크 웩슬러, 잘난 척하기 좋아하는 인턴 덴튼 디어, 실내장식가 그레이스, 그리고 이 게임과 관계없었던 시델 펄래스키……. 이들 가운데 한 사람이 웨스팅 게임의 해답이다. 다시 말해 웨스팅을 살해한 사람인 것이다. 누가 최후의 승자가 되어 200만 달러를 차지할까?

한 권의 책으로 추리소설과 혼자 푸는 퍼즐, 게임북을 한데 모아놓은 추리소설이 『웨스팅 게임』이다. 추리소설로는 처음으로 미국 최고 아동문학상인 '뉴베리 상'을 수상한 이 책은 퍼즐, 게임북, 모험들이 이야기 속에 숨겨져 있어 처음부터 끝까지 싫증내지 않고 재미있게 읽도록 구성되어 있다. 이 책을 읽으면서 독자는 열여섯 명의 유산 상속자들과 함께 퍼즐과 퀴즈를 풀어가면서 샘 웨스팅은 과연 누구이며, 누가 그를 죽였는가를 알아내는 스릴을 느낄 수 있다.

아무쪼록 그 속에서 벌어지는 사건들에서 서스펜스를 즐기면서 카타르시스를 선사받았으면 좋겠다.

—이광찬